The Chemist
by Stephenie Meyer

ケミスト 上

ステファニー・メイヤー　著
細田利江子・訳

ラズベリーブックス

この本を、ジェイソン・ボーンとアーロン・クロスに捧げる。
（そして、わたしが妄想にのめりこむのを嬉々として助けてくれたエイシャ・マックニック
とメガン・ヒベットに）

ケミスト　上

主な登場人物

アレックス（オリアンダー）……………政府の秘密機関〈部署〉の元職員。本名ジュリアナ・フォーティス。

ダニエル・ビーチ……………………………ハイスクールの教師。

ケヴィン・ビーチ……………………………ダニエルの兄。

ジョゼフ・バーナビー………………………〈部署〉でのアレックスの指導役。

カーストン……………………………………アレックスの元上司。

エンリケ・デ・ラ・フエンテス……………コロンビア麻薬カルテルのボス。

ジョーイ・ジャンカルディ…………………シカゴのマフィアのボス。

アーニー………………………………………ケヴィンの友人。飼育場の管理をしている。

1

今日の用事は、目下クリス・テイラーと名乗る彼女にとって日課のひとつになっていた。まず、ふだんよりずっと早い時間に起き、いつもの夜間セキュリティ装置をはずして片付けた。夜になるたびに設置して、朝いちばんですべて取り外すというのはまったく面倒な作業だが、ほんのいっとき怠けて命を落とすわけにはいかない。

その作業を終えると、ありふれたセダン——数年以上前の中古だが、目印になるような傷やへこみがひとつもない——に乗りこみ、何時間も車を走らせた。主要な境界線を三つと、取るに足りない地図上の線をいくつも越え、そろそろいいだろうと思うくらい遠くに来てからも、いくつかの町は却下して通り過ぎた。この町は小さすぎる。この町は中心部に出入りするのに二本の道しかない。この町はよそ者がめったに訪れそうにないから、地味な恰好をしていても目立ってしまう。その一方で、いずれまた来るかもしれない場所を記憶に刻みつけた——溶接用品の店に、軍の放出物資を扱う店。地元の農産物直売所。桃がまた出まわりはじめているから、大量に買いこまなくてはならない。

午後も遅くなってようやく、それまで一度も来たことのない賑やかな街に到着した。公共の図書館でさえ混雑している。

彼女は、可能ならなるべく図書館を利用していた。無料で使えるものは、そう簡単には足がつかない。

図書館の入口の上に設置してある監視カメラの視界に入らないようにして、建物の西側に車を駐めた。館内のコンピュータはすべて使用中だ。数人が順番待ちをしていたので、伝記コーナーで参考になりそうな本をいくつか拾い読みした。だが読んだことがある本ばかりだったので、今度は元ネイビー・シールズ隊員で大好きなスパイ小説家の最新作を探しだし、ついでに隣に並べてあった本も数冊手に取った。それからコンピュータを待つのによさそうな席を探すあいだ、彼女は少しだけ後ろめたくなった。図書館から本を盗むなんて、最低の所業だ。でも、もろもろの理由から、ここで図書カードを作るのは論外。それにひょっとしたら、さらに危険を回避するためのヒントがこの本に書いてあるかもしれないのだ。わが身の安全には替えられない。

小説に書いてあることが十中八九役に立たないことくらいわかっていた――架空のことが現実の世界で役に立つなんて、まずあり得ない。けれども、現実の世界でスパイがしていることは、とっくの昔に調べ尽くしていた。確実な情報源がないなら、不確実なものを参考にするまでだ。とにかく、調べることがなにかしらないと、不安でたまらなくなる。それに実際、最近盗みだした本のなかには、ヒントになりそうなことが書いてあった。もちろん、すでに日課のひとつに組みこんである。

彼女は人気《ひとけ》のない一隅に置いてある色あせた肘掛け椅子に腰をおろした。ここからなら、間仕切りで区切られたコンピュータのコーナーを見渡せる。本棚から抜きだした本をテープルに置き、いちばん上にある本を手に取って読むふりをした。コンピュータを使っているうちの何人かは机の上に持ち物を所狭しと広げて——そのうちひとりは靴まで脱いで——長居するつもりなのがわかる。いちばん有望そうなのは、参考図書を積みあげて切羽詰まった表情を浮かべている十代の女の子だ。見たところ、この子はソーシャルメディアをチェックしていない——検索結果に表示された著者と題名をちゃんと書き写している。席が空くのを待つあいだ、彼女は左腕で抱えるように持っている本をのぞきこむふりをしながら、右手に隠し持ったカミソリの刃で、背表紙に貼りつけてある磁気テープを手際よく切り取った。切り取ったテープを肘掛けとクッションのあいだに押しこみ、興味をなくしたふりをして、次の本を手に取る。

コンピュータの前にいた少女が別の資料を探そうと立ちあがるころには、磁気テープをはずした本はすべてリュックのなかにおさまっていた。それから慌てずに動いて、周囲で待っていたほかの人々が気づくころにはコンピュータの前に座っていた。

電子メールをチェックするのに必要な時間は、たいてい三分。

その後はまた四時間かけて——これはまわり道をしなければの話——仮の住まいに戻ることになる。もちろん最後に眠る前には、セキュリティ装置をまた設置しなくてはならない。だからメールをチェックする日は、長い一日になるのがつねだった。

いまの生活とこの電子メールのアカウントを関連づけるものはなにもない——同じＩＰアドレスが繰り返されることもなければ、場所や名前を入力することもない。メールに目を通したら——必要なら返事をして——ただちに図書館を出る。そして、その町をできるかぎりすみやかに離れる。万一に備えて。

〝万一に備えて〟というのは、いつしか身を守るための決まり文句になっていた。彼女はいつもやりすぎなくらい用心深かったが、これまで何度となく自分に言い聞かせているように、それくらいでちょうどいい。そこまで気をつけていなければ、いまごろ生きてはいなかっただろう。

危険を冒さなくてすむならそれに越したことはないが、所持金にはかぎりがある。だから個人経営の小さな店で——できることなら手書きの記録しか残らないところで、だれにでもできるような仕事を探したが、その手の仕事ではせいぜい食費や家賃といった必要最少限の金額しか稼げない。もっと高価なもの——偽造ＩＤや実験装置、目下買いだめしている種々の化学薬品——を買うのはとても無理。だからインターネット上にかりそめの存在を作ってお金を払ってくれる貴重な顧客を見つける一方で、彼女を抹殺したがっている連中の目に留まらないようにあらゆる手段を講じていた。

前回と前々回の〝電子メールの日〟は収穫なしだったので、自分を待っていたメッセージを見つけたときはうれしくなった——そのコンマ二秒後に、発信元のアドレスに気づくまでは。

l.carston.463@dpt11a.net

正気とは思えない——カーストンが実際に使っていて、〈部署〉の上層部の人間なら直接、なんの苦もなく追跡できるアドレスだ。うなじの産毛が逆立ち、体じゅうをアドレナリンが駆けめぐった——逃げろ、逃げろ、逃げろと、血管のなかから叫び声が聞こえる。あんまり大胆なやり方だったので、自分のなかの一部はまだあっけにとられていた。いくらなんでもそんな無頓着なことはしないだろうと思うことをしてくる。

でも、まだここに来るはずはない。動揺する自分に言い聞かせて、館内に視線を走らせた。肩のあたりがきつそうな黒スーツの男や、軍人風に髪を短く刈りこんだ男はいないか、こちらに近づいてくる者はいないか。大きな窓ガラス越しに見える自分の車はだれにもいじられていないようだけれど、ずっと見張っていたわけではないからわからない。そうでしょう？

とにかく、また気づかれてしまったのはたしかだった。けれども、どこでメールをチェックするかは知りようがないはず。その点については、徹底して無作為に選んでいるのだから。

このメールを受信したことで、たったいま、整然とした灰色のオフィスでアラームが鳴り響いたはずだった。アラームはほかのオフィスでも鳴っているかもしれないし、赤いランプも点滅しているかもしれない。当然、ここのIPアドレスを突き止めるべく緊急の命令がくだり、追跡班が召集されるだろう。けれども、ヘリコプターを使ったとしても——彼らにはそうするだけの権力がある——まだ数分ある。カーストンの用件を知るには、それだけあれば充分だ。

件名のところには、「逃亡生活はもううんざりか?」とあった。

頭に来る――。

クリックしてメッセージを開いた。それほど長くない。


方針が変わった。きみが必要だ。個人的に謝罪したら考えてもらえるだろうか? ふたりで会えないか? きみに頼まざるを得ない状況だ。人の命がかかっている。大勢の命が。


カーストンにはつねづね好感をもっていた。〈部署〉が大勢雇っていたほかの黒スーツの連中よりも、血の通った人間に思えたから。黒スーツの連中の何人か――なかでも軍部の人間には、ぞっとするような冷たさがあった。けれども、自分がしてきたことを思えば、そんな考えは偽善なのかもしれない。

だから〈部署〉は、カーストンを仲介役に選んだのだ。こちらがひとりぼっちで怯えていることを知っていて、古い友人を差し向け気を緩ませる。ありきたりなやり方だから、だれかに言われるまでもない。盗んだ小説のなかでも同じことが行なわれていた。

彼女は深呼吸を一回して、三十秒間集中することにした。次にどうするか考えなくてはならない――大急ぎでこの図書館を出て、この町を離れ、この州の外に出る――それだけで充分かどうか。いま使っている名前と身元はまだ安全か、また引っ越しをすべきかどうか。

カーストンの怪しげな言葉が頭に入りこんできて、集中できない。

もし――。

もしそのおかげでほんとうに追跡をやめてもらえるのだとしたら？　もし「これは罠だ」という確信が、スパイ小説を読みすぎたせいだとしたら？

その仕事がほんとうに重要なら、元の生活にまた戻してもらえるかも……。

いいえ、そんなことはありえない。

けれども、いまさらカーストンのメールが迷子になったように装うわけにもいかない。

だから、〈部署〉の考えそうなことを見越して返事を書いた。もっとも、実際にどうするかはまだ大まかにしか考えていない。

いろいろなことにうんざりしているわ、カーストン。はじめて会った場所で、一週間後のお昼に会いましょう。ほかにだれかいるとわかったら帰るわよ。わかっているでしょうけれど、ばかなことはしないで。

送信ボタンを押し、自分なりに精いっぱい颯爽《さっそう》とした足さばきで歩きだした――あくまでさりげなく。ワシントンDCからここまでヘリコプターでどれくらいかかるか見当をつけて、頭のなかで残り時間をカウントする。もちろん地元の警察に知らせることもできるが、〈部署〉は普通、そんなやり方はしない。

そのはずだけれど、でも……。なんとなく、〈部署〉がしびれを切らしてきたかもしれないという気がしてならなかった。いまだに思うような結果が得られていないし、彼らも辛抱強いほうではない。ほしいと思ったらただちに手に入れるのが彼らのやり方だ。そしてかれこれ三年のあいだ、彼女に死んでもらいたいと思っている。

今回電子メールを送りつけてきたのは、間違いなく方針が変わったからだろう。もしほんとうに罠なら、どういうつもりなのか——。

罠だと思わなくてはならない。そういうものの見方をして、そうした基準で生きてきたからこそ、いまもこうして息をしているのだ。けれども彼女の脳の片隅にはすでに、愚かな希望が頭をもたげようとしていた。

自分が参加しているのが、取るに足りないゲームだということは承知している。賭けるものはただひとつ。自分の命だけだ。

あの圧倒的なほど強大な相手から守りとおしているこの命は、それ以上でもそれ以下でもない。生きていくのに最低限必要なこと——心臓が収縮し、肺が拡張と収縮を繰り返しているだけだ。

そう、自分は生きているし、この先も生きていられるようにずっと悪戦苦闘してきた。でも、暗い夜にふと思うことがある。いったいなんのために闘っているの？　ここまでして、いまの生活を維持する価値はある？　目を閉じて、二度と開けなかったら楽じゃない？　そこにある空っぽの闇のほうが、絶え間ない恐怖に苛まれながらあがきつづけるより少しはましじゃないの？

その問いかけにイエスと答えて、安らかに死ぬのは簡単だ。それをしない理由はただひとつ、持ち前の負けじ魂に火がついているからにほかならない。その性格のおかげで医科大学院でがんばれたし、いまも命を永らえている。彼らに勝たせるつもりはないし、困りごとをそう簡単に解決してやるつもりもない。しまいにはつかまるかもしれないけれど、彼らには汗水垂らして、血の出るような思いをしてもらわなくては気がすまなかった。

　図書館から車を走らせ、いちばん近い高速道路の入口まで六ブロックのところに来た。今日の彼女はショートヘアに黒い野球帽をかぶり、男物の、顔がほとんど隠れるほど大きなサングラスをかけ、細身の体型が目立たないようにだぶついたスウェットシャツを着ている。一見して、十代の少年といったところだ。

　こちらの命を狙っている連中は、すでにかなり血を流している——運転しながら思い出して、思わず笑ってしまった。近ごろでは、いとも簡単に人を殺して、痛快な気分を味わうようになってしまった。人間がこんなにも残酷になってしまうなんて、いままでの経緯を考えると皮肉なくらいだ。〈部署〉で六年間働くあいだ、あの仕事を楽しいと思うほど頭がおかしくなったことは一度もない。それが逃亡生活を三年もつづけるうちに、いろいろなことが変わってしまった。

　罪のない人を殺しても楽しめないことはわかっていた。その一線は、これからも越えることはないだろう。〈部署〉で同じ仕事——つまり前の仕事——をしていた者のなかには、正真正銘の異常者もいたが、そうした連中は彼女ほど優秀ではなかった。彼らは動機からして間違っている。自分のしていることに対する憎悪が、彼女の場合は一流の仕事をやってのける原動力となっていた。

それがいまは、勝つために人を殺している。彼女が戦っているのは大きな戦争でなく小さな戦いだが、それでも勝利は勝利だ。だれかの心臓が止まることで、自分の心臓が動きつづける。彼女を仕留めに来た者は、獲物でなく捕食者と相まみえることになる——ごく薄い蜘蛛の巣に身を隠したドクイトグモに。

彼女が〈部署〉に仕立てられたのは、まさにそうした毒蜘蛛だった。そのことを彼らは、いくらかでも誇りに思っているだろうか。それとも、さっさと踏みつぶしてしまわなかったことを後悔しているだろうか。

州間高速道路を数マイルほど走ると、少し気が楽になった。この車は人気の車種で、いまもまったく同じ車が高速道路上を無数に走っている。ナンバープレートは、安全な場所でまた取り替えるつもりだった。たったいまあとにした町と自分を結びつけるものはなにもない。高速の出口をふたつやり過ごして、三つ目でおりた。高速道路を封鎖するにしても、どこを封鎖すればいいのか彼らにはわからないはずだ。まだ見つかっていない。当面は大丈夫。

もちろん、隠れ場所にまっすぐ帰るのは論外だ。だから六時間かけて、背後をひんぱんに確認しながら、あちこちの高速道路や下の道をぐるぐる走りまわった。おかげで、いま借りているみすぼらしい小さな家に着くころには、うとうとしかかっていた。それから、あとひとつ仕事を片づけるために、コーヒーを淹れてカフェインを補給しようか迷ったが、結局コーヒーは後まわしにして最後の気力を振り絞ることにした。

ポーチの二段ある階段のうち、一段目の左側にある腐りかかった部分を無意識のうちによけ、ここに来た最初の週に取りつけた鋼鉄製の防犯ドアのダブルロックを外した。家の壁――石膏ボードとベニヤ板、プラスチックの羽目板でできている――はそれより頼りないが、確率の問題として、侵入者はまず玄関から入ろうとする。窓の格子も侵入を阻めるとは言えないが、思いつきで泥棒に入るような人間なら、もっと簡単に忍びこめる家に向かうはずだ。

ドアノブをまわす前に、呼び鈴を鳴らした。三回立てつづけに鳴らしたが、傍目には一度長押ししているようにしか見えないはずだ。壁の向こうから、少しくぐもったチャイムの音が聞こえたので、すばやく家のなかに入った――万一に備えて、息を止めて身構えたまま。あらかじめ撒《ま》いておいたガラスのかけらを踏みしめる音が聞こえなかったので――だれもいない――息を吐いて後ろ手にドアを閉めた。

この家のセキュリティ装置は、すべて彼女が自分で考案したものだった。最初に参考にしたこの道の専門家のやり方はそれぞれ独創的だったが、彼女の特殊な専門技術を使う方法はひとつもない。その点では、いま荒唐無稽なマニュアルとして参考にしている数多の小説と同じだ。それ以外のことはすべてユーチューブで簡単に見つかった。古い洗濯機の部品をいくつかと、マイコン基板、新品の呼び鈴、その他二、三の部品があれば、充分役に立つ罠ができあがる。

彼女は内側からドアのかんぬきを掛けなおすと、スイッチパネルのいちばん手前にあるスイッチをパチンと押して明かりをつけた。パネルには三つのスイッチが並んでいるが、真ん中のはダミーだ。ドアからいちばん遠いスイッチは、呼び鈴と同じように、低電圧信号を伝える電線につながっている。リビングとダイニングとキッチンを兼ねている狭い部屋のなかで、そのスイッチパネルはドアや呼び鈴と同じで、室内のほかの部分より何十年も新しかった。

なにもかも家を出たときのままだった。最低限の安物の家具――どれも大人ひとりの隠れ場所にもならない――に、なにも置いていないカウンターとテーブル。飾りやアートのたぐいは一切なくて、殺風景そのものだ。床はアボカドとマスタード色のビニール素材だし、天井も吹きつけだが、それ以外のところは研究室《ラボ》を思わせる。

ラボを連想するのは、たぶんにおいのせいだ。室内はきわめて清潔だから、だれかが侵入してきたら塩素のにおいを漂白剤のせいだと思うかもしれない。ただしそれは、セキュリティ装置を作動させることなくこの家に忍びこめたらの話だ。もし装置が作動したら、この部屋についてあれこれ考える暇もないはずだから。

部屋の奥には狭い寝室とバスルームがひとつづきになっていた。途中で邪魔になるものは一切ない。彼女は玄関まで戻らずに、寝室の入口でリビングの電気を消した。

ドアを抜けて、よろよろと寝室に入った。半分眠りながら、いつもの作業に取りかかる。ブラインドを通り抜けてくる光――向かいのガソリンスタンドの赤いネオン――で薄明るいから、ランプはつけなくていい。まず、羽毛入りの長い枕をふたつ、人間の形らしくなるように、部屋の大部分を占領しているダブルサイズのマットレスの上に並べた。それから、ハロウィーンの変装用の血ではち切れんばかりのジップロックの袋を枕カバーの隙間に押しこむ。近くで見るとそれっぽく見えないが、窓を割ってブラインドを押しのけ、ただちに撃ってくるような相手の目はごまかせる。その次は、頭部——これまたハロウィーンが終わったあとのセールで手に入れた、選挙で負けた政治家の特徴を強調したマスクだ。皮膚の色合いがかなり本物っぽいそのマスクに、自分の頭とおおよそ同じくらいの大きさになるように中身を詰めて、安物のブルネットのウィッグを縫いつけてある。だが重要なのは、ボックススプリングとその上のマットレスのあいだに通してある、ナイロンのひもを巻きつけた細い電線だ。頭部を載せた枕にも同じ電線が通っている。まずアッパーシーツと毛布を枕の上に引っぱりあげて形を整え、二本の電線の剝きだしになった末端を撚《よ》り合わせた。ごく軽く撚ってあるだけなので、頭部に軽く触れるか、枕の体をほんの少し押しただけで、つなぎ目は音もなくはずれる。

立ちあがって、いまにも閉じてしまいそうな目でおとりの人形をざっと点検した。完璧な仕上がりではないが、だれかが眠っているようには見える。標的でなくても、侵入者は当人を探す前に息の根を止めようとするはずだ。

その後はパジャマに着替える気力も残っていなかったので、だぶついたジーンズを脱ぐだけにした。四つ目の枕をつかんで、ベッドの下から寝袋を引っ張りだした。いつもより大きくて、重たく感じる。そのふたつを狭いバスルームに引きずっていき、バスタブに放りこんでから、最低限の寝仕度をした。今夜は顔も洗わない。歯を磨くだけ。

洗面台の下に重ねて置いてあるタオルの後ろに、銃とガスマスクが隠してあった。そのマスクをかぶってストラップを締め、フィルターがはまっている穴を手のひらで叩き、鼻から息を吸いこんで密閉を確認した。マスクはいつもぴったりと顔にくっつくが、慣れたからとか疲れたからといって確認作業を省略するつもりはない。それから、バスタブからすぐ手が届く壁の石けん置きに拳銃を置いた。銃は好きではない――射撃の腕は素人に比べればましだが、プロとは並ぶべくもない。それでも、銃を使えるようにしておくことは必要だ。彼らはいつかこちらの仕掛けに気づくだろうし、そうなれば次からはガスマスクをつけた人間をよこすだろうから。

正直な話、いまの仕掛けでここまで生きながらえてこられたことのほうが驚きだった。

化学物質の吸収缶をブラのひもにはさんで、足を引きずって寝室に戻った。そして自分では一度も使ったことのないベッドに近づき、右側の床の換気口のかたわらに膝をついた。換気口の格子はそれほど埃っぽくないし、格子の上側のねじ二本は半分しか締まっていなくて、下側のねじは二本ともなくなっているが、窓からのぞいたくらいでは気づかない。たとえ気づいたとしても、なにを意味するのかはわからないはずだ。そこまでわかるのはシャーロック・ホームズくらいなものだろう。

上側のねじを緩めて、格子をはずした。換気口のなかを見たら、だれでも気づくことがいくつかある。ひとつ、換気口の奥はふさがれていて、機能を果たしていない。ふたつ、大きな白いバケツと大型の電池パックはおそらく元からそこになかったものだ。バケツの蓋をはずすと、ふだんからリビングに充満していてそれと気づかないほど慣れっこになっている薬品のにおいがした。

　バケツの後ろに手を伸ばして、コイルと金属アーム、細い針金でできたちゃちな装置——捨てられていた洗濯機から取ってきた電磁弁《ソレノイド》——を取りだした。さらに人差し指くらいのガラスのアンプルと、掃除用のゴム手袋も。バケツのなかの透明な液体にアームが半分浸かるように、ソレノイドを取りつけた。それから、ぎゅっと目を二回つぶって眠気を覚ます。ここからが神経を使うところだ。右手にゴム手袋をはめ、ブラの紐にはさんであった缶を取りだし、いつでも使えるように左手で持った。手袋をはめた手でガラスのアンプルを取り、ドリルで金属のアームに溝を切ったところに慎重に差しこむ。酸性の液体の水面下で止まったアンプルには、不活性で無害な粉末が入っているが、ベッドの上でかろうじてつながっている電線がはずれると、電流の変動でソレノイドがパチンと閉じてアンプルが砕ける。すると白い粉末は、不活性でも無害でもないガスを発生するという仕組みだ。

　それはリビングに設置してあるのとほぼ同じ仕掛けだった。こちらのほうが、配線がより単純なだけだ。眠っているあいだだけ設置する罠。

　手袋と換気口の格子を元に戻して、まだすっかり安心したとは言いきれないまま、よろよろとバスルームに戻った。ホームズのように細部を見逃さない人間なら、換気口と同様に、バスルームのドアを見てぴんと来るかもしれない——ドアの縁にぐるりと貼りつけてあるゴムのシール材は、どう見ても標準仕様ではなかった。こんなシール材付きのドアでも空気は完全に遮断できないが、多少は時間を稼げる。

バスタブのなかに寝袋を広げて、その上にのろのろと倒れこんだ。ガスマスクを着けたまま寝る生活にははじめのうちなかなか慣れなかったが、いまは目を閉じられるのがうれしくて、マスクのことは気にもならない。

ナイロンと羽毛の詰め物でできた繭《まゆ》のなかに潜りこみ、もぞもぞと体をずらして、背中の下のくぼみにｉＰａｄが当たるようにした。ｉＰａｄに差してある延長コードはリビングの配線につながっていて、電圧に変化があればｉＰａｄが振動する仕組みになっている。今夜のようにくたびれきっていても、なにかあればそれだけで目が覚めることは経験上わかっていた。いまテディベアのようにしっかりと胸に押しつけている化学吸収缶も、暗いなかで息を止めたまま、三秒以内に封を切ってガスマスクの所定の位置にねじこめる。その動作は数え切れないほど練習しているし、これまで三度あった緊急事態もそれでうまく切り抜けた。命を永らえているのは、このセキュリティ装置のおかげだ。

疲れきっていたが、意識をなくす前に今日の出来事をもう一度振り返らなくてはならない。怖くてたまらなかった――切断したあとも足の感覚が残っているように、恐怖はいつもすぐそこにある。電子メールの返信も、あれでよかったのだろうか。衝動的にそうしたから自信がない。おかげで、急いで行動しないといけなくなってしまった。

銃を持っている人間が相手でも、真っ向から飛びかかれば隙を突けることがある。いつもは移動に飛行機を使っているが、今回はほかの選択肢を考えなくてはならない。たぶん明日、疲れた頭が再起動したら思いつけるだろう。

クモの巣のようにセキュリティ装置を張りめぐらしたなかで、彼女は眠りに落ちた。

2

カーストンを待っているあいだ、彼女は〈部署〉から何度か命を狙われたときのことを思いだした。バーナビー──よき助言者であり、最後の友でもあったジョゼフ・バーナビー博士は、〈部署〉の最初の襲撃を予想していた。だが彼の先見の明と疑り深さをもってしても、彼女の命を救ったのはブラックコーヒーをおかわりするというまったく偶然の行動だった。

その当時はよく眠れない日々を過ごしていた。バーナビーとはかれこれ六年間一緒に仕事をしていたが、三年目を過ぎたころから彼はある疑念を打ち明けるようになった。最初のうちは嘘だと思いたかった。自分たちはただ、指示どおりに仕事をしているだけだ。それも上々の成果をあげている。それなのにバーナビーはこう言った。『こんな状況がいつまでもつづくと思ってはいけない』──彼自身は十七年も同じラボにいるのに。『われわれのような人間──だれもが隠しておきたいことを知ってしまう人間は、いずれ都合の悪い存在になる。きみが悪事に手を染めることはない。きみは文句なしに信頼できるからな。だが、〈部署〉は違う』。

正しい人々のために働いていたと思っていた日々は、そこで終わった。

バーナビーの疑念はより具体的になり、やがて彼は計画を立て、実際に準備をするようになった。備えておけば、それだけ安心できる。だが、彼にとってその準備はなんの役にも立たなかった。

逃亡までの最後の数カ月間は緊張が高まって、当然ながらあまり眠れなくなった。そして四月のあの日は、頭を働かせるのに、ふだんより一杯よけいにコーヒーが必要だった。人一倍小柄で人一倍膀胱《ぼうこう》が小さいのに、たてつづけにもコーヒーを飲んだら、ログアウトする間ももどかしくトイレに走るようになる。そしてそのトイレにいたまさにそのとき、殺人ガスが換気口からラボに入ってきた。いつものようにバーナビーがいたところに。

彼の絶叫はいわば餞別《せんべつ》だった——最後の警告。

バーナビーも彼女も、襲撃があるならラボの外だろうと考えていた。ラボにいるときを狙うとなにかと厄介だ。死体が出ると怪しまれる。それに、利口な暗殺者なら殺しの証拠をできるだけ自分から遠ざけておこうとするものだ。標的の人間が自宅の居間にいるときは手だししない。

〈部署〉の傲慢さを見くびるべきではなかった。彼らは法律を気にしない。その法律を作っている連中と昵懇《じっこん》な関係にあるからだ。そのほかにも、賢い人間がまったく間抜けな相手に完全に不意を衝《つ》かれる可能性もわきまえておくべきだった。

その後の三回の襲撃は、もっと直球で来た。襲撃者はいずれも単独で来たから、おそらくプロの殺し屋だろう。これまでのところ男ばかりだが、女が差し向けられることもあり得る。暗殺者たちはひとりが拳銃を、ひとりはナイフを、もうひとりはバールを使って殺そうとした。だれも成功しなかったのは、標的が枕だったからだ。そして、三人とも命を落とした。

それは、無色透明だがきわめて毒性の高いガスが狭い部屋にひそかに流れこんだせいだった——電線のつなぎ目が切れたら、約二秒半でそうなる。暗殺者に残された時間は、身長や体重によって違うが、おおよそ五秒。その間は快適とは言えない。

毒ガスは〈部署〉がバーナビーに使ったのとは違うが、それにかなり近いものだ。標的をきわめてすみやかに、なおかつきわめて苦しませて死なせるのに、これほど単純な方法はない。ほかの武器と違って、材料も自分で作りだせる。必要なのは大量の桃（桃の種に含まれる物質は、化学反応によって青酸ガスを発生する）と、プール用品の店だけ。会員でないとアクセスできないとか、電子メールのアドレスが必要になることもないから、手がかりも残さずにすむ。

そこまでしてきたのに、また見つかってしまった。

昨日は目覚めてからずっといらいらしていて、仕度をしているあいだも、苛立ちはつのるばかりだった。

それから無理やり昼寝を取り、目立たない車に乗って夜じゅう走った。テイラー・ゴールディングといういいかげんな偽名と、同じ名前で最近作ったクレジットカードを使って借りた車だ。そして今朝早く、どこよりも足を踏み入れたくなかった街——ワシントンDCに到着すると、苛立ちは激しい怒りに変わった。彼女はロナルド・レーガン・ワシントン国際空港のハーツレンタカーに車を返して、道路を渡り、別のレンタカー屋でコロンビア特別区のプレートを付けた車を新たに借りなおした。

半年前なら、違う行動を取ってたいだろう。仮の住まいに置いてある荷物をまとめ、クレイグズリスト（SNSのひとつ）で車を売り、記録をいちいち残さない一般人から現金で新しい車を購入して、何日か走って中くらいのよさそうな町に腰を落ち着ける。そこでまた、生きのびるために必要なことを一からやりなおしたはずだ。

けれどもいまは、カーストンがほんとうのことを言っているのかもしれないという愚かでひねくれた希望が頭の片隅にあった。それも、このうえなくかすかな希望だ。でも、カーストンに会う気になった理由はそれだけではない。ほかにも――彼の言葉を無視したら大勢の命に対する責任を放棄することになってしまうのではないかという、ちくちくした後ろめたさもあった。

バーナビーには命を救われた。それも一度ではない。これまで度重なる襲撃をしのいで生きのびてこられたのは、バーナビーがあらかじめ警告し、心構えをさせてくれたおかげだ。もしカーストンが元部下をだまして捕まえるつもりなら――十中八九そうだと思っている――彼が書いてきたことはすべて偽りということになる。「きみが必要だ」のくだりもそうだし、それが偽りなら、〈部署〉は後任として彼女と同じくらい優秀な人材を見つけたのかもしれない。

もしかしたら、〈部署〉はとっくの昔に後任を雇っていて、当時雇われていた全員を始末してしまったのかも――でも、そうは思えなかった。〈部署〉には資金とつてはあるが、人材が不足している。バーナビーや自分のような有用な人材を見つけて養成するには時間が必要だ。その手の技術を持つ人間は、試験管では育たない。

自分はバーナビーに救われたが、そのあとに雇われた愚かな新人はだれが救うのだろう？　その新人は、仕事はできるかもしれない。だが、肝心なことについてはなにも知らないはずだ。当人に言ってやりたかった。『母国に尽くすこと』なんて忘れて。『罪のない人々の命を救うこと』も、『最先端の設備』も『革新的な研究』も、『無制限の予算』も、七桁の給料も忘れること。それから、殺されないように気をつけてと言う？　自分の命が危機に瀕していることを、その新人が知っているはずはない。

バーナビーがしてくれたほど時間を割けなくても、たったひとことでもいいから警告してやりたかった――これがわたしたちのしたことに報いる〈部署〉のやり方よ。逃げる仕度をして。

でも、そんなことはできない。

その日の朝は、さらに準備することがあった。まず、ブレイズコットというしゃれたホテルに、ケイシー・ウィルスンという名前でチェックインした。ありふれた名前すぎて怪しいという点ではテイラー・ゴールディングと大して変わらないが、手続きをしていたときに電話回線のうちふたつが鳴りだしたせいで、フロントの若い女性からはとくに怪しまれずにすんだ。ホテルの規定によると、部屋は空いているが、チェックインできるのは三時からだから、いま手続きをすると宿泊料金を一日分よけいに払うことになってしまう。文句を言わずにその規定に同意すると、相手はほっとしたのか、笑顔になってはじめて彼女をまともに見た。どきりとしたが、ここで顔を憶えられようと関係ない。これからの三十分は、わざわざ憶えてもらわなくてはならないのだから。

　彼女はあえて、男とも女とも取れる名前を使った。これもバーナビーから渡されたさまざまな参考資料から拾いだした対策のひとつだ。本物のスパイはもちろん、小説家が使いそうなごく当たり前の対策でもある。たとえば、もしもある女性がそのホテルに泊まっているかどうか確認したければ、ジェニファーやキャシーといった、一見して女性とわかる名前から調べるだろう。ケイシーやテリー、ドリューはその次になるかもしれない。いずれにしろ、多少なりとも時間を稼げればいいのだ。一分よけいに時間があるだけで、命を永らえるかもしれないのだから。

　彼女はスーツケースをエレベータまで引っ張ってきて、なおもついてこようとするベルボーイにかぶりを振った。エレベータの前では、押しボタンの上に設置されたカメラに映らないように顔をそむけた。部屋に入るとスーツケースを開けて、大きなブリーフケースとファスナー付きの黒いトートバッグを引っ張りだした。スーツケースにはそれ以外なにも入っていない。

　薄手の灰色のセーターとシンプルな黒のパンツという恰好をさらに生真面目に見せるブレザーを脱いで、ハンガーに掛けた。セーターは体にフィットするように、後ろでピン留めしてある。そのピンをはずして、セーターをたるませた。これでさっきより小柄で、さらに若く見える。それから口紅を拭き取り、アイメイクをあらかた落として、ドレッサーの大きな鏡で確認した。年若い、か弱い女性。だぶだぶのセーターが、彼女が一時的に逃げ隠れしていることを匂わせている。まずまずの出来だ。

ホテルの支配人が女性なら、もう少し違うやり方を——たとえば青と黒のアイシャドウでいくつか痣《あざ》をこしらえたりしただろう。だが、フロントのデスクに置いてあったカードには〝ウィリアム・グリーン〟と書いてあったから、よけいな手間をかける必要はない。

用意周到な計画ではなかった。できることなら、あらゆる可能性を検討するために、あと一週間はかけたいところだ。でも、かぎられた時間で取りかかれるのは、この計画ぐらい。ちょっと大げさかもしれないけれど、考えなおしている時間はない。

フロントに電話して、支配人のグリーン氏に代わってもらった。彼はすぐに出た。

「ウィリアム・グリーンでございます。なにかご用でしょうか？」

心のこもった、大げさなほど優しい声。たっぷりと口ひげをたくわえたセイウチのような男性が頭に浮かんだ。

「ええ……はい。こんなことを相談して、お邪魔でなければいいんですが……」

「いえいえ、もちろんかまいませんとも、ミズ・ウィルスン。できるかぎりお力になりましょう」

「実は、手伝っていただきたいことがあるんです。ただ、少し変に思われるかも……説明がむずかしいんですが」

「ご心配は無用です。きっとお役に立てますとも」これ以上ないほど自信に満ちた声。これまでどんな風変わりな要求をさばいてきたのだろう。

「では……」ためらいがちに言った。「直接お話ししたいんですが……」

「もちろんですとも、ミズ・ウィルスン。幸い、十五分後には手が空きます。フロントから角を曲がってすぐのところにオフィスがございますので、そちらでいかがでしょうか？」

大げさに声を震わせて感謝した。「ええ、ほんとうにありがとうございます」

クローゼットに荷物を入れ、大きなブリーフケースの隠しポケットから必要なだけ紙幣を取りだして十三分待った。それからエレベータの監視カメラに映らないように、階段で下に向かった。

グリーン氏に招き入れられて窓のないオフィスに入った彼女は、彼の外見が想像からさほどかけ離れていないのを見ておかしくなった。口ひげこそない——白い眉毛がかろうじて残っている以外は、毛というものが一本も見当たらない——が、それを除けばほんとうにセイウチを連想する人だ。

怯えているように見せるのはむずかしくなかった。かつての恋人で、家族が大切にしているものを盗んだ暴力男から逃げている——その話をしている途中で、グリーン氏が早くも味方になってくれたことがわかった。彼はいかにも男性らしい正義感をあらわにして、小柄な女性を殴るなどとんでもないと言わんばかりだったが、『わたくしどもが守りますから、ここにいれば安全です』といった台詞を口にする以外は黙って耳を傾けてくれた。たぶん、こたっぷりチップをはずまなくても助けてくれただろうが、そうしておいて損はない。ホテルのスタッフ以外には口外しないと約束してくれたので——それも織りこみずみだ——心を込めて礼を言った。グリーン氏は幸運を祈ってくれたうえに、必要とあらば警察を呼びましょうと言いだした。そこで、これまで警察や接近禁止令のたぐいがいかに役に立たなかったか、悲しみを込めて力説し、あなたのような頼もしい男性に助けてもらえるかぎりひとりで大丈夫だと伝えると、彼は上機嫌でもろもろの手配をしにいった。

この手を使うのははじめてではなかった。最初に思いついたのはバーナビーだ。あれは逃亡計画がいよいよ本格化しはじめたころだった。はじめて聞いたときはそのやり方になんとなく抵抗があったが、バーナビーはつねに現実的だった。きみのように小柄な女性を見たら、たいていの人間は〝弱そう〟と思うものだ。その先入観を利用しない手はない。餌食になりたくなければ、餌食のふりをすることだ。

彼女は自分の部屋に戻ると、ブリーフケースに入れておいた服に着替えた。セーターをタイトなVネックの黒いTシャツに着替え、複雑なデザインの黒革のしゃれた編みベルトを腰に締める。脱いだものはすべてブリーフケースのなかにしまわなくてはならない。なぜなら、スーツケースを置いたまま外に出て、このホテルには二度と戻らないからだ。

すでに武器は身につけていた。外に出るときは護身のための道具をかならず身につけることにしているが、いまは警戒レベルを最大限に引きあげて、一分の隙《アーム・トゥ・ザ・ティース》もなく武装している——たとえば歯《ティース》にはシアン化物よりずっと苦痛が少ないが、同じくらい致死性のある毒をたっぷり入れた偽の詰め物をかぶせてある。小説のなかでも使われていた古くさいやり方だが、効力は間違いない。永遠に敵の手から逃れるための、最後の手段だ。

黒い大きなトートバッグには、それぞれのショルダーストラップに木の持ち手が付いている。そのバッグには、特別なアクセサリーをおさめたクッション付きの小箱が入っていた。

どのアクセサリーもひとつしかこの世になく、替えのきかないものばかりだ。入手する手だてはもうないから、なくさないようにいつも十二分に気をつけている。

まず、指輪が三つ――ピンクゴールドと、イエローゴールドと、シルバーの三種類。どれも巧妙に作られた蓋の下に小さなとげが仕込んであり、指輪の色ごとに、とげに塗ってある毒が違っている。彼女でも扱える、ごく簡単な仕掛けだ。

次にイヤリング。こちらはつねに細心の注意を払って取り扱っている。今回の旅ではまだ、身につける危険を冒すつもりはない――いざというときに標的に近づくまでは。このイヤリングは、ひとたび身につけたら、きわめて慎重に頭を動かさなくてはならない。イヤリングの飾りは何の変哲もないガラス玉だが、ごく薄いガラスなので、高いピッチの音がつづいただけで割れることもある。とりわけ、ガラス玉になにか入っていて、内側から圧がかかっているときはそうだ。だれかに首や頭をつかまれたら、ガラス玉は静かに割れるだろう。そうなったら息を止めて――一分十五秒は軽く止められる――可能なら目も閉じる。襲撃者はそんな事情を知る由もない。

首には、大きめの銀のロケットをさげていた。真っ先に目につくから、こちらが何者か知る人間ならそのアクセサリーを警戒するはずだ。でも、それ自体は少しも危険ではなく、ほんとうに危険なものから注意を逸らすための仕掛けに過ぎない。ロケットのなかには麦わら色したふわふわの髪のかわいらしい女の子の写真が入っていて、その子のフルネームが写真の裏に手書きで記されている。よく母親やおばが身につけるたぐいの写真——しかしその子は、カーストンのたったひとりの孫娘だ。

もし敵に襲われたときに反撃が間に合わなかったら、自分の遺体を発見するのは本物の刑事かもしれない。その場合、身元を示すものがなにひとつなければ、刑事はロケットの写真について調べて、その事件を最終的に担当するべきところに持ちこむはずだ。それでカーストンが実質的な痛手を被ることはたぶんないだろうが、彼にとって少々厄介なことになる可能性はある。たとえば元部下がほかにも情報を漏らしたのではないかと、びくびく気を揉むことになるかもしれない。

なぜなら自分は、カーストンが迷惑を被るどころではない、隠蔽された惨事やおぞましい機密情報についてよく知っているからだ。けれども、〈部署〉ではじめて死刑宣告を受けてから三年たったいまでも、国家に反逆するとか——もっと現実的な可能性として——一般市民のあいだにパニックを引き起こすことには抵抗を感じる。無関係の一般市民が巻きこまれるかもしれないことを公にしたらどんなことになるのか、見当もつかない。だからカーストンにはただ、こちらがひどく無謀な行動に出ているように思わせることにした。そうしておけば、心配のあまり動脈瘤破裂でも引き起こしてくれるかもしれない。小さな銀のロケットに入れてあるのは、そのゲームに負けたとき、敗北をより受け入れやすくするための復讐のひとしずくだった。

ただし、ロケットを下げているコードは人を殺せる代物だ。細いけれど、航空機の部品をつなぐケーブルより強度があって、人間を簡単に絞め殺せる。留め具でなく磁石で端と端をつなぐようになっているのは、自分の武器で自分の首を絞めたくないからだ。トートバッグのショルダーストラップにそれぞれ付いている木の取っ手にはそのコードの端に合わせて溝が刻んであり、そこにコードがはまると、ふたつの木の取っ手を持ち手として使えるようになっている。実力行使は第一の選択肢ではないが、いつどんな状況になっても対応できるようにしておきたかった。

腰に巻きつけた黒い革ベルトの複雑な網目模様の内側には、バネ付きの注射器が数本隠してある。一本ずつ取りだすこともできるし、襲撃者の体に押しつけられたときにその部分をひっくり返して、それぞれの鋭い先端を一気に突きだすこともできる仕掛けだ。するとさまざまな化学薬品の混合物が、襲撃者の体内で暴れだす。

そのほかポケットのなかには、刃の部分にテープを貼った手術用のメスが数本入っている。よくある仕込み靴は、片方は前から、もう片方は後ろから刃先が出るようになっていた。

バッグには、〈こしょうスプレー〉のラベルが貼ってある缶がふたつ――ひとつは本物で、もうひとつにはもっと長期間にわたって相手を弱らせるものが入っている。かわいらしい香水の瓶に入っているのは、液体でなくガスだ。ポケットにはさらに、リップクリームもどきの武器も入っている。

さらに万一に備えて、ほかにももどきの道具がいくつかと、予想外の展開——成功した場合に備えて揃えておいたこまごましたものが入っていた。鮮やかな黄色のレモン形をしたソフトなプラスチック容器に、マッチ、携帯用消火器、そしてたっぷりの現金。さらにカードキーも入れてある。このホテルに戻るつもりはないが、これからすることがうまくいったら、ほかのだれかに荷物を取りに戻ってもらうことになるかもしれないからだ。

こんなふうに完全装備で出かけるときは慎重に動かなくてはならないが、その点は充分に練習したから自信があった。だれかのせいでそれほど慎重に動けなかったとしても、被害を被るのはその原因を作った相手のほうだ。

ブリーフケースを片手に提げ、黒いトートバッグを肩に掛けて、チェックインしたときフロントにいた女性に会釈してホテルを出た。自分の車に乗りこみ、市街地の中心部にほど近い公園に向かう。北側の通りがショッピングモールになっているので、店の前に車を駐め、歩いて公園に入った。

この公園ならよく知っている。彼女はまず、南東の角にある公衆トイレに入った。平日の午前だから、予想どおり人気《ひとけ》がない。ブリーフケースから着替えと、ぐるぐる巻きにした大型のリュックサックとアクセサリーを取りだした。着替えて、脱いだ服をブリーフケースにしまい、トートバッグと一緒にリュックに押しこむ。

公衆トイレから出てきた彼女は、一見して女性とはわからなくなっていた。腰を振らないように気をつけながら、がに股気味にだらしなく歩いて公園の南の端に向かった。だれにも見られていないが、そうしておいて損はない。

　昼休みが近づくにつれ公園は混雑してきたが、それも承知のうえだった。男だか女だかわからないティーンエイジャーが、木陰のベンチでスマートフォンに一心になにかを入力していたところで、気に留める人はひとりもいない。近くにだれもいないから、携帯の電源が入っていないことにも気づかれない。

　公園から通りをはさんだ向かい側に、カーストンがランチによく利用する店があった。こちらが提案した待ち合わせ場所とは違う店だ。それに、指定した日にちよりも五日早い。

　男物のサングラス越しに、舗道を見渡した。作戦はうまくいかないかもしれない。カーストンが日課を変えていることもありうる。日課にするということ——安全を前提にすること自体がそもそも危険な行動だからだ。

　自分の変装については、実際に聞いた話とスパイ小説に書いてある情報をふるいにかけて、常識の範囲で調整していた。たとえば、地毛がブルネットのショートヘアだからといって、安直にプラチナブロンドのかつらとハイヒールに飛びついてはいけない。肝心なのは、反対の容姿でなく、目立たないようにすることだ。どんなものが人目につきやすいか考えて——たとえばブロンドやピンヒール——それを避け、自分の強みを活かす。自分では冴えないと思っていることのおかげで命拾いすることもある。

　こんなことになる前は、少年ぽい自分の体つきが不満でならなかったが、いまはそのおかげで助かっていた。ぶかぶかのユニフォームシャツに大きめのジーンズという少年のような恰好をしていれば、成人の女性を捜している目は素通りするかもしれない。短めの髪は野球帽の下に簡単に隠せるから、靴下を重ねばきして大きなリーボックを履けば、そこらにいる十代の少年ができあがる。まともに顔を見られたらおかしいと思われるかもしれないが、そんなふうに帽子の下をのぞきこむ人間などいはしない。なにしろ、公園にはあらゆる年代の男女がいるのだ。この恰好なら目立たないし、捜している女がここにいるとは〈部署〉も思いつかないだろう。なにしろ、最初に殺されかけたときから、ワシントンＤＣには戻っていない。

セキュリティ装置の糸を張りめぐらした巣を離れて狩りをするのは得意ではなかった。けれども、少なくとも頭のなかでは繰り返し検討ずみだ。持ち前の注意力と頭脳を駆使してさまざまな可能性を考え、あらゆるシナリオを想定している。おかげで多少は自信もあった。いまは、何カ月もかけて頭のなかでつくりあげた地図に従って動いているところだ。

カーストンは日課を変えていなかった。かっきり十二時十五分、彼はなじみのカフェの外に置かれた金属製のテーブルの座席に腰をおろした。思ったとおり、パラソルの陰にすっかり隠れる席を選んでいる。カーストンはかつて赤毛だった。いまはずいぶん生え際が後退しているが、その名残はある。

ウェイトレスが彼に手を振り、わかったと言うようにうなずいて店のなかに引っこんだ。ということは、いつもの料理を頼んだのだろう。これもまた、命を落としかねない日課だ。カーストンに死んでもらいたいなら、彼に気づかれることなくやり遂げることができる。

彼女は立ちあがってスマートフォンをポケットに突っこみ、リュックサックを片方の肩にひょいとかついだ。

手前の舗道とベンチのあいだには小高い丘と木が数本あった。カーストンからこちらは見えない。そろそろ着替える頃合いだ。まず帽子を脱いだ。次にユニフォームシャツを脱いでTシャツ一枚になり、ベルトを締めなおす。ジーンズの裾をロールアップしてボーイフレンドデニム風にし、リーボックを脱いで、リュックから取りだしたスリッポンタイプのスニーカーパンプスを履きなおして終わりだ。あくまで、暑いから少し身軽になるというようにさりげなく振る舞った。その場でずっと見ていたら、男物の服の下からティーンエイジャーの女の子が出てきたので驚いたかもしれないが、わざわざ気に留める人がいるとは思えない。今日の公園にはもっと過激な恰好をした人間が大勢いた。天気がいいと、ワシントンDCの変わり者たちはいつも表に出てくる。

トートバッグをふたたび肩に掛け、人目につかない木陰にリュックサックを隠した。もし人に見つけられても、なくなって困るようなものはなにも入っていない。

最後に、だれにも見られていないのをしっかりたしかめてからかつらをかぶり、イヤリングを慎重に耳につけた。

少年の身なりでカーストンと対面してもよかったが、遠からずその少年になりすます必要がまた出てくるかもしれないから、その設定を使うつもりはない。ホテルを出たときの恰好のままならいくらか時間を節約できたかもしれないが、見た目が同じだったら、公共、あるいは個人のカメラがとらえた姿とホテルの有線カメラの映像で簡単に居場所を突き止められてしまう。だが外見を変えておけば、そうなる確率をできるかぎり低くすることができる。たとえば、その少年かビジネスウーマン、あるいはいまのこの姿——たまたま公園を訪れた女性——を探しだそうとした場合、足どりをたどるのはかなり大変だ。

十代の少年より、女性の服装のほうが涼しかった。彼女はナイロン素材のユニフォームシャツを着ていたせいでかいた汗をそよ風で乾かしてから、通りに向かって歩きだした。カーストンが数分前に通ったのと同じ道筋をたどって、彼に背後から近づいた。料理はもう来ていて——チキン・パルミジャーナのサンドウィッチだ——カーストンは食べることにすっかり気を取られている。

なんの前触れもなく彼の向かいの席に腰をおろした。カーストンはサンドウィッチを口いっぱいに頬ばったまま顔をあげた。

彼が役者で、自分を偽るのが上手なことはわかっていた。それが少しも驚いた顔をしていないということは、完全に不意を衝かれたのだろう。ほんとうに来ることを予想していたのなら、突然現れた元部下を見て驚いたように振る舞うはずだ。でも、彼は少しも驚かずにテーブル越しにじっとこちらを見返して、なおも口をもぐもぐ動かしている。動揺をうまく抑えこんでいると思っていい。

こちらからはひとことも言わなかった。彼の無表情なまなざしをじっと見つめ返して、サンドウィッチを飲みこむのを待った。

「当初の予定どおりに会うほうがずっと楽だと思うが」

「そちらのスナイパーにとってはそうでしょうね」他人が聞いたら冗談と思うような台詞を、彼と同じくらいさりげない調子で返した。外でランチを食べているほかのふたつのグループは声高に笑いながらおしゃべりに夢中になっているし、舗道の通行人はイヤフォンか電話から聞こえる音に耳を傾けている。こちらが言うことを聞いているのはカーストンひとりだけだ。

「わたしは敵じゃない、ジュリアナ。きみもわかっているはずだ」

今度はこちらが平静を装う番だった。ずいぶん長いあいだ本名で呼ばれたことがなかったので、見ず知らずのだれかの名前のような気がする。最初はどきりとしたが、それからささやかな満足感が湧きあがった。自分の名前が他人の名前のように聞こえるのは、それだけうまくやっているということだ。

カーストンは彼女の頭にちらちらと目をやっていた――一見してかつらとわかるその髪の色は、実は彼女の地毛によく似ているのだが、いまはまったく違う色ではないかと疑っているのだ。それから彼は無理やり目を戻してさらに答えを待ったが、彼女がなにも言わないのを見て、慎重に言葉を選びながらつづけた。

「きみの……その……退職を決めた連中に対する風当たりが強くなった。そもそもあの決断にはだれもが賛成というわけではなかったからな。ずっと反対していたわれわれに指図する連中は、もういなくなった」

それはほんとうかもしれないし、ほんとうでないかもしれない。

彼女が疑わしい目をしていたので、カーストンはつづけた。「きみはこの九カ月のあいだ……なにか厄介な目に遭ったことがあるかね？」

「なにもないのは、隠れんぼがあなたよりうまくなったせいだと思ってた」

「もう終わったんだ、ジュリー。正義が力に打ち勝った」

「ハッピーエンドが好きなんだけど」皮肉たっぷりに言ってやった。

カーストンはたじろいだ。それとも、これも演技なのだろうか。

「あまりハッピーとは言えない話だ」カーストンはゆっくり言った。「ハッピーエンドなら、今回接触しなかった。きみは死ぬまで放っておかれたはずだ。われわれの力のおよぶかぎり、長い人生を享受しただろう」

彼女は同意するように——その話を信じたようにうなずいた。以前はカーストンのことを見た目そのままの人だと思っていた。長年、善人の皮をかぶっていたとも知らずに。おかしな話だが、いまは彼の一言一句を解釈するのがゲームみたいで、楽しいくらいだ。

もっとも、こんなささやきが耳元で聞こえていた——ゲームなんかじゃなかったら？　ほんとうの話だったら……自由になれるならどうする？

「きみほど優秀な人はいなかった、ジュリアナ」

「いちばん優秀だったのはバーナビー博士よ」

「こんなことは言いたくないが、バーナビーにきみほどの才能はなかった」

「ありがとう」

カーストンは眉をつりあげた。

「ほめ言葉に礼を言ったんじゃないの」彼女は言った。「バーナビーが死んだのは事故だと言ってごまかさなかったからよ」気さくな調子は変えなかった。

「あれは思いこみと不信感に惑わされた間違った選択だった。仲間を裏切るような人間は、その仲間も同類だと考える。悪人は善人が存在することが信じられないんだ」

カーストンが話しているあいだも彼女は表情を変えなかった。

毎日が逃亡生活だった三年というもの、自分が関わった機密情報を漏らしたことはただの一度もなかった。裏切り者だと思われるような行動に出たことも一度もない。彼らに殺されそうになっても秘密は守りつづけたが、そんなことは〈部署〉にとってはまったくどうでもいいことらしかった。

彼らにとって、そんなことは大した問題ではなかったのだ。彼女はいっとき、自分が探し求めていたものにどれほど近づいていたかという思いにふっととらわれた。途中で中断していなければ、もっとも重要な研究分野で、いまごろ成果を出していたかもしれない。思うに、〈部署〉にとってはそれすらどうでもいいことだったのだろう。

「しかしいま、連中は面目丸つぶれだ」カーストンはつづけた。「なにしろ、きみと同じくらい優秀な人間がさっぱり見つからない。バーナビーの半分も使えない連中ばかりだ。真の才能がかぎられた人間にしか与えられないことを、どうしてみな忘れてしまうのかな」

それからカーストンは待った。彼女が口を開いてなにか質問し、興味があるところをちらりとでも見せないかと期待しているのだ。彼女はただ穏やかに彼を見つめ返した。まるで自分をレジのところに呼びつけた見知らぬ客を見るようなまなざしで。

カーストンはため息をつくと、やにわに深刻な顔になって身を乗りだした。「問題が発生した。解決するには、きみを頼らざるを得ない。いまは、この仕事ができる人間がいないんだ。しかも、われわれに失敗は許されない」

「〝われわれ〟でなく、〝きみ〟でしょう」素っ気なく言った。

「きみのことならよく知っているつもりだ、ジュリアナ。きみは無関係な人々のこともちゃんと考える」

「以前はそうだったけれど、あのときのわたしは殺されたの」

カーストンはふたたびたじろいだ。

「ジュリアナ、きみにはずっとすまないと思っていた。わたしは止めようとしたんだ。きみが逃げおおせたと聞いたときは心底ほっとした」

これにはさすがだと思わないわけにはいかなかった。否定も弁解もしない。『ラボでの不幸な事故だった』とか『われわれではない。わが国に敵対する連中がしたことだ』といった言い訳もなく、ただ事実を認めている。

「いまは、だれもが後悔している」彼が声を低めたので、耳を澄ませなくてはならなかった。「なぜなら、きみがいなければ大勢の人々が死んでしまうからだ、ジュリアナ。何千人、いや何十万人も」

カーストンは、今度はじっと待った。彼女があらゆる可能性を考えるのに数分かかった。

ふたたび口を開いた彼女は小声で、なんの興味もなさそうに、感情を込めずにしゃべった。

明らかな事実だけで、話は通じる。「重大な情報をだれかが握っているのね」

カーストンはうなずいた。

「あなたはその人を消せない――そんなことをすれば、あなたたちが気づいていることを相手に悟られてしまうから。できれば未然に防ぎたいと思っていることがいっそう早く起こってしまうから」

カーストンがまたうなずいた。

「まずい状況なのね？」

ため息。

〈部署〉が動きだすきっかけの最たるものはテロだった。彼女が〈部署〉に採用されたのは、ワールドトレードセンターのツインタワーがかつて建っていたくぼ地の周辺で、感情的な混乱がまだおさまりきっていないころだ。テロ防止は主要な任務で――彼女の仕事を正当化する最大の言い訳だった。そして〝テロの脅威〟も都合のいいようにゆがめられ、ねじ曲げられていたから、しまいには母国のために働いているという自覚もほとんどなくなってしまった。

「――そして、大がかりな装置も関わっている」それは質問ではなかった。いちばん恐ろしいのはそこのところだ——アメリカを心底憎悪しているテロリストは、いつか核兵器を手に入れる。

それが、彼女がしていた仕事が暗い闇に包まれていた理由だった。彼女の存在は必要不可欠だ。たとえ一般市民が、そんな人間は存在しないとどんなに信じたくても。

そして、彼女はやってのけた——それも一度ではない。彼女のような人間の働きで、人類の悲劇は未然に防がれてきた。それは妥協でもあった。ささやかな恐怖か、大量虐殺か。

カーストンはかぶりを振ると、薄青い目に不意に苦しみの色を浮かべた。彼のそんな表情を見たら、だれだってぞっとするだろう。それほど大きな脅威はふたつしかない。核か、もうひとつの可能性——。

生物兵器なのね。声を出さずにその言葉を口にした。

カーストンの暗い表情が答えだった。

いっとき目を伏せ、頭のなかでこれまでの彼の言葉を総ざらいしてふたつの可能性に分けた。その一。カーストンは嘘の達人で、ジュリアナ・フォーティスを亡き者にするために入念に準備した罠へ誘導しようとしている。とっさに頭を働かせて、いちばん弱いところを突いてきた。

その二。強力な生物兵器を何者かが所持しているが、どこにあるのか、いつ使われるのかがわからない。だがその相手が何者なのかはわかっている。

プライドが首をもたげて、気持ちが少しだけ動いた。たしかに自分は優秀だ。これ以上優秀な人間が見つかりそうもないというのもほんとうのことだろう。

それでも、〝その一〟の可能性に賭けるつもりだった。

「ジュリー、きみを死なせたくない」こちらの頭のなかを見透かしたように、カーストンが静かに言った。「きみを殺すつもりなら、こちらから接触するものか。わざわざ会おうとするはずがない。なぜなら、きみはわたしを殺せる道具を少なくとも六つは身につけているからな。それを使う正当な理由もある」

「ほんとうにたった六つだと思っているの？」

カーストンは眉をひそめたが、すぐに笑みを浮かべた。「これではっきりしただろう。わたしは死にたくないんだ、ジュリー。嘘じゃない」

カーストンの目が首飾りのロケットに釘づけになっているのがおかしくて、彼女はひそかに笑いをこらえた。

気さくな口調に戻って言った。「できたら、フォーティス博士と呼んでもらえるかしら。もうニックネームで呼び合う仲ではないもの」

カーストンは残念そうな表情を浮かべた。「許してくれと言ってるわけじゃない。たしかにわたしは、なにかしら手を打つべきだった」

彼女はうなずいたが、その言葉に同意したわけではなかった。いまは本題の話を進めるのが先だ。

「わたしを助けてくれないか。いや、わたしじゃない。罪のない大勢の人々が、きみの助けがなければ死んでしまうんだ」

「そうなってもわたしのせいじゃない」

「そうだな、ジュ――フォーティス博士。責任を問われるのはわたしだろう。だが、だれのせいだろうと関係ない。どのみち責任を問う側の人々が死んでしまうのだから」

彼女は瞬きひとつせずにカーストンをにらみつけた。

カーストンの表情が曇った。「なにが使われるのか、知りたくないか？」

「いいえ」

「さすがのきみでも気分が悪くなるかもしれない」

「それはどうかしら。でも、そんなことはほんとうにどうでもいいの。〝これからなにが起こりうるか〟なんて」

「何十万ものアメリカ人の命より重要なものとはなんなのかな」

「とんでもなく自分勝手に聞こえるかもしれないけれど、息を吸って吐く行為は、わたしにとってなによりも大切なことなの」

「きみに死なれたら、助けてもらうこともできない」カーストンが素っ気なく言った。「われわれも馬鹿ではない。きみが必要になることはこれからもあるだろう。同じ過ちは二度と繰り返さないつもりだ」

その言い分を受け入れるのは癪だったが、気持ちはますます傾きかけていた。カーストンの説明は、たしかに筋が通っている。彼らが方針を変更するのは、今回がはじめてではない。

それに、もしも彼の話がぜんぶほんとうだったら？　冷たく突き放すことはできるけれど、カーストンはさすがによくわかっている。大惨事を防げないまま生きていくのはつらいはずだ――自分がいくらかでも役に立てるかもしれないと思っているならなおのこと。そもそもそう思っているからこそ、おそらく世界じゅうでいちばん最低なあの仕事に引っ張りこまれたのだから。

「……いま、その資料は持ってないでしょうね」彼に言った。

3

今夜、彼女の名前はアレックスだった。

ワシントンDCから少し離れる必要があったので、フィラデルフィア市街地のすぐ北にある小さなモーテルに泊まった。市街地から伸びる州間高速沿いに五、六軒並んでいるうちのひとつだ。このあたりに居場所を絞りこまれたとしても、すべてのモーテルを調べてまわるには時間がかかる。加えてここペンシルベニア州には、追跡者の足を向けさせるような痕跡をひとつも残していない。それでもやはり、今夜も彼女はバスタブのなかで眠るつもりだった。

狭い部屋にはテーブルがなかったので、資料のファイルはひとつ残らずベッドの上に広げてあった。見ただけでどっと疲れる眺めだ。ファイルの受け渡しは、フェデックスでどこかに送ってもらうというわけにはいかなかった。

資料の用意はできていると、カーストンは言っていた。カーストンは彼女があの後も会ってくれるものと思っていたし、会うとわかっていれば待ち合わせするときにファイルも持ってきてくれただろう。彼女は資料をハードコピーでほしいと言い、カーストンが同意したので、引き渡す手順を説明した。

むずかしいのは、たがいに接触せずに受け渡しをすることだ。

たとえば、単純にファイルをゴミ箱に放りこんでもらい、人を雇って回収させるわけにはいかない——彼女をつかまえたければ、そのゴミ箱を監視して尾行すればいいのだから。ファイルを回収した人間は別の場所にファイルを運ぶが、彼女が来る前に監視役はすでに先まわりしているはずだ。どこかで、その監視役の目をごまかさなくてはならない。

そこでカーストンに言って、ブレイズコット・ホテルのフロントにファイルを箱ごと預けてもらうことにした。そこで待ちかまえている支配人のグリーン氏は、カーストンのことを彼女の友人で、彼女の元恋人から家族の宝物を取り返して届けに来てくれたものと思っている。その元恋人に、カーストンが尾行されていることも承知のうえだ。

グリーン氏から暗証番号を教えてもらって、彼女はホテルの監視カメラの映像を何マイルも離れたインターネットカフェから確認した。その映像に映らないからといって尾行者がいないことにはならないが、カーストンは箱を届けただけで立ち去った。グリーン氏はすべて言われたとおりにきちんとやっているが、それは彼女に見られているとわかっているからだろう。届けられた箱はスタッフ用のエレベータで地下の洗濯室に運ばれ、そこでメイドのカートに積みこまれて彼女の部屋に届けられた。それを受けとるのは、彼女から部屋のカードキーと五百ドルを渡されて待機している自転車便の若者だ。彼は部屋に置いてあった地味な黒いスーツケースにその箱をしまって背中にくくりつけると、彼女からもらった安物のプリペイド携帯で指示をもらいながら大まわりするルートを取り、しまいに彼女がいるカフェの向かいに到着して、面食らっているコピーストアの店員に箱を渡した。

運がよければ監視役はまだホテルにいて、こちらが正面入口から入ってくるのを待っているはずだ。もしかするともっと利口かもしれないが、監視役が十人いたとしても、ホテルを出る人全員の跡をつけることはできない。たとえだれかが自転車便の若者に目をつけたとしても、彼に置いていかれないようについていくのは至難の業だろう。あとは、自分がだれにも見られていないことを祈るしかない。

ここから先は、すばやく行動しなくてはならない。とくにこれからの一時間は、計画したなかでいちばん危険を伴う部分だ。

もちろん、渡されたファイルに追跡用のＩＣチップのたぐいが仕込んであることはわかっていた。カーストンにはスキャンして調べると言っておいたが、こちらがそこまでできないのはお見通しだろう。だから大急ぎで資料のカラーコピーを一セット取ったが、その作業で十五分もかかってしまった。コピーした書類をスーツケースに入れ、原本をカウンターでもらった紙袋に入れる。箱は店のゴミ箱に捨ててきた。

あとは時間との闘いだった。タクシーを捕まえ、ワシントンＤＣの治安のよくない地区に向かった。とにかく人目につかない場所を探す必要がある。えり好みしている余裕はなかったので、荒れ果てた袋小路の入口でしばらく待つように言ってタクシーを降りた。ありがちな行動できっと怪しまれるだろうが、いまは仕方がない。〈部署〉にすでに見つかっているかもしれないのだ。袋小路の突き当たりまで急いで――こんなところでつかまりたくない！

――大型ごみ容器の陰にまわりこみ、ひび割れたアスファルトの上に散らばるものを足でどかした。

背後で動く物音がしたので、飛びあがって振り向き、黒いベルトの左側に隠した注射器を無意識のうちに指で探った。

袋小路の向かい側で、段ボールとぼろの寝床に横になっていた男が、恍惚とした表情で彼女のほうを見ていた。ひとことも口をきかないし、立ち去る様子も、近づいてくる様子もない。ホームレスの彼がなにを見ているのか、考える余裕はなかった。視界の隅に男をとらえたまま、資料の原本が入った紙袋に目を戻し、レモン形のソフトなプラスチック容器をハンドバッグから取りだして、中身を紙袋のなかにスプレーした。ガソリンのにおいが周囲に漂う。ホームレスの男の表情は変わらない。それを見て、マッチをつけた。

炎が燃え広がったときに備えて消火剤を両手に持ったまま、書類が燃えるのを注意深く見守った。ホームレスの男は見ているものに飽きたのか、寝返りを打って背を向けた。

すべての紙片が灰になるのを見届けて火を消した。資料になにが書いてあるのかまだ知らないが、機密扱いなのは間違いない。彼女が関わってきたプロジェクトは、そうと決まっていた。黒と白の灰をつま先で踏みつけ、舗道にこすりつける。もう紙切れひとつ残っていない。五セント玉をホームレスに放って、タクシーに駆け戻った。

そこからタクシーを何度か乗り換え、地下鉄に二回乗り、数ブロックを徒歩で移動した。追跡者をまけたかどうかは自信がなかった。できるかぎりのことをして、対策を立てておくしかない。もう一度タクシーに乗ってワシントンＤＣの南にあるアレクサンドリアで降り、三枚目の新しいクレジットカードで三台目の車を借りた。

そしていまは、フィラデルフィア郊外の安モーテルの部屋で――むっとするような芳香剤のにおいと、染みついたタバコの煙のにおいが混じり合っているところで――ベッドの上にきちんと並べた書類の山を見つめているところだ。

対象者の名前は、ダニエル・ネベッカー・ビーチという。

年齢は二十九歳。色白で中肉中背、髪は緩く波打つ長めのアッシュブラウン――髪が長めなのが、どういうわけか意外だった。これまで関わりがあったのはたいてい軍人と決まっていたから。瞳ははしばみ色。アレクサンドリアで、アラン・ジェフリー・ビーチとティナ・アン・ビーチ――旧姓ネベッカー――のあいだに生まれた。一歳半年上のケヴィンという兄がひとりいる。ダニエルは子ども時代のほとんどを家族とともにメリーランドで過ごした。ただし高校時代にバージニア州リッチモンドで二年間だけ暮らしている。それからメリーランド州のタウスン大学に入学して中等教育を専攻し、副専攻科目として英語を学んだ。卒業から二年後に、両親をともに自動車事故で亡くしている。衝突した車の運転手も死亡しており、その血中アルコール濃度は泥酔状態の〇・二一パーセント。葬儀の五カ月後、今度は兄が薬物犯罪で逮捕され――容疑はメタンフェタミンの製造、および未成年者への販売――九年の刑期を言いわたされてウィスコンシン州の矯正施設に送られた。ダニエルは一年後に結婚し、その二年後に離婚している。元妻は離婚が慌ただしく成立するのとほぼ同時に再婚した。新しい夫――弁護士――とのあいだに子どもが生まれたのは、再婚から半年後だ。それがなにを意味するのか、読み取るのはさほどむずかしくない。同じ年に、刑務所内の喧嘩で兄のケヴィンが死亡した。こうして見ると、ずいぶん長いあいだ不幸につきまとわれている。

　いまのところ、ダニエルは高校で歴史と英語を教えている。ワシントンDCで、たいていの人からよろしくないと見なされている地区にある高校だ。女子バレーボールチームの指導をし、学生自治会の顧問もしていて、〈ティーチャー・オブ・ザ・イヤー〉――生徒の投票で決まる賞――を二年連続で受賞している。さらに三年前に離婚して以来、彼は夏になるとハビタット・フォー・ヒューマニティ（おもに貧困層のために住環境の改善・確保をめざす国際NGO）で働くようになった。最初の年はメキシコのイダルゴで、翌年はエジプトのエルミニヤで、そして三度目の夏はその両方で過ごしている。

　亡くなった両親と兄の写真は一枚もない。元妻の写真なら一枚――ふたりが一緒に写っている結婚式の正式な写真だ。焦茶色の髪の美人で、写真の中心にいる。ダニエルはほとんど付け足しのように後ろに立っているが、その満面の笑みは、花嫁の念入りに整えられた顔に貼りつけられた表情より本物に見える。

　できればもっといろいろな情報がほしかったが、自分ほど神経質でない分析担当者にそこまで期待するわけにはいかないこともわかっていた。

　ざっと見たところ、ダニエルに怪しいところはひとつもない。家族はまっとうだ（兄の死に至る破滅的なサイクルは、両親が事故死したときからはじまっていたのだろう）。離婚の犠牲者である（仕事熱心な教師の妻が、夫の給料では贅沢できないことに気づくのはよくあることだ）。恵まれない子どもたちに好かれている。暇なときは世のため人のためになることをしている。

そもそもなにがきっかけでダニエルは政府に目をつけられたのだろう？　そのことは資料に書いてなかったが、当局が少し突っこんで調べたところ、黒いものがにじみ出てきた。

すべてはメキシコからはじまっているようだった。当時は当局の監視の目がなかったので、状況を語るものは銀行口座しかない。捜査会計士が充分に裏付けのある証拠をつなぎ合わせて推測した結果はこうだ。まず、ダニエルの預金残高について、離婚後はずっと数百ドル付近だったのに、ある日突然一万ドルが振り込まれている。数週間後に、さらに一万ドル。夏の終わりには残高の合計が六万ドルになっていた。ダニエルが仕事をしにアメリカに戻ると、その六万ドルは消えてしまう。マンションの頭金にしたか、高級車でも買ったのだろうか？　いいや、目立つような買い物はしていないし、まとまった金を使った記録もない。そして翌年、エジプトで彼の預金が急に増えることは一度もなかった。すると、前年はギャンブルで儲けたのだろうか？　遺産を相続したのだろうか？

だいいち、その程度のことでは告発でもされないかぎり人目につかないはずだ。だが、資料のなかに、内部告発に関するようなことはなにひとつ見当たらない。はっきりした情報があっても、経理部のだれかがむなしく残業するか、手がかりがつかめなくて手持ち無沙汰になっていたはずだ。なにしろその六万ドルについて、とくに急ぐ理由もないのに、金融アナリストがそれこそブラッドハウンドが地面を嗅ぎまわるように追跡している。結果、六万ドルの行く先が判明した――ケイマン諸島の新しい銀行口座だ。しかも、さらに一万ドル増えている。

この時点で、ダニエルは当局のリストに記載された。中央情報局《CIA》でも連邦捜査局《FBI》でも国家安全保障局《NSA》でもない、国税庁《IRS》のリストだ。それも、優先度はそれほど高くない。リストの上のほうに記載されているわけではないので、要調査対象と見なされているだけだ。

兄の死はダニエルにどれほど影響を与えたのだろうと、アレックスはいっとき考えた。ただひとり生き残った肉親である兄を、ダニエルはしょっちゅう訪問していた。妻に逃げられたうえに兄に死なれるのは、人間を間違った選択肢へと押しやるには充分な気がする。

その後もダニエルの預金残高は増えつづけた。もう麻薬の運び屋や売人でも稼ぎだせないほどの金額だ。

それからまとまった金が動きはじめて、追跡がいっそうむずかしくなった。合計一千万ドルにのぼる金が、ダニエル・ビーチの名義でカリブ諸島からスイス、中国をめぐって、また元に戻っている。もしかすると彼は隠れみので、資産を隠すために何者かが彼の名前を使っているのかもしれないが、一般論として、悪賢い連中はこの手の金をなにも知らない教師に委ねたりしない。

なにをしたらこんなに稼げるの？

もちろん、当局はその時点で彼の交友関係を監視して、ほどなく手がかりにたどり着いた。エンリケ・デ・ラ・フエンテスという男が、ダニエルが泊まっていたメキシコシティのモーテルの駐車場で、監視カメラの粒子の粗い画像に映っていたのだ。

数年間〈部署〉の仕事から遠ざかっていたので、その名前を見てもぴんとこなかった。たとえ〈部署〉で働いていたとしても、ふだん取り扱う案件のひとつとしては数えられなかっただろう。当時は麻薬カルテルに関する問題で仕事をすることがたまにあったが、戦争やテロが迫っているときのように赤灯が点滅したり、サイレンが鳴ったりすることは一度もなかった。

デ・ラ・フエンテスはドラッグ密売組織のボスだったが、その手の人間——闘志満々で将来大物になりそうなボスでさえ——に〈部署〉が注目することはめったになかった。密売組織のボス同士が殺し合ったところで、合衆国政府は大して気にしない。なぜなら、そうしたドラッグ関連のいさかいは、普通のアメリカ人の生活を脅かすことがほとんどないからだ。ドラッグの売人は、大事な客を殺さない。

〈部署〉にいたころは、仕事で必要な機密情報にアクセスすることもできたが、密売組織のボスが大量殺戮兵器に興味があるという話は一度も見かけたことがなかった。だがもちろん、利益が絡む場合は、だれだろうと疑ってかからなくてはならない。

そこで〝利益を得る〟だけならいいが、組織が急成長しているとなると問題だ。

デ・ラ・フエンテスは一九九〇年代半ばに（控えめな表現で言うと）敵対的な乗っ取りによって、中規模のコロンビア人カルテルをわがものにした。つづいてアリゾナ州沿いの国境のすぐ南に活動拠点を何度かつくろうとしたが、その都度テキサスとメキシコの国境を股にかけている近くのカルテルに妨害されたため、しびれを切らしたフエンテスは邪魔者を消そうと、ますます尋常でないやり方を探るようになった。そして協力者を見つけた。

彼女は歯の隙間から息を吸いこんだ。

それは知っている名前だった——知っているし、憎んでもいる。国外の敵から攻撃されるだけでも恐ろしいのに、この国を内側から攻撃しようとしている連中。彼女はそうした人間を心の奥底で嫌悪していた。民主主義国家の自由と特権を生まれながらに持ち、その特権と自由を利用して、民主主義の根本を攻撃する人間を。

この自国出身のテロ組織には名前がいくつかあり、〈部署〉は彼らを〝蛇《サーペント》〟と呼んでいた。いちばん新しいリーダーのひとりが入れていた刺青と、『リア王』の台詞にちなんでそう呼ぶようになったらしい。彼らの比較的大きなテロ計画を食い止める手伝いをしたことがあるが、なかには阻止できなかったものもあり、いまだにそのことを夢に見てうなされることがある。そのファイルには、最初の接触者がだれなのか書かれておらず、ただ協定が結ばれたとあるだけだった。もしデ・ラ・フエンテスが絡んでいるなら、充分な金と、より大きな麻薬カルテルを壊滅させるための武器を手に入れるはずだ。そしてテロリストたちはテロリストたちで、ほしいものを手に入れる——アメリカ国内の不安定化と恐怖と破壊、そして彼らが考え得るかぎりの圧力を。

これはまずい。

なぜなら、ラボでつくりだされた致死性のインフルエンザウイルスほどアメリカ国内を混乱に陥れるものはないからだ。とりわけ、第三者がコントロール可能な場合はそうなる。

報告書の視点がいつ分析者からスパイに変わったのか、読み取るのはたやすかった。途中から格段に具体的になっている。

スパイたちはその新型インフルエンザウイルスをＴＣＸ－１と呼んでいた（その頭文字がなにを表すのか、ファイルにはなんの注釈もなかったし、専門分野にかなり特化した経歴をもつ彼女ですら、まったく思い当たらなかった）。アメリカ政府は新型インフルエンザウイルスが存在したことは承知していたが、それらは北アフリカで実施された極秘の急襲作戦によりすべて処分されたと認識しているはずだ。そこにあったラボは破壊され、関係者たちは全員逮捕されている（そのほとんどが処刑された）。ＴＣＸ－１はそこで表舞台から姿を消した。

だがその名は、数カ月前にメキシコで、そのウイルスに有効なワクチンとともに再登場した。ワクチンは新しい脱法ドラッグに組みこまれた形で供給される。

彼女は頭痛を感じはじめていた。それも左目の奥に熱い針が突き刺さるような、きわめて局所的な痛みだ。モーテルにチェックインし、数時間眠ってから資料を読みはじめたが、それでは足りないのだろう。シンクのそばに置いてある化粧品袋のなかからモトリン（鎮痛解熱剤の一種）を四錠取りだして水なしで飲みこんだが、その二秒後に胃袋が空っぽだったことを思い出した。洗面道具入れにいつもプロテインバーを忍ばせてあったので、ベッドに戻りながら急いでかじった。

テロリストの〈サーペント〉はつねに監視されていることを知っていたので、デ・ラ・フエンテスにまず情報だけ渡した。そのかわり、デ・ラ・フエンテスは実行役の人間を用意しなくてはならない——好ましくは、地味で目立たない人間を。

そこで、例の教師、ダニエル・ビーチに白羽の矢を立てた。

最高レベルの分析能力をもつスパイが調べた結果わかったのは、どこから見ても善人であるダニエル・ビーチが、エジプトに行ったときに、貪欲で危険なドラッグ密売組織のボスのためにTCX－1を手に入れたことだった。しかも彼は、いまも明らかに陰謀の一端をになっている。いくつかの証拠から、アメリカの国土にTCX－1をばらまくことになっているのは彼だった。

ワクチンが含まれる吸入可能な脱法ドラッグは、すでに流通している。得意客はウイルス感染の危険にさらされないというのが、おそらくこの陰謀の第二のポイントだ。このうえなく気短かな密売組織のボスでも、金が絡むところでは冷静にならざるを得ない。となると、得意客でない人々は、どこに行けば救済されるか知って——血眼になってドラッグを手に入れようとする、まったく新しい顧客層ができあがることになる。ダニエル・ビーチがもう免疫保有者なのは間違いない。猛毒ウイルスを流布するのはむずかしくない仕事だ。ウイルスが付着した綿棒で、日常的に人が触るところ——ドアノブやカウンターの上、キーボード——をさっと拭くだけでいい。ウイルスはそれこそ野火さながらに拡散するように改良されているから、わざわざ多くの人間に触ってもらう必要もない。ロサンゼルスで数人、フェニックスで数人、アルバカーキで数人、サン・アントニオで数人。ダニエルはすでに、それぞれの街のホテルを予約している。彼は死をもたらす旅に出る――表向きは、秋に実施される校外学習の下見のために、ハビタット・フォー・ヒューマニティの支部を訪れるのが目的だ――それも三週間以内に。

〈サーペント〉とデ・ラ・フエンテスは、これまでアメリカ本土で実行されたなかでもっとも強力な攻撃を仕掛けようとしている。デ・ラ・フエンテスがほんとうにウイルスを生物兵器化しているなら、成功する可能性はきわめて高い。

　カーストンは冗談を言ったのではなかった。あのとき情に訴えるふりをしているように見えたのも、いまなら並外れた自制心のせいだとわかる。重大な危機にはこれまでにも何度か対処してきたし、そうした被害のいくつかを実際に目にしたこともあるけれど、今回の危機はとりわけ最悪のレベルだ。同様の被害を引き起こしうる生物兵器はもうひとつあるが、ラボの外に出たことは一度もない。だが今回は、そのレベルで実行可能な計画が進行しているのだ。それも、この資料によれば数十万人が死ぬ程度ではすまない――疾病管理センター《CDC》が感染を抑えるまでに、百万人弱か、もしかするとそれより多くの人々が犠牲になる。こちらがその結論にたどりつくことを、カーストンは見越していたのだろう。彼は信じてもらえるように、わざと控えめに話した。事実は小説より悲惨なこともある。

　危険の度合いは予想していたよりはるかに大きかった。こんな危機が間近に迫っているのに、自分ひとりが助かることだけを考えていていいの？　カーストンと話したときは頑なな態度を取ってしまったけれど、今回の件が罠どころではない深刻な危機だとしたら、それを食い止める以外に選択肢はない。

ダニエル・ビーチが姿を消したとわかったら、デ・ラ・フエンテスは何者かに勘づかれたと思うだろう。おそらく計画を前倒しにするはずだ。ダニエルには詳細な計画をすぐさま白状してもらわなくてはならない——デ・ラ・フエンテスに気づかれないうちに。そしてすみやかにふだんの生活に戻って、誇大妄想に駆られたボスをなだめてもらう——正義の味方が彼を片付けるまで。

アレックスの尋問の対象となる人間は短期間で解放されるのが普通だった。彼女の専門分野が活かされるのはここのところだ。対象者の身体を傷つけることなく、巧みに情報を入手する（彼女の前はバーナビーが第一人者であり、その仕事をする唯一の人間だった）。CIAやNSA、そのほか政府の同様の組織にもそれぞれ尋問を担当する部署があるが、彼らは情報を入手すると尋問した人間を消してしまう。そのなかのいちばん優秀な人々よりもアレックスのほうが巧みに情報を引きだすことが徐々にはっきりしてきて、彼女はぐんと忙しくなった。ほかの部署はかなり閉鎖的で、詳しい情報も外部には漏らさなかったが、結果を見れば彼女のほうが上なのは明らかだった。

アレックスはため息をついて、目の前の現実に意識を戻した。枕の上に、ダニエル・ビーチの写真が十一枚並べてある。コインの裏表のように、結びつけるのがむずかしい写真だ。だいぶ前に撮影された彼はボーイスカウトのように健全で、柔らかな巻き毛に善良でけがれのない人となりがうかがえる。だがスパイが撮影した彼は、とても同一人物とは思えない。髪はいつもフードか野球帽（彼女自身もよく使う小物だ）で隠し、冷酷なプロの表情を浮かべてただ者でない雰囲気を漂わせている。アレックスはこれまで何人ものプロを尋問してきたが、この手の人間を白状させるには時間が必要だ。おそらく、週末のあいだだけでは足りない。彼女は、同一人物なのに対照的なふたつの顔をふたたび見比べた。ダニエルは精神を病んでいるのかしら？　それともいま見ているのは人が変わってしまう前と後の彼であって、善良な彼はもうどこにも存在しないのかしら？

いずれにしろ、そんなことは重要ではない――いまのところはまだ。

頭の痛みは、片方の目の奥に熱いドリルで穴を空けられているのかと思うほどひどくなっていた。こうなったのは、何時間も資料を読んでいたせいではなくて、決断を迫られているからだ。

彼女はファイルを集めると、ひとつ残らずスーツケースに押しこんだ。アメリカ南西部を標的にした大量殺戮計画から、数時間だけ離れるつもりだった。

彼女はけさ出発したときに乗っていたレンタカーとは違う車に乗りこんだ。レンタカーはここに来る前にボルティモアで返している。ペンシルベニア州のヨークまでタクシーで移動し、タクシーを降りて二、三分歩いたところにスタビンズという男性の家があった。彼はクレイグズリストで、三年もののトヨタのターセルを売りに出していた。その車をコリー・ハワードの名で現金で買い、フィラデルフィアに来た。跡をつけようと思えばつけられるだろうが、すんなりとはいかないはずだ。

モーテルを出発して数マイル走ったところで、少し寄り道することにした。ちょっとした用事を片付けるように見えなくもない。そうしたほうがいい理由はふたつあった。ひとつ目は、人混みのなかにいたほうが目立たないから。ふたつ目は、食べ物にありつけそうだから。

食事ができるところは軒並み満員だったので、小さなバーに入った。カウンターの向かいの壁が鏡張りになっているので、振り返らずに入口と表側の窓を見張れる。肉汁たっぷりのハンバーガーにオニオンリングとチョコレートモルトドリンク——どれもおいしい。食べている最中は脳のスイッチをオフにした。頭を切り替えるのはここ九年間で身につけた特技のひとつだ。周囲に目を配りながら食べることに集中しているうちに頭の痛みは鈍くなり、しまいに頭痛薬が勝って、痛みはすっかりおさまった。デザートにパイをひと切れ——ペカンパイを——注文したが、すっかり満腹になっていたので、少ししか食べられなかった。先延ばしにしていることはわかっていた。食事が終わったら決断しなくてはならない。

車に戻ると、予想どおり頭が痛くなった。ただ、さっきのように差しこむ痛みではない。だれかに尾行されてもわかるように、静かな住宅地を適当に流して走った。小規模な住宅地は暗くて人気《ひとけ》もない。数分後には市街地に戻っていた。

頭のなかにはまだふたつの可能性があった。

ひとつ目は、カーストンが元部下を始末するために嘘をついている可能性。これはますますないという気がする。でも、警戒を解くわけにはいかない。今回の話が、すべてでっちあげということもあり得るのだ。あらゆる証拠も、連携している各部署も、それぞれ異なる文体で書かれた分析結果も、世界じゅうで撮影された写真も——細部まで凝りに凝ったでっちあげかもしれない。もっとも、ぜったいほころびがないとは言えないけれど——こちらが食いつくかどうかは知りようがないのだから。

けれども、あらかじめ仕組まれた話し合いに元部下を来させたいなら、なぜあれだけの情報を用意させたの？　そこまで体裁を整えなくても、その気があればあの場で簡単に殺せたはずだ。ブリーフケースを開ける前に標的の脳みそを舗道にぶちまけるつもりなら、大量の白紙だけ用意すればいい。これほどの資料を用意するのにどれくらいかかるかしら？　カーストンが即座に用意をする余裕はなかった。このシナリオに登場するダニエル・ビーチとは何者なの？　〈部署〉の一員？　あるいは、なにも知らない一般人の写真を画像処理して外国の風景に組みこんだとか？　やろうと思えばその情報の裏を取れることくらい彼らは知っているはずだ。

最後のファイルで、〈部署〉は彼女に今後の計画を提示していた。彼女が協力しようがすまいが、五日後、いつもどおり土曜の朝のジョギングをしているダニエルを拉致する。月曜に学校がはじまるまで、彼がいなくなってもだれも寂しがりはしない。たまたま彼がいないことにだれかが気づいたとしても、ちょっと休暇を取っているくらいに思うのが関の山だろう。この仕事に協力するなら、必要な情報を得る時間は二日間。その後はどこへ行こうと自由だ。できれば連絡が取れるようにしておいてもらいたい。緊急の電子メールアドレスか、

SNSか、あるいはネットの広告でも。

協力しなければ、〈部署〉は彼女なしでダニエルを尋問することになる。だが、体に痕跡を残さないようにして尋問するには時間がかかる――それもかなりの時間が。失敗するのは目に見えている。

彼女はラボで自分を手招きしているものたちを思い浮かべて、たまらない気分になった。いまの状況ではけっして使えない、DNAシーケンサーやPCR装置。今回の招待が本物なら、作製ずみの抗体だってポケットいっぱいに詰めこむことができる。もちろんカーストンの言うことがほんとうなら、もう盗む必要もないわけだけれど。

彼女はふたたびベッドで眠るところを想像しようとした。もう薬局一軒分の毒物を四六時中身につけなくてすむのだ。同じ名前を毎日使える。だれかを犠牲にすることなく他の人と連絡が取れる……。

当てにしてはだめだと、自分に言い聞かせた。浮かれたら判断力が鈍って、へまをしでかしてしまう。

あれこれ想像するのは楽しかったが、いざラボに戻ったときのことを思い浮かべようとすると壁にぶち当たった。ぴかぴかのスチールドアを通り抜けて、バーナビーが絶叫しながら死んでいったあの場所に戻るなんてとてもできない。その場面を思い浮かべることを、頭が全力で拒否していた。

百万人の命は重い。けれども、この話はまだいろいろな点で抽象的だ。なにに背中を押されようと、あのスチールドアを通り抜けられるようになるとは思えなかった。
つまり、あのドアは避けなくてはならない。
与えられた時間は、わずか五日間。
やることがたくさんある。

4

今回の仕事は、なけなしの貯金を食いつぶそうとしていた。

その悩みは、頭のなかをぐるぐるまわっていた。もし来週も生き延びて、〈部署〉との関係がなにひとつ変わらなければ、金銭面で深刻な問題を抱えることになる。年に三回のペースで住む場所を変えていると、安上がりではすまない。

〈部署〉にいたころは、自由になるお金を入手するだけで大仕事だった。口座の残高ならあった――そもそも、この仕事を選んだ一因が給料の高さだったし、それより前に母が亡くなったときにも、かなりの金額の保険金を受けとっている。けれども、部下がいつ歯磨き粉のブランドを替えたかファイルに書きこむような極端に監視の厳しい組織で働いていたら、ただ貯金を引きだしてベッドの下の靴箱にしまっておくようなことはできない。その〈部署〉にどうこうするつもりがなくても、お金を引きだしたことでそのきっかけを与えてしまうかもしれないからだ。〈部署〉にもともとそうするつもりがあったなら、その時期が早まるだけのこと。ワシントンDCを離れるときに全財産を引きだすという手もあるが、そうすると事前の準備にお金をかけられなくなってしまう。

ほかの計画と同様、それもバーナビーが考えたことだった。彼は準備を手伝ってくれた友人を守るために、彼女にも詳細を明かさなかった。

まず、ラボから三階上にあるカフェテリアで、彼女とバーナビーは見込みのありそうな投資先について、周囲に聞こえるように話をした。そういう会話は少しも珍しくなかった。休憩時間にその手の話をしているオフィスはほかにもある。彼女はバーナビーに説得されて納得したふりをし、バーナビーは手続きをすると声高に約束した。彼女は投資会社——もしくは、いかにも投資会社らしく聞こえる名前の会社に送金し、数日後にその金はオクラホマ州タルサの銀行にフレデリカ・ノーブル名義で振り込まれた——危険を冒して手伝ってくれた友人たちの手数料として五パーセント引いた金額で。それから彼女は、郡立図書館で専門書の『節外性リンパ腫』に挟んであった口座開設通知書入りの無地の封筒を受けとった。フレデリカ・ノーブル名義で、彼女の写真付きのオクラホマ州運転免許証も一緒だ。

バーナビーの振込先はわからなかった。彼の新しい名前も知らない。彼女はバーナビーと行動を共にしたかったが——そのころにはもう、いつ終わるともしれない孤独な逃亡生活を夢に見てうなされるようになっていた——バーナビーは別々に行動したほうが安全だと考えた。

その後も彼女は〝投資〟をつづけ、さらに封筒を受けとった。フレデリカ名義の口座もさらに増やしたが、それとはべつに、エリス・グラント名義でカリフォルニア州に、シア・マーロウ名義でオレゴン州にも口座と身分証明書をつくった。いずれのＩＤもしっかりしていて、詳しく調べられてもぼろが出る心配はない。フレデリカのＩＤはその後はじめて〈部署〉に見つかったときに使えなくなったが、おかげで彼女はいっそう慎重になった。エリスとシアはまだ大丈夫だ。その貴重なＩＤは、ジュリアナ・フォーティス博士と混同しないように、用心してめったに使わないようにしている。

彼女はまた、準備のひとつとしてアクセサリーを買いこんだ――品質の高いもので、小さければ小さいほどいい。イエロー・サファイアにしか見えないカナリー・ダイヤモンドは、透明なダイヤモンドの十倍近い値段がつく。太い金のチェーンに、純金の重いペンダント。そのうちアクセサリーに仕立てなおすふりをして持ち歩いている単体の宝石がいくつか。そのために支払った金額の半分も返ってこないことははじめからわかっていたが、宝石なら簡単に持ち運べるし、だれにも気づかれずに現金に換えることができる。

彼女はさらに、フレデリカ・ノーブルの名で公衆電話から電話をかけ、オクラホマ州のタルサ郊外に小さな家を借りた。使ったのは新しいクレジットカードで、利用金額はタルサの銀行口座から引き落とされる。借家の大家は親切な年配の男性で、彼女が郵送したいくつかの荷物――ジュリアナ・フォーティスでなくなるときに必要なあれこれに、タオルや枕、宝石、環流冷却器や丸底フラスコなどの実験器具など――を喜んで家に運びこむと、彼女が家に寄りつかないことについてはなにも言わずに家賃を受けとった。もめている相手から逃げているところだとたびたびほのめかしただけで、充分だったらしい。必要なものは図書館のコンピュータで注文した。自分のノートパソコンではけっしてアクセスしない電子メールのアドレスを使って。

こんなふうに、彼女はできるかぎりの備えをしてバーナビーの合図を待った。しまいにバーナビーはいまが逃げるときだと知らせはしたが、それはふたりが計画したやり方ではなかった。

あれほど注意深く蓄えてきたお金は、まるで彼女が信託財産を設定された若者であるかのように手のなかをすり抜けていった。望み薄な自由が手に入ることを期待しても仕方がない。現金を稼ぐ手だてはいくつかあって、どれも危険を伴うけれど、どれかを実行する以外に選択肢はなかった。

違法なことをする医療専門家には一定の需要がある。たとえば、食品医薬品局《FDA》が認可していない、ロシアかブラジルあたりで入手した治療薬をどのように投与すべきか知っている医師や、警察に通報されないように、病院以外のところで弾を取り除いてくれる医師がそうだ。

彼女はネットでかりそめのIDを使うようにしていた。ジュリアナの名前で最後に使っていたアドレスにメールしてきた依頼人が数人いたが、そのアドレスはもう使っていない。なじみの掲示板に戻って、痕跡をひとつも残さずに連絡を取るのはむずかしいだろう。そのメールが〈部署〉に見つかったら、おそらくなにもかも知られてしまうだろうから。けれども、少なくとも依頼人はわかってくれる。彼らのためにしてきた仕事には、法律ぎりぎりから完全に不法なものまであった。掲示板から姿を消して名前を変えても、驚きはしないはずだ。

もちろん、裏の仕事をするとなると、さらに別の危険を抱えこむことになる。たとえば、彼女のしていることに目をつけ、イリノイに居つかせようと考えた中規模のマフィアのボスがいた。そこで、身元を明かさずに入念にでっちあげた身の上話をそのボス、ジョーイ・ジャンカルディに話して聞かせた——うっかりほんとうのことを話したら、マフィアは彼女のようなよそ者に義理立てなどせずに、密告して金をせしめようとするはずだ——が、彼は頑として離してくれなかった。彼らに保護してもらえば、危険な目には二度と遭わないですむというのだ。だがしまいには、彼のところで使ったチャーリー・ピータースンという名前も、安定した人生も捨てて逃げなくてはならなかった。もしかしたら、いまもマフィアに追われているのかもしれないが、それ自体は心配で眠れないほどではない。彼女の追跡にかける人手と手段にかけては、マフィアなどアメリカ政府の足下にもおよばないのだから。

それに、どのみちマフィアはそこまで手間をかけないはずだ。世の中に医者はごまんといる。みな血の通った人間で、たいていは金に弱い。もしチャーリーのほんとうの専門を知っていたら、ジョーイ・Gはもっと躍起になって彼女を引き留めようとしただろうが。

少なくとも、ジョーイ・Gは宝石を換金するときは信用できる相手だった。それに、マフィアの構成員たちのけがの手当てをするために外傷薬の短期集中講座を受講する羽目になったが、専門外のことを学んでも罰は当たらないものだ。さらに、裏の仕事をして得することがもうひとつある。成功率が低くても、だれも驚きはしない。死んで当たり前だから、医者の過失責任保険に入る必要もない。

ジョーイ・Gのことを考えると、きまってカルロ・アッジを思い出した。友人というわけではないが、仲良くしていたマフィアの構成員だ。カルロはジョーイ・Gとの連絡係で、当時彼ほど身近にいた人物はなかった。見かけは典型的なやくざ者なのに、いつも優しくしてくれて――まるで年の離れた妹のようにかわいがってくれたものだ。だから、彼になにもしてやれなかったときはとりわけつらかった。左心室に一発の弾丸。仲間がカルロの体を運びこんできたときはすでに手遅れだったが、ジョーイ・Gはまだ大丈夫だと思っていた。なにしろ彼女はこれまでにも何度か手下たちの命を救っている。だが、運びこまれたカルロを見るなり彼女は死を宣告した。ジョーイ・Gはあきらめたように言った。カルロほどの男はいなかった。まあ、勝つときもあれば負けるときもあるってことだ。彼はそう言って肩をすくめた。

カルロのことは考えたくなかった。

できればあと数週間かけてこれからのことを検討したかった――計画を手直しし、不備がないか考え、体調を完璧に整えたい――が、カーストンの提案には期限がある。かぎられた持ち時間を監視と仕事場の準備に振り分けなくてはならないが、どちらもまだ完璧にはできていない。

〈部署〉と協力せずにひとりで行動を起こすつもりでいることを見抜かれて、すでに監視されている可能性もあった。カーストンとの待ち合わせに予定より早く姿を現したことから、〈部署〉はそういうことも想定しているはずだ。けれども、ほかにどうすると思われているのだろう？　ラボに出勤すると思われているのだろうか？

これまで監視してきた結果、今日のダニエルの行動がこれまでの三日間と同じことは間違いなかった。着ているものもほぼ変わらないから――ジーンズにボタンダウンのシャツ、カジュアルなスポーツコートという組み合わせは、色合いが多少違うだけだ――同じ習慣にこだわる性格なのかもしれない。放課後には最後のベルが鳴ったあとも生徒たちと話をし、翌日の授業の準備をする。それから数冊のファイルとノートパソコンを入れたバックパックを左肩に掛け、事務員に手を振って学校を出る。六ブロック歩いてコングレスハイツ駅発の地下鉄に乗るのが、通勤ラッシュがいちばんひどい六時ごろだ。グリーンライン一本で到着するコロンビアハイツ駅近くに、彼のワンルームマンションがある。帰宅すると、TVディナー（肉料理と炭水化物と野菜がワンプレートに入っている冷凍食品）で夕食をすませ、答案の採点をする。そして彼女の知るかぎり、テレビを一度もつけることなく、十時ごろベッドに入る。朝の室内の様子はよくわからない――部屋の照明がついているときは籐のロールスクリーンが透けて見えるが、朝日の下ではよく見えないからだ。ダニエルは朝の五時にジョギングに出かけて一時間後に戻ると、三十分後にまた家を出て三ブロック先の地下鉄の駅に向かう。シャワーを浴びたばかりの波打つ髪を揺らしながら。

二日前には、できるかぎり安全な距離を保ってジョギング中の彼を尾行した。速いピッチで、しっかりと走っている――間違いなく熟練したランナーだ。彼を見つめているうちに、自分にももう少し走る時間があればいいのにと思った。彼女自身は、他のランナーほどジョギングが好きというわけではない――逃げこむ車もないのに道路脇を走るのは無防備な気がする――が、走ることは大切だ。こんな体では〈部署〉が派遣する殺し屋より強くなれるはずがない。短い脚では速くも走れないし、プロと渡り合って勝てるような武術をマスターするすべもない。でも、忍耐力があれば――命拾いする可能性がある。機転を利かせて危機を脱出したとしても、追いかけてくる殺し屋のもっと先を行かなくてはならない。はあはあと息を切らし、筋肉が悲鳴をあげ、動けなくなったあげく死ぬなんてまっぴらだ。だからなるべくひんぱんに走り、狭い家のなかで運動するようにしていた。この仕事が終わったら、ジョギングできそうな場所を見つけよう――逃げ道や隠れ場所がたくさんあるところを。

ダニエルのジョギングルートは――彼のマンションや学校もそうだが――人目が多すぎる。ジョギングを終えた彼がくたくたになってぼんやりしているところを連れ去るのがいちばん簡単だが、そのことは〈部署〉も承知しているはずだ。彼の通勤経路のうち、徒歩で移動する区間についても同じことが言える。したがって、地下鉄で移動しているときを狙うしかない。〈部署〉も地下鉄を選択肢のひとつとして考えているだろうが、彼の一挙手一投足を監視しながらすべての路線と駅に目を配るわけにはいかないはずだ。

そこらじゅうに監視カメラがあるが、それについてできることはほとんどない。ダニエルが拉致されたとわかれば、〈部署〉は鮮明な画像をいくらでも入手できる。こちらの容姿は三年前から大して変わってはいないはずだが、それでも〈部署〉は資料を更新するだろう。けれども、彼らにできるのはそこまでだ。〈部署〉にいたおかげで、町なかで標的を拉致するやり方に詳しくなった。テレビでよくあるスパイもののドラマシリーズで目にするより、はるかにむずかしいことも知っている。地下鉄に監視カメラを設置するのは、犯罪が起こっ

たあとで容疑者をすみやかにつかまえるためだ。〈部署〉がリアルタイムでその範囲に人手

を割くことは到底できない。よって、監視カメラの映像を見ても、彼女が「どこにいるか」

ではなく、「どこにいたか」しかわからないし、それがわからなければカメラの映像の意味

がない。それに、映像から通常わかること――彼女が何者か、どこで情報を手に入れたか、

目的はなにか――は、〈部署〉もすでに知っていることだった。

　いずれにしろ、地下鉄よりましな選択肢は考えつかない。

　今日、彼女の名前はジェシーだった。服装もプロっぽく――黒いスーツの下にVネックの

黒いTシャツ、そしてもちろん、革のベルトを締めている。頭にかぶっているのは、手持ち

のウィッグのうち、より実際の髪に近いほうだ。髪は顎までの長さで軽く、くすんだ金茶色

をしている。その髪をシンプルな黒いヘッドバンドで押さえて細い金属フレームの眼鏡を掛

けると、頬骨と額の印象だけが微妙に変わって変装らしく見えない。彼女の顔は左右対称で

目鼻立ちも小さくまとまっているので、たいていの人の目線は彼女の上を通り過ぎてしまう。

けれども、意識して彼女を探している相手に気づかれないほどありふれた顔立ちでもないの

で、できるかぎりうつむいているようにした。

　持ち物はトートバッグでなくブリーフケースにした。トートバッグのショルダーストラッ

プに付けてあった木の飾りは、ブリーフケースの持ち手にはめこんである。ブリーフケース

には金属の内張りが施されていて、中身が空でも重く、必要とあれば棍棒代わりに使える。

それからロケットと指輪。イヤリングはつけない――少々手荒なことをするときに、そんな

ものをつけていたのでは危ないから。それから、仕込み靴に手術用のメス、リップクリーム、スプレーいろいろ。ほぼ完全装備だが、そこまでしても今日は安心できなかった。計画のこの段階は、とてものんき気に構えていられない。まさか自分が人を拉致することになるとは思わなかった。この三年というもの、最終的に人を殺すか自分が逃げるかする以外のシナリオは考えたことがなかったから。

彼女――ジェシーは暗い通りを車で走りながらあくびした。睡眠不足だったし、この先数日間もそれほど眠れそうにない。眠らないための薬物もいくつか持っているが、覚醒した状態から虚脱症状を起こすまでの時間はせいぜい七十二時間だし、いよいよそのときが来たら、だれにも見つからないようなところにしっかり隠れていなくてはならない。できればそんなものは使いたくなかった。

ロナルド・レーガン空港のエコノミークラスの駐車場には空きがたくさんあった。彼女はシャトルバスの停留所の近くに車を駐めた。ほとんどの人が車を駐めてバスを待つところだ。よそにあるどの空港よりも、この空港のことはよく知っている。長らく忘れていた安心感がふとよみがえった――まわりにあるのは、よく知っているものばかり。バスを待っていると、荷物を押して疲れた顔をした乗客がさらにふたりバス停に来たが、ふたりとも彼女には目もくれなかった。彼女はバスに乗って第三ターミナルまで行くと、歩道橋を戻って地下鉄の駅に向かった。所要時間は、足早に歩いて十五分ほど。空港で都合がいいのはこういうところだ――だれもが足早に歩いている。

今日は身長が高くなるようにウェッジヒールのブーツを履こうか迷ったが、たくさん歩くことを思い出して考えなおした――場合によっては走ることになる。だから半分スニーカーのような、黒いフラットシューズを選んだ。

地下鉄のホームに向かう人の流れに合流した。天井の監視カメラにできるかぎり顔が映らないように人影に隠れながら、紛れこむのによさそうな集団を探す。こちらを探している人間がいるなら、ひとりで歩いている女性を探すはずだ。化粧やかつらで変装するより、集団に紛れこむほうが目をつけられずにすむ。

ホームに向かっている人の流れのなかには、三々五々固まって歩いている人々もいた。ラッシュアワーの第一波でエスカレーターが混雑しはじめている。ジェシーは男性ふたり、女性ひとりの三人組を選んだ。三人とも、大きなブリーフケースを手にさげ、キャリーバッグを引いている。つやつやしたブロンドの女性はハイヒールを履いていて、ジェシーよりゆうに九インチは背が高い。ジェシーはほかの集団のあいだをまわりこんで、その女性と壁のあいだに隠れるようにした。このグループに目を向けたら、当然ブロンドの背の高い女性に視線が吸い寄せられるだろう――わざわざジュリアナ・フォーティスを捜していないかぎり。

四人組は迷うことなく人混みのなかを進んで、比較的ホームの端に近い位置で立ち止まった。三人とも、彼らに歩調を合わせている小柄な女性には気づいていないらしい。これほどくっついていても気づかれないほど、ホームは混雑している。

電車が視界に飛びこんできてつむじ風のように通り過ぎ、いきなり止まった。三人は、もっと空いている車両を探したものか迷っている。ジェシーは彼らから離れようかと思ったが、ブロンドの女性も待ちきれなかったらしく、彼らが立っているところに来た三両目の人ごみに体を割りこませた。すぐ後ろから乗りこんだジェシーは、ブロンドの女性と、後ろにいた大柄な女性に挟まれる形になった。苦しい体勢だが、ふたりのおかげで姿を見られずにすむ。

チャイナタウン駅でイエローラインの地下鉄を降りたジェシーは、三人組から離れて新しいふたり組の女性にくっついた。ブラウスのボタンをいちばん上まで締め、キャットアイフレームの眼鏡を掛けているところからすると、秘書か司書といったところだろうか。グリーンラインに乗ったふたりは、ショー＝ハワード駅で降りるらしい。ジェシーは小柄なブルネットのほうに頭を傾けて、先週末の結婚披露宴でこともあろうにオープンバー（無料で飲み物を提供するバー）がなかったという話に聞き入っているふりをした。話の途中でふたりから離れ、地下鉄を降りる人々に紛れこむ。そして混み合う女子トイレに入るなりUターンしてホームに戻り、次の電車を待った。いまはタイミングがすべてだ。これ以上人混みのなかに隠れることはできない。

電車が耳をつんざくような音を立ててホームに入ってきたので心臓が飛びだしそうになったが、すぐに気を取りなおした。まるで、スターティングブロックに足を乗せて号砲を待っている短距離走者のよう。そのたとえを思い浮かべたところで、ぞっとした——まさにいま、だれかが銃をかまえているかもしれない。その銃には本物の弾が込められていて、銃口も空でないところに向いている。

電車が悲鳴をあげて停車したところで、行動に移った。

電車に乗りこんだ彼女は、車両と車両のあいだのドアがシューと音を立てて開くたびに、乗客をかき分けて早足で進んだ。背の高いダニエルの波打つ髪が見つからないかと、周囲にすばやく目を走らせたが、視界をさえぎられてばかりだ。目に留まった人がダニエルでないときは頭のなかで×印を付けようとした。速く移動しすぎかしら？　それとも、もっと速く移動したほうがいい？　最後尾の車両に着くころには、発車時間が迫っていた。ダニエルの姿は確認できなかった。たぶんこの電車には乗っていない。この二日間の到着時間からして、おそらく次の電車に乗っているのだろう。ドアが閉まるのを見送りながら、彼女は唇を嚙んだ。この電車で見つからなければ日を改めなくてはならないが、そんなことはしたくない。カーストンの計画が実行に移される日が近くなればなるほど危険は大きくなる。

彼女は人目につく場所にはとどまらずに、地下鉄の出口に向かってきびきびと歩きつづけた。

女子トイレにもう一度入り、素顔だが化粧をたしかめるふりをした。頭のなかで九十まで数えたところで、ホームに向かう人の流れに再度合流した。

混雑はますます激しくなっていた。彼女はホームの端に固まっているスーツ姿の男性たちのグループに目をつけると、彼らの黒い上着のなかに紛れこもうとした。男性たちは株や取引の話をしているが、あまりにも縁のない話でＳＦの台詞《せりふ》のように聞こえる。次の電車の到着がアナウンスされたので、さっきと同じことをしようと身構えた。トレーダーのグループをまわりこんで、停まろうとしている一両目にさっと目を走らせる。

すばやく移動しながら、二両目を見た。女性、女性、年配の女性、小柄すぎ、太りすぎ、色黒、スキンヘッド、女性、女性、子ども、ブロンド……次の車両は――

まるで、当人が味方になって助けてくれたようだった。ダニエルはちょうど窓際で、まっすぐ立って外を見ていた。緩やかな巻き毛の頭がとても目立っている。

彼女はほかの乗客をすばやく見まわしながら、開いたドアに向かった。ほとんどが通勤客だ――だれが〈部署〉の手先でもおかしくない。けれども、ひと目見てそれとわかる特徴がある人――やけに肩幅が広くて普通サイズの上着が窮屈そうに見える人や、イヤフォンをつけている人、上着の下が膨らんでいる人、乗客のだれとも目を合わそうとしない人、サングラスをかけている人――は、ひとりも見当たらなかった。

予想どおりなら、ここからが「〈部署〉がジュリアナ・フォーティスとダニエルをつかまえてラボに連れていこうとする」段階だった。ただし、これがジュリアナひとりを狙った罠なら話は別だ。そのときは、巻き毛で見るからに無邪気そうなダニエルが〈部署〉の人間ということになる。ジュリアナを撃つ――あるいは刺す――ことになっているのは、ダニエルかもしれない。あるいは電車から降ろして、人目につかない場所で撃ち殺すつもりかもしれない。殴り倒して、線路に放り投げるかもしれない。

けれども、カーストンの話がぜんぶほんとうなら、〈部署〉はダニエルと彼女をふたりとも生かしておきたいはずだ。彼女がダニエルにしようとしているのと同じようなことをしてくるだろう。そしてラボに連行する。もう一度外へ出られるかどうかについては――望みありとは言いがたい。

彼女は悲惨な結末を次から次へと思い浮かべながら地下鉄に乗りこんだ。ドアが閉まると、彼女はダニエルにさっと近づき、彼がつかまっているポールのすぐ下につかまった。彼の指のほうが白くて、ずっと長い。まるで、だれかに心臓をぎゅっとつかまれたようだった――標的に近づけば近づくほど心が痛む。ダニエルは彼女のほうを見もしないで、なおも遠い目で窓の外を見ていた。トンネルに入って窓ガラスに乗客しか映らなくなっても変わらない。彼らのほうに近づいてくる人はだれもいなかった。

その彼に、メキシコやエジプトで撮影されたような、自信たっぷりに振る舞っていたときの面影はまったくなかった。隣でぼんやりしているこの男性は、ヨーロッパの詩人といっても通りそうだ。きっと、恐ろしく演技が上手なのか――あるいは、多重人格の異常者なのかもしれない。どう解釈したらいいのだろう。

チャイナタウン駅が近づいてきて、彼女は身構えた。電車は駅に到着し、彼女はダニエルにぶつからないようにポールをさらに握りしめた。

その駅では男性がふたりと女性がひとり降りたが、だれも彼女のほうを見なかった。仕事に遅れそうだと言わんばかりにせかせかと歩いていく。乗ってきたのは、男性がふたり。そのひとりに、彼女は引っかかった――プロのアスリートのようにがっしりした大柄な男性で、パーカーとスウェットパンツを着ている。パーカーの前ポケットに両手を突っこんでいるが、その手が靴箱と同じくらいの大きさでないかぎり、なにかを持っているようにしか見えない。男はジェシーには目もくれずにそばを通り過ぎると、車両の隅に行って吊り革につかまった。ガラスに映る男の姿を目の隅でそれとなく観察したが、彼女にもダニエルにも興味がなさそうに見える。

ダニエルは動かなかった。まったく心ここにあらずといった様子なので、肩の力を抜いていられる。まるで、この電車のなかで警戒しなくてもいい唯一の人間のそばにいるような気がした。でも、そんなふうに考えるなんてばかげている。たとえこれが罠でないとしても——たとえ彼が教えられたとおりの人間だったとしても、間もなく大量殺戮を実行しようとしていることには変わりがないのだから。

アスリートがパーカーの大きなポケットから大型のヘッドフォンを取りだして頭につけた。ポケットから出ているコードはスマートフォンにつながっているのだろうが、もしかするとそうでないかもしれない。

ジェシーは次の駅でテストしてみることにした。

ドアが開くと、ズボンの折り返しをなおすふりをして屈みこみ、やにわに立ちあがってドアのほうに一歩踏みだした。

だれも反応しなかった。ヘッドフォンをつけたアスリートは目をつぶったままだ。乗りこむ人も降りる人もいるが、彼女に目をやる人はひとりもいないし、行く手を阻もうと動く人も、不自然に上着を掛けた腕をさっと持ちあげる人もいない。

こちらの行動を見抜いているなら、あえて泳がせているということになる。

ということは、この状況は本物なのかしら？　それとも、ひとまず本物だと信じこませようとしている？　あらゆる可能性を考えていると、頭が痛くなってきた。電車が動きはじめたので、ふたたびポールをつかんだ。

「ここで降りるんじゃなかったのかい？」

見あげると、ダニエル・ビーチがにこにこして見おろしていた——非の打ちどころのない、人のよさそうな優しい笑顔。いかにも学校でいちばん人気のある教師らしい——そしてハビタット・フォー・ヒューマニティの活動に似つかわしい笑顔だ。

「あ……いいえ」戸惑って、目をしばたたいた。普通の通勤客ならなんと答えるだろう？

「ええと……いまどこにいるのかわからなくなってしまって。ちょっと混乱してしまったの」

「あともうひと踏ん張りだ。もう八時間か九時間したら週末なんだから」

ダニエルはまたもやにっこりした。親しげな笑顔だ。これから尋問する相手と仲良くなるなんて気まずいことこのうえない。でも、彼には妙に——たぶんうわべだけ——普通っぽいところがあって、そのおかげでこちらもなりたい人物に簡単になりきることができる。気さくな通勤客。どこにでもいそうな人。

彼女はダニエルの言葉に苦笑いした。自分の一週間ははじまったばかりだ。「週末に休めれば楽しみなんだけれど」

　ダニエルは笑って、それからため息をついた。「そいつは大変だ。法律関係？」

「医療関係」

「なおさらまずい。真面目に働いているのに休ませてもらえないのかい？」

「めったに。でもいいの。どのみち、わいわい集まるのはあまり好きじゃないから」

「ぼくももう年だから、そういうのはちょっとね」ダニエルは言った。「毎晩十時ごろになると、そのことを思い出すよ」

　彼が笑ったので、遠慮がちに笑った。なるべく自然な笑顔になるようにしなくてはならない。尋問対象者と親しくなるのは気分が悪いし、危険でもある。これまで、対象者と事前に言葉を交わしたことは一度もなかった。相手を人間として見る余裕はない。冷静さを保てるように、彼のことは人ではないなにかだと――これから百万人もの命を奪おうとしているモンスターだと考えなくてはならない。

「夕食はたまにひとりで食べにいくけど」

　彼女は気もそぞろにつぶやいたが、そうすると相づちを打っているように思われることにあとで気づいた。

「ぼくはダニエルというんだ。よろしく」

　驚いたことに、彼女はジェシーという名前を忘れてしまった。ダニエルが手を差しのべてきたので握手する。毒入りの指輪がやけに重たく感じた。

「はじめまして、ダニエル」

「はじめまして。ええと――」

「あ……アレックスよ」しまった。それは少し前に使っていた名前だ。まあいい。

「よろしく、アレックス。その、こんなことは――はじめてなんだ。でも……まあ、いいじゃないか。ぼくの電話番号を教えても？　いつか、落ち着いたところに夕食を食べにいかないか？」

アレックスは唖然として彼を見つめ返した。誘われているのだ。それも男性に。いいえ、男性じゃない。いかれた麻薬王のために働いていて、じきに大量殺人犯になるモンスターだ。それとも、〈部署〉のまわし者がわざと動揺させようとしているのかしら？

「怖がらせてしまったかな？　ぼくは悪い人間じゃない。約束するよ」

「いいえ……違うの。ただ……その、これまで電車のなかで誘われたことなんて一度もなかったものだから」それは嘘偽りのない事実だった。それどころか、だれかに誘われたことすらもう何年もない。「それで、まごついてしまったの」それも事実だった。

「いいかい、ぼくの提案はこうだ。これからぼくの名前と電話番号を書いた紙をきみに渡す。きみは目的の駅で降りたら、最初に目に入ったごみ箱に字が汚いという理由でその紙を捨てることもできる。ぼくのことをすっかり忘れてしまってもかまわない。きみにとって面倒なことはほとんどないはずだ――ごみ箱に寄り道するのに数秒かかるだけで」

彼はにこやかにしゃべっていたが、その目は鉛筆で彼の名前と電話番号を書きこんでいるなにかのレシートに注がれていた。

「気を遣ってくれてありがとう。そうしてもらえると助かるわ」

ダニエルは顔をあげた。「だが、あえて捨てることもない。ここに書いてある番号に電話して、ぼくのおごりで二、三時間おしゃべりすることもできる」

そのとき、ペン・クォーター駅に到着するという単調なアナウンスが聞こえて、アレックスはほっとした。なぜなら、悲しい気分になりかけていたからだ。そう、たしかに自分はダニエル・ビーチと夜に出かけるつもりでいる。でもその時間は、どちらにとってもあまり楽しいものではないはずだった。

悲しんでいる暇はない。罪のない人々が大勢死んでしまうのだ——子どもたちや、母親たちや、父親たちが。けっして人を痛めつけたことのない善良な人々が。

「どうしようかしら」静かに言った。

電車が停車して、彼女は背後で降りようとしている男性にぐいと押しやられたふりをした。すでに手のなかにはしかるべき注射器が隠してある。ポールにつかまろうとした彼女は、偶然に見せかけてダニエルの手をつかんだ。彼はぎくりとしたが、アレックスはそのままバランスを取ろうとするようにしっかりとつかまった。

「ごめんなさい。びっくりしたでしょう」手を放して、小さな注射器を手のひらからブレザーのポケットのなかに滑りこませた。これまで何度となく練習した早業だ。

「いいんだ。大丈夫かい？　まともにぶつかられたようだったけど」

「ええ、大丈夫よ。ありがとう」

電車が動きだすと、ダニエルはみるみる青ざめた。

「ねえ、具合でも悪いの？　顔色がちょっと悪いようだけれど」

「ううん……なんだって？」

戸惑い顔であたりを見まわしている。

「いまにも気絶しそうな顔をしているわ。――すみません」アレックスはすぐそばの座席に座っている女性に声をかけた。「友人に席を譲っていただけないでしょうか。具合が悪いんです」

座っていた女性は大きな茶色の目をぐるりとまわしてあきれた表情を浮かべると、わざとらしくほかの方向を見た。

「いいんだ」ダニエルが言った。「よけいなことは……しなくていい。ちょっと……」

「ダニエル？」

顔色がもう真っ青だ。少しふらついている。

「手を出して、ダニエル」

ダニエルは戸惑いながらも手を差しだした。アレックスは彼の手首をつかむと、時計を見ながらそれとわかるように口を動かして脈を測るふりをした。

「医療関係か……」ダニエルはつぶやいた。「きみは医者なんだな」

このあたりはかなり台本に近い展開だったので、少し気が楽になった。「ええ、でもあなたのいまの状態は気に入らないわ。次の駅で一緒に降りましょう。少し新鮮な空気を吸わないと」

「だめだ。学校が……遅れるわけには……」

「あとで事情を説明する手紙を書いてあげる。口答えはなし。ちゃんとわかってやってるんだから」

「わかった……アレックス」

ランファン・プラザはその路線のなかでも規模が大きく、いちばん混雑する駅だった。ドアが開くと、アレックスはダニエルの腰に腕をまわして、彼を外に連れだした。ダニエルはダニエルで、片腕を彼女の肩にまわして体を支えている。そうなっても不思議はなかった。トリプタミンを注射された人は方向感覚を失い、従順で、とても人なつこくなる。よほど無理強いしないかぎり、言われたことに従うはずだ。この薬は、バルビツール酸塩——一般に自白剤と呼ばれていて幻覚剤のエクスタシーに少し効果が似ている——と遠い関連がある。両方とも、容疑者の心理的な抑制を取り払って、協力する気にさせてしまうのだ。アレックスは精神的な混乱をもたらすこの特定の組み合わせをよく使った。ダニエルは自分の意志でなにかをするような気分ではなくなって、薬の効果がなくなるまで——もしくは、彼が不快だと思う領域に強引に踏みこまれないかぎり——なんでも言われたとおりにするだろう。

彼と偶然知り合ったことで、言うことを聞かせるのは思ったより簡単になった。当初の計画では、彼を動けなくして、それから『お客さまのなかにお医者さまはいらっしゃいませんか?』『はい、わたしが医者です!』というおなじみのやりとりを経て、ひとまず彼を連れだす予定だった。そのやり方でもうまくいっただろうが、それではここまで素直に言うことを聞いてくれなかったはずだ。

「その調子よ、ダニエル。気分はどう？　呼吸はできる？」

「ああ。呼吸は大丈夫だ」

彼と一緒に、なるべく急いで歩いた。この薬で気分が悪くなることはめったにないが、例外はつきものだ。彼を見あげて顔色をたしかめた。まだ青白いが、唇は緑色っぽくない。嘔吐しそうなほど気持ち悪いと、そんな色になる。

「むかむかしてない？」

「いいや。そんなことは……」

「とても大丈夫そうに見えないわ。差しつかえなければ、あなたをわたしの職場に連れていきたいんだけれど。大ごとでないか、ちゃんと確認したいのよ」

「わかった……いやだめだ。学校がある」

ふらついているのに、彼は足早に歩くアレックスに難なくついてきていた。脚の長さが倍ぐらいある。

「学校には状況を説明するわ。電話番号はわかる？」

「ああ。ステイシーに――事務室に頼む」

「歩きながら電話しましょう」

おかげで歩くのが遅くなったが、致し方ない。彼がおとなしくしているように、不安は和らげておく必要がある。

「それがいい」ダニエルはうなずくと、ポケットから旧型のスマートフォンを取りだして、ぎこちない手つきでボタンを押しはじめた。

アレックスはそれを優しく取りあげた。「ステイシーの姓は？」

「〝受付〟の下にステイシーとあるんだ」

「そういうことね。いいわ、代わりにボタンを押してあげるから、気分が悪いことを伝えてちょうだい。これから医者に診てもらうと言って」

ダニエルは素直にスマートフォンを受けとると、ステイシーが電話に出るのを待った。

「もしもし」彼は言った。「ステイシー、ダニエルだ……そう、教師のビーチだよ。実は気分がよくなくてね。これからアレックス先生に診てもらう……すまないな、こんな仕事を押しつけて……ありがとう……ああ、きっと大丈夫だ」

名前を出されてアレックスは少しぎくりとしたが、いつもの癖で反応しただけだった。べつに、しばらくアレックスの名前を使わなければいいだけの話だ。

学校から彼を連れだすのは危険が大きい。もしデ・ラ・フエンテスが〝死の使い〟であるダニエルを監視していたら、なにかがおかしいと気づくかもしれない。けれども、金曜日に一日休んだところで、いきなり警戒はしないだろう。月曜の朝にダニエルがなにごともなく姿を見せれば、麻薬王は安心するはずだ。

アレックスはダニエルからスマートフォンを受けとると、ポケットにしまいこんだ。

「わたしが預かっておくわ。いいわね？　そんなにふらふらして、なくしたら大変だもの」

「いいとも」ダニエルは周囲を見まわして、頭上の巨大なコンクリート造りのアーチに眉をひそめた。「どこに行くんだ？」

「わたしのオフィスよ、忘れたの？　今度はこの電車に乗るの」その車両から外を見ても、こちらを見ている人影はまったくなかった。もしだれかが尾行しているなら、遠くから様子をうかがっているのだろう。「さあ、今度は座れるわよ」アレックスはダニエルを座席に座らせると、彼のスマートフォンをこっそり落として、つま先で座席の下に押しこんだ。

携帯電話を追跡するのは、労せずして人を捜しだすいちばん簡単な方法だ。それは彼女自身がつねに避けてきた罠だった。敵のためにわざわざタグをつけて見つけやすくすることはない。

「ありがとう」ダニエルはまだ片方の腕をアレックスの腰にまわしたままだった。彼が座っていて、アレックスが立っている体勢だ。彼はアレックスをぼんやりと見あげると、さらに言った。「きみの顔が好きだ」

「そう？　ええと……ありがとう」

「大好きだ」

ダニエルの隣に座っていた女性が、アレックスを見あげてまじまじと顔を観察した。まったく。

その女性は、とくになんとも思わなかったらしい。

ダニエルは彼女の腰に額をつけて目を閉じた。この親密さにはどぎまぎしたが、その一方で奇妙なほど心が和んだ。こうして好意を示してくれる人から触れられるのは何年ぶりだろう——たとえその好意が試験管に由来するものだとしても。いずれにしろ、彼をまだ寝かせるわけにはいかない。

「なんの教科を教えているの、ダニエル？」

彼はアレックスの腰に頬をつけたまま顔を少し上に向けた。

「たいていは英語だ。好きな科目なんでね」

「そうなの？　わたしは文化系の科目なんて悲惨だったわ。いちばん好きなのは理科だった」

ダニエルは顔をしかめた。「理科だって！」

隣に座っていた女性が、そのまた隣の乗客にぶつぶつ言うのが聞こえた。「いやね、酔っぱらいだわ」

「教師をやってることはきみに言うべきじゃなかった」ダニエルはほうっとため息をついた。

「どうして？」

「女性は教師が好きじゃないからさ。ランドルが言うんだ。『ぜったいに自分からは言うなよ』」彼はランドルという男の言い方を逐一まねるように言った。

「でも、教職は立派な仕事だわ。これから世界に羽ばたく医師や科学者を育てるんだもの」

ダニエルは彼女を悲しそうに見あげた。「だが金がない」

「すべての女性が金目当てというわけじゃないわ。ランドルがデートしている相手がたまたまそういう人だったのよ」

「妻は金が好きだった。元妻だが」

「そうだったの」

ダニエルはまたもやため息をついて目を閉じた。「おかげで傷ついたよ」

アレックスは彼のことがまたもや気の毒になった。悲しいことだ。彼女が合成したエクスタシーと自白剤の混成物でハイになっていなければ、ダニエルはここまでしゃべらなかっただろう。いまは話し方もかなりはっきりしている。薬の効果はまだ切れていないはずだから、意識的にそうしているのだろう。

アレックスは彼の頰をそっと叩くと、元気づけるように言った。「簡単にお金になびくような人なら、失っても落ちこむことはないんじゃないかしら」

ダニエルは目を開いた。とても優しい、はしばみ色の瞳だ。緑色と薄い灰色も混じっている。アレックスは、その目が鋭くなったところ——写真のなかで、野球帽を目深にかぶってデ・ラ・フエンテスと会っている自信たっぷりの男性——を思い浮かべようとしたが、うまくいかなかった。

ダニエルがほんとうに多重人格者ならどうしたらいいのかしら？　そんな人を扱った経験はまったくない。

「そのとおりだ」彼が言った。「きみが言うとおりなのはわかっている。もう一度会えばわかるんだろう。ぼくが思っていたのと違って、ほんとうはどんな女性だったのか」

「そうね。わたしたちはさまざまな人と関わって、一緒にいたいと思う人物像をつくりあげる。そして、その偽りの型に生身の相手をはめこんでおこうとするの。でも、いつもうまくいくとはかぎらない」

口からでまかせだった。なにをしゃべっているのか、自分でもわからない。これまで、かなり本気で付きあった男性がひとりいたが、彼との仲は長くはつづかなかった。彼よりも学業を優先していたせいだ――ちょうど六年にわたって、なによりも仕事を優先していたように。ひとつのことに極端なほど打ちこんでしまうこの性格は問題だった。

「アレックス」

「なに？」

「ぼくは死ぬんだろうか？」

アレックスは安心させるようににっこりした。「いいえ。もしほんとうに死にかけていたら、救急車を呼んでいるわ。この様子なら大丈夫。念のため、検査をしたいだけよ」

「わかった。血を採るのかい？」

「そうなるでしょうね」

ダニエルはため息をついた。「針は苦手でね」

「きっと大丈夫よ」

気に入らなかった。そう答えるのが――嘘をつくのが後ろめたいなんて。でも、こんなふうにすんなり信頼されるのも妙な気分だった。まるで、こちらがすべて善意でやっているような……。目を覚まして、しっかりしなくてはならない。

「ありがとう、アレックス。恩に着るよ」

「仕事だもの」それは嘘ではなかった。

「そのうち電話してくれるかい？」

「ダニエル、わたしたちはまさに一夜を共に過ごすことになるのよ」

薬が効いていなければ、その声にとげがあり、瞳が氷のように冷たいことに彼も気づいたはずだった。

5

あとは奇妙なほど順調だった――なにか裏があるのかしら？　アレックスの神経は、この新たな不安が加わる前から、これ以上ないほど張りつめていた。

ロズリン駅で、ダニエルは文句を言わずにタクシーに乗りこんだ。どんな気分になっているかはわかっている――バーナビーとふたりで、致死性のない薬のほとんどについて、具体的にどんな効果があるのかたしかめたから。今回使ったのは、心地よい夢を見ているような気持ちになる薬だ。自分が抱えている問題や心配事はほかのだれかが対処することであって、いまは体を支えて正しい方向に押してくれるだれかの手があればいいという気分になる。その薬に関する正式な報告書にはまっとうな名前を書いたが、自分たちの実験ノートに書いたのは、〈ご指示のままに〉というニックネームだった。

それはゆったりしたトリップ体験だった。どうしても自制する必要がなければ、当時でもまた使っていただろう。

ダニエルに、彼が指導しているバレーボールチームの話を振ると――チームの練習時間に間に合うように学校に戻れるだろうかと聞かれた――彼はタクシーに乗っているあいだじゅう、チームの女子たちのことをしゃべりつづけた。おかげでチーム全員の名前とそれぞれの能力について、彼女自身もすっかり憶えてしまったほどだ。タクシーの運転手は気にも留めずに、聞き取れないほどの低い声でなにかのメロディーをハミングしている。

ダニエルは外の景色にほとんど無関心だったが、一度だけ赤信号でかなり長いこと車が停まったときに、顔をあげて眉をひそめた。

「きみのオフィスはずいぶん遠くにあるんだな」

「ええ、そうなの。通勤が大変で」

「うちはどこだい？」

「ベセスダよ」

「いいところじゃないか。コロンビアハイツはそれほど住み心地がいいとは言えない。少なくとも、ぼくが住んでいる地区はそうだ」

タクシーがふたたび動きはじめた。アレックスはひとまず満足していた。計画は順調そのものだ。たとえ最後に乗った電車に乗り降りするのを気づかれたとしても、ラッシュアワーで混雑した道路を行き交うまったく同型のタクシーのなかから特定の一台を追跡するのは至難のわざだ。念入りな準備はときとして魔法の呪文のような効果をもたらす。緻密な計画を立てることで、物事を思ったとおりに進めることができる。

ダニエルはもう饒舌ではなかった。薬の作用の第二段階がこれだ。しばらくすると、もっと疲れが出てくる。あとほんの少しだけ、目を覚ましていてもらう必要があった。

「どうしてさっき電話番号をくれたの？」彼の口がだらしなく開きかけたので声をかけた。

ダニエルは夢見るようにほほえんだ。「あんなことははじめてなんだ」

「わたしもよ」

「たぶん、あとで恥ずかしくなる」

「でも、わたしが電話したらそうは思わないでしょう？」

「そうかもしれないが、どうかな……柄にもないことをした」

「それじゃ、どうしてメモをくれたの？」

ダニエルはとろんとした目で彼女をじっと見つめつづけた。「きみの顔が好きだ」

「さっきもそう言ったわ」

「もう一度きみの顔を見たいと本気で思った。それで勇気が出た」

アレックスはやましくなって顔を曇らせた。

「ぼくの言っていることはおかしいかい？」彼は不安そうになった。

「いいえ、とてもうれしいわ。そんなことを女性に言える男性は少ないのよ」

ダニエルは目をしばたたいた。「いつもは違う。ふだんのぼくはとても……引っこみ思案なんだ」

「とても大胆そうに見えるけれど」

「まるで、違う人間になった気分さ。きみのせいだ。きみの笑顔を見たとたんにそうなった」

わたしが薬を注射したとたんに、よ。

「ずいぶんと持ちあげてくれるのね」彼女は言った。「さあ、降りるわよ。立ちあがれそう？」

「ええ。車がここに置いてあるの」

彼は眉をひそめたが、すぐに明るい表情になった。「旅行に行っていたのかい？」

「ええ、ちょうど戻ったばかりだったの」

「ぼくもときどき旅行に行くんだ。メキシコが好きでね」

アレックスはさっと彼を見あげた。ダニエルは前を見ていて、困惑した様子はまったくない。ここで彼が秘密にしていること――触れられたくないことに無理やり踏みこもうとしたら、これまで言われたとおりにしてきた彼もさすがに怪しむだろう。下手をすると、ほかのだれかをつかまえて逃げだそうとするかもしれない。動揺して、騒ぎだすこともあり得る。

「メキシコのどういうところが好きなの？」アレックスは慎重に尋ねた。

「気温が高くて、空気が乾いているところがいい。ほんとうに暑いところで暮らしたことは一度もないんだが、住めばきっと気に入ると思う。ただ、日に当たるとやけどしてしまう体質でね。小麦色にはならないんだ。きみは日に当たるのが好きなのかい？」

「いいえ、この肌は生まれつきなの」彼女の肌の色は、生き別れた父親譲りだった。遺伝子検査をしたところ、父はさまざまな人種の血を引いていて、そのうちとくに濃かったのは韓国、ラテンアメリカ、ウェールズだった。いったい、父はどんな容姿をしていたのだろう。それがスコットランド系の母と組み合わさって、奇妙なほどありふれた顔ができあがった

――何系と言っても通るくらいだ。

「いいじゃないか。ぼくは日焼け止めを使わないといけないんだ。それも大量に。さもないと、皮が汚くむけてしまう。こんな話はしないほうがよかったかな」

アレックスは笑った。「いま聞いたことは忘れることにするわ。ほかにはどんなことが好きなの？」

「体を使って働くことかな。家を建てるのを手伝う。ぼく自身にそういう技術があるわけじゃない。ただ、言われたところをハンマーで打ちつけるだけさ。メキシコ人はみな親切で気前が良くてね。そういうところが大好きなんだ」

なにからなにまで納得の行く話ばかりだったので、アレックスはひそかに不安になった。体内を化学物質がめぐっている最中に、こんなふうになにからなにまでつじつまの合うように、それもたやすく作り話ができるはずがない。ただし、彼がすでに抵抗力をつけていたら――〈部署〉がつくりだした解毒剤をあらかじめ投与されていて、こちらを巧みに手玉に取ろうとしているのだとしたら……。アレックスは、うなじがぞくりとするのを感じた。ダニエルをそういう体にするのは、かならずしも〈部署〉だけとはかぎらない。デ・ラ・フエンテスとの関係でそうなっているかもしれないのだ。でも、その使い慣れていないドラッグとこちらの薬が反応したらどんな結果になるのか、だれにわかるだろう？　アレックスは舌先で毒入りの歯の詰め物を触った。もしジュリアナ・フォーティスを始末することが目的なら、〈部署〉は彼女をただ殺すだけでいいはずだ。あるいは、デ・ラ・フエンテスが、自分の計画を邪魔しようとしている彼女を消そうとしているのかもしれない。けれども、どうして前もってわかったの？　どうしてダニエルは、わたしが敵対する組織の手先だとすぐにわかったのかしら？　いまはどこの組織にも属さず、働いてもいないのに……。

　とにかく、計画どおりにしなくては——彼女は自分に言い聞かせた。ダニエルを車に乗せたら、危険はなくなる——少なくとも多少は。

「メキシコの家も好きだな」ダニエルはなおもしゃべりつづけた。「窓を閉めないで風を通すんだ。ガラスさえない家もある。コロンビアハイツよりずっといい。ほんとうだよ。たぶん、ベセスダにはかなわないだろうけど。医者なら素敵な家に住んでいるんだろうな」

「わたしは違うわ。うちはなんの変哲もない、ありふれたマンションよ。どのみち、家にはあまりいないからかまわないの」

　ダニエルはわかっていると言わんばかりにうなずいた。「外で命を救っているからね」

「実はそういう仕事じゃないの。緊急治療室《ER》の医師なんかじゃないのよ」

「きみはぼくの命の恩人だ」信頼しきった、大きなはしばみ色の瞳。これが偽りでないなら、薬がそう言わせているのだ。それでもアレックスは落ち着かなかった。

　いまは自分の役割を演じつづけるしかない。

「わたしはただ、あなたの具合をたしかめているだけよ。それにあなたは、死にかけてもいないわ」それだけはほんとうだと、アレックスは思った。〈部署〉が尋問していたら、ダニエルはしまいに死んでしまっていたかもしれない。その点、少なくとも自分なら、命だけは助けてやれる。そうやって大量殺戮《さつりく》を食い止めたら、ダニエル・ビーチは刑務所の外には二度と出られなくなるだろうけれど。それを思うと……。

でも、彼を野放しにすると百万人が犠牲になるかもしれないのだ。なんの罪もない赤ん坊が。優しいおばあさんが……。彼はヨハネの黙示録に登場する、死をもたらす第一の騎士だと思わなくてはならない。

「おっと、バスにも乗るんだ」ダニエルが穏やかに言った。

「これに乗って車が駐めてあるところまで行くの。そこからは、もう歩かなくてすむわ」

「べつにかまわないよ。きみと歩くのは好きだから」ダニエルは彼女を見おろしてにっこりしたが、バスの昇降口で転びそうになった。アレックスはさっと彼の体を支えると、ほとんど人気《ひとけ》のない車内でいちばん近い席に座らせた。

「外国語の映画は好きかい？」だしぬけに彼が聞いた。

「そうね……好きなのもあったと思うわ」

「大学に、いい映画館があるんだ。夕食の次は、外国の映画を観にいってもいいな」

「それじゃこうしましょう」アレックスは言った。「今夜ひと晩一緒に過ごしてもまだわたしのことが好きなら、わけのわからない映画をあなたと見にいくと約束するわ」

ダニエルはだらしなく開いた口元でほほえんだ。「好きに決まってる」

まったくばかばかしいやりとりだった。口説き文句をどうにかしてやめさせたい。なぜいまは、自分のほうがモンスターになったような気がするのだろう？　実際そのとおりなのだけれど、自分はその役目をほぼ受け入れているはずだ。それに自分のようなモンスターは、公共の利益のために存在しなくてはならない。ある意味、医者がやることに似ている——命を救うためには多少の犠牲もやむを得ない。たとえば、壊疽《えそ》状態になった手足を、体の残りの部分を救うために切り離す。そこが痛くても、ほかの部分はぜんぶ助かるだろう。そして、その〝ほかの部分〟は、切り離した部分よりはるかに救う価値がある。

これまでずっとそうしてきたように、アレックスは自分のしたことを正当化してきた。だからといって、自分自身を極端に偽ったことは一度もない。自分の居場所は道徳的にグレーな領域には存在しない。居場所があるのは、黒い領域のみ。ただし、彼女が仕事をするよりもっと悪いことがひとつだけある——ほかのだれかが下手な仕事をすることだ。もしくは、だれも、なにもしないこと。

モンスターのレッテルを甘んじて受け入れていても、アレックスは罪のない人々を殺すような冷血人間ではなかった。なにしろ、目の前にいる犯罪者——波打つ長い巻き毛のあいだから、子犬のような瞳でなおもこちらを見あげている彼——ですら殺すつもりがないのだから。

赤ん坊を思い浮かべるのよ、と彼女は繰り返し自分に言い聞かせた。死んだ赤ん坊を。死んだ赤ん坊を……。

スパイになりたいとか、秘密の任務をこなしたいと思ったことは一度もなかった。だがいまなら、そうした仕事が性格的に向いていないのがわかる。なにしろ自分のなかには、損得抜きの人間らしい感情が、どうしてこんなにと思うほどあふれ返っている。ダニエルと話をするまで、尋問対象者のだれとも言葉を交わしたことがないのはそういうわけだった。

「さあ、ダニエル、バスを降りるわよ。立てる？」

「ああ……。おっと、荷物はぼくが持とう」

彼はブリーフケースのほうにふらふらと手を伸ばそうとした。

「自分で持つわ」アレックスはそう言ってブリーフケースを持ったが、ハンドルを持つ指は震えていた。「あなたは当面、しっかり歩くことに集中して」

「もうくたくただ」

「そうでしょうね。ほら、あれがわたしの車よ。銀色の車」

「銀色といってもたくさんある」

たしかに。「その車よ。さあ、横になれるように後ろに乗ってちょうだい。コートは脱いだらどう？　暑くなるわ。それから靴も」手間のかかることはいまのうちにすませておいたほうがいい。「両脚がおさまるように膝を曲げてもらえるかしら。それでいいわ」

ダニエルはリュックサックを枕に横になった。寝心地はよくないはずだが、そんなことはもうどうでもいいという顔をしている。

「きみは優しい人だな、アレックス」ダニエルは目を閉じてつぶやいた。「きみほど優しい女性ははじめてだ」

「あなたも優しいわ、ダニエル」アレックスは正直に言った。

「ありがとう……」ろれつのまわらない口でそう言うと、ダニエルは眠りに落ちた。

その後のアレックスの行動は速かった。まず、トランクから座席のシートと同じベージュ色の毛布を取りだして、ダニエルの体を覆った。次にバッグから注射器を取りだして、彼の足首に注射する。体をかがめて、なにをしているのか他の人からは見えないようにした。〈ご指示のままに〉は一時間程度で効果が切れてしまう。彼にはそれより長く眠ってもらう必要があった。

彼は〈部署〉のまわし者ではないと、アレックスは判断した。もし〈部署〉の人間なら、投与された薬が効いているふりをしながらも、こんなふうにだらしなく伸びたりはしないはずだ。ということは、単純に大量殺戮のために雇われた殺人者ということになる。


アレックスがつくった〝間に合わせのラボ〟は、ウエストバージニア州の田舎にあった。借りたのは、牛がいなくなってから久しい搾乳小屋を兼ねた納屋付きのかわいらしい農家だ。納屋の外観は母屋と同じ白い羽目板張りで、内部の壁と天井はアルミで補強されている。床は防水処理が施されたコンクリートで、使いやすいように排水溝が配置されていた。奥にあるベッド付きの狭い仮眠部屋は、不動産屋の広告で、来客用の素晴らしく素朴な寝室と宣伝されていたところだ。素朴な造りを素敵だと思う無知な旅行者は多いのだろう。だが彼女にとって大事なことは、電気と水が使えるかどうかだった。農家と納屋は、二百四十エーカーのリンゴ園のなかほどにあり、そのリンゴ園はさらに広大な農地のなかにある。いちばん近い人家は一マイル以上離れていた。このリンゴ園の所有者は、リンゴの季節が終わると、不便な生活を気取りたがる都会の人間に家を貸して稼いでいる。

賃料は高額だった。思い出すたびにアレックスは気分が悪くなったが、仕方がない。目的を果たすためには、充分なスペースのある人里離れた設備が必要だ。

もろもろの準備は夜に行なった。日中は充分な距離を取ってダニエルを尾行し、学校のある時間帯に車のなかで足りない睡眠を補う。そのころには体がくたびれ果てていたが、一日が終わるまでにやることは山ほどあった。

アレックスが最初に車を停めたのは、ワシントンDCの市街地から高速を一時間少々走って、目立たない出口をおりたところだった。かれこれ十年以上だれも通っていないような細い未舗装路が、森の奥までつづいている。どこかに通じているのだろうが、わざわざたしかめるつもりはない。生い茂った木々の陰に車を停め、エンジンを切り、仕事に取りかかった。

ダニエルが〈部署〉に雇われているなら――あるいは、そちらのほうが可能性が高そうだが、〈部署〉と密接な関係にある組織――ＣＩＡや、軍のある部隊、〈部署〉のように正式名をもたない秘密の便利屋――に雇われているなら、追跡用のＩＣチップが埋めこまれているはずだ。アレックス自身が、まさにそうだった。彼女は自分の襟足の下に隠れている傷痕をぼんやりと撫でた。この手の組織は、首から上にチップを埋めこみたがる。体の一部しか回収できない場合、頭部ほど個人の特定に役立つものはないからだ。

アレックスは助手席側の後ろのドアを開けると、ダニエルの頭のそばの湿った土の上に膝をついた。そして、彼女とバーナビーがＩＣチップを埋めこまれたのと同じ場所を軽く撫で て、もう一度、今度はやや強く押しながら異物を探った。なにもない。以前に外国人の尋問対象者を調べたとき、耳の後ろにＩＣチップを取りだした痕があったことを思い出して、今度はその場所を調べてみた。それから指先で髪のなかを探り、不自然なこぶや硬い部分がないかたしかめた。巻き毛がとても柔らかくて、シトラス系のいいにおいがする。彼の髪に興味があるわけではないけれど、少なくとも脂ぎったむさ苦しい頭に手を突っこまなくてすむのはありがたかった。

さて今度は力仕事だ。もしこの男性を監視しているのがデ・ラ・フエンテスなら、追跡装置はおそらく体の外にある。アレックスはまず、ダニエルの靴を道端の茂みのなかに放り投げた――彼が身につけているもののなかで、いちばん怪しいのがこれだ。たいていの男性は、毎日同じ靴を履く。次はシャツだ。幸い前開きのタイプだったが、それでも体の下からシャツを引っ張りだすのは大変だった。アンダーシャツはわざわざ頭から脱がせるまでもない。ポケットからメスを取りだし、巻きつけてあったテープを剝がすと、脱がせやすいように三つに切り分けた。胸にひととおり目を走らせる――怪しい傷や膨らみはひとつもない。彼の体は腕より白かった。Ｔシャツの袖から出る部分がうっすらと日焼けしているのは、メキシコで家を建てる手伝いをしていたからだろう。それとも、エジプトで――同じく日差しが強い――スーパーウイルスを受けとっていたからか。

ダニエルは、ジムよりスポーツで鍛えたような体つきをしていた。筋肉は凹凸がくっきりしておらず、滑らかな隆起が連なっている。きっと鍛えることにとらわれない、体を動かすことが好きな人なのだろう。

その体をうつぶせにひっくり返すのはむずかしかった。結局座席の下に体が落ちて、座席の足元にある出っぱりに乗る形になってしまった。左肩胛骨のあたりに、平行で長さも同じ傷痕がうっすらと二本ある。アレックスはその傷痕を注意深く調べ、周辺の皮膚を漏れなくつつきまわしたが、もともとそこにある正常で発達した筋肉組織以外はなにも感じなかった。

それからいくらもたたないうちに、先にジーンズを脱がしておくべきだったことに気づいた。こうなると、不自然な姿勢でうつぶせになっている彼の体によじのぼり、両腕を体にまわしてジーンズのボタンをはずさなくてはならない。彼がスキニージーンズを穿いていたら途方に暮れるところだった。後部座席の反対側のドアから降りて、ジーンズの裾を引っ張った。彼がブリーフでなくボクサーショーツを穿いているのを見てもとくに驚かなかった。服装にはそのほうが合っている。ショーツを脱がし、靴下も脱がして、道端から数フィート入ったところに落ちていた丸太の向こう側に彼の服と一緒に押しこんだ。バックパックは中身ごとまた別の場所に捨ててきた。当人に気づかれずに発信器を持ち歩いてもらうのに、ノートパソコンほど都合のいいものはない。

ひとりで容疑者を裸にする羽目になったのは、これがはじめてではなかった。実験なら、ほかの人が準備をしてくれる——バーナビーは彼らを〝下っ端〟と呼んでいた——が、いつもそうとはかぎらない。アフガニスタンのヘラートにはじめて出張に行ったときは、〝下っ端〟のありがたみを身にしみて感じた。何カ月も入浴していない男を裸にするのは、気持ちのいい作業ではない——とりわけ、そのあとで自分がシャワーに入れないときはそうだ。その点、ダニエルは少なくとも清潔だった。今日汗をかいているのは自分だけだ。

トランクのなかにあったドライバーを使ってワシントンDCのナンバープレートをはずし、ウエストバージニアのスクラップ場に放置されていた似たような車からはずしてきたナンバープレートを取りつけた。

念のために、ダニエルの脚の裏側や足の裏、手のひらもざっと調べた。手足にICチップが埋めこまれているのは見たことがない。おそらく、必要とあらば手足を切り落とすこともありうるからだろう。傷痕はひとつもなかった。ふだんから射撃の練習をしているか、ひんぱんに銃を使っていれば手のひらにたこができるはずだが、それもない。教師らしい柔らかな手だ。慣れない力仕事をしたことを示すまめがいくつかあるだけだった。

アレックスは彼の体を転がして座席の上に戻そうとしたが、早々にあきらめた。眠るのに楽な姿勢とは言えないが、どのみち彼は目を覚まさない。あとで体が痛くなるだけだ——そんなことは考えるまでもなくばかげているのだけれど。

毛布をまた広げて彼の体のまわりにできるかぎりたくしこみながら、前もって読んでおいた資料と目の前にある証拠を元に彼を分析しようとした。

彼女が思うに、ダニエル・ビーチはふだんは見た目どおりの人物らしかった。どこにいっても人に好かれる、朗らかな人。強欲なはずの元妻が心惹かれたのもわかる。それに、彼も恋に落ちやすい性分だった。だがしばらくして、愛されることが当たり前になると、元妻はまだ持っていないものに目を向けるようになる――しゃれたマンションに、大きな指輪、高級な車。彼女はいまごろ、ダニエルの朗らかな一面を思い出して後悔しているかもしれない。隣の芝生はいつも青いとか、そんなことを思いながら。

けれども、ダニエルは心の奥底に闇も抱えている。おそらく、両親を亡くした痛みと理不尽な運命に対する怒りから最初の闇が生まれた。そして妻の裏切りで膨れあがった彼の怒りは、家族の最後のひとりを失ったことで燃えあがった。そうした闇は、なかなか表面に現れない。彼はその感情に蓋をし、ふだんの穏やかな生活から切り離して、心のなかにしまいこんだ。メキシコのことも楽しそうに話せるわけだ。彼のなかにはふたつのメキシコがある。教師の彼が愛する陽気な国と、モンスターが生まれる危険な国。このふたつは、彼の頭のなかではまったく別物だ。

本物の異常者ではないと思いたかった。彼は中身が分裂しているだけだ。人としてこうありたいと思っている。だがその一方で、闇の部分も解放しなくてはならない。

そこまで分析して満足すると、アレックスは計画を少し変更することにした。この仕事には、芝居の要素がかなりある。ある尋問対象者に対しては、いかにも医者らしい、無表情な人物――白衣に手術用のマスクという出で立ちで、ぴかぴかのステンレスの道具を使う――になりきるとうまくいった。またある尋問対象者に有効だったのは、いかれたサディストの脅し文句だった（この演技にかけては、バーナビーのほうがいつも上を行っていた。なにしろ、それっぽい顔つきと髪型で――ぼさぼさの白髪が、たったいま感電したように突っ立っていたから)。尋問対象者の反応は、その都度違っていた――暗闇に怯える者もいれば、照明に怯える者もいる。今回は医者になりきるつもりだ――それは彼女が得意とするなかでも、いちばんなりきりやすいキャラクターだった――が、ダニエルの暗黒面を表に出すには、周囲を暗くしてやる必要がある。彼女が話したいのは、その〝もうひとりのダニエル〟だった。

途中で少しまわり道をした。ダニエルの服か持ち物をだれかが追跡しているのなら、これ以上ついてきてほしくない。

この件について考えをめぐらせるのは、これで何度目だろう。可能性その一――一連の出来事は大がかりな罠である。その二――これは現実で、百万人もの命が危機に瀕している。もちろん、自分の命も含めて。

長時間運転するうちにそのバランスはとうとう崩れて、はっきりと傾いた。後ろで眠っているのは政府機関のまわし者ではない。それは確実。また、彼がなにも知らない一般人で、自分をおびきだすためにたまたま選ばれたのなら、政府はジュリアナ・フォーティスを始末する絶好の機会を逃していることになる。これまでのところ、攻撃されたことも、尾行されたことも一度もなかった――目に見える範囲では。

彼女は、ダニエル・ビーチが殺人者であることを示す山のような情報を思った。とても見て見ぬふりはできない。早く大勢の命を救う仕事に取りかかったほうがいい。

目的の農家の敷地に乗り入れたのは夜の十一時ごろだった。くたくたで死にそうなほど空腹だ。これまで、〈部署〉やデ・ラ・フエンテスに見つかるような痕跡は、まず残していない。母屋をざっと調べて、だれも押し入っていない（ドアを開けたところでだれも死んでいない）ことを確認したうえで、納屋の安全装置を解除し、車をそのなかに駐車した。納屋の扉を閉めて〝警報〟を設定しなおした彼女は、ダニエルの準備に取りかかった。

なすべきことはすべて終わっていた。たとえば、母屋の部屋のいくつかで、フィラデルフィアのホーム・ディーポー（DIYのチェーン店）で買いこんだタイマーを照明につないである。数週間旅行に行く人が、部屋にだれかがいるように見せるのと同じだ。ラジオも一台、タイマーにつないであって、音が出るようになっている。母屋はちょうどいいおとりだった。たいていの人間は、暗い納屋に向かうより先に母屋を確認しようとする。

納屋は暗いままにしておくつもりだった。納屋のなかほどにはテントを立てて、内部の光と音をなるべく外に漏らさないようにしてある。ダニエルには、周囲のことはまったくわからない。直方体のテントは高さがおよそ七フィート、幅が十フィート、長さが十五フィートあり、塩化ビニル管の骨組みと黒いタープ、伸縮性のあるロープでできている。内側には、凹凸のあるウレタン緩衝材を防水テープで二重に貼りつけてあった。大ざっぱだが、窓のないただの部屋より実用的だ。それに、こんなところで仕事をしたことは以前にもあった。

テント内の中央には、特大のステンレス板に高さ調節可能な伸縮式の脚が取りつけられた作業台が置いてあった。その台はもともと納屋のなかにこれ見よがしに置いてあったもので――きっと納屋をそれらしく見せるためだ――獣医の手術台として使われていたらしい。これほど大きい必要はないのだが――獣医は子猫でなく牛を相手にしていた――それでもかなりの拾い物だ。旅行者向けの法外な賃料でもここを借りることに踏み切ったのは、ひとつにはこの台があるからだった。

テントのなかにはほかにもステンレスのテーブルがあり、そこにはノートパソコンとモニターを数台、そしてできれば使わずにすませたいさまざまな道具を載せたトレイが置いてあった。テーブルの隣には点滴用のポールが置いてあり、すでに生理食塩水の入った透明な袋がぶらさがっている。ポールの傍らには母屋のキッチンから運んできたローラー付きの金属カートが置いてあり、その上に置かれたステンレスのトレイには、小型だが見るからに不気味な注射器がひと目でわかるように並べてあった。注射器の下のワイヤラックには、ガスマスクと上腕用の血圧計が掛けてある。

そして言うまでもなく、イーベイで購入した刑務所の医療施設で使われるレベルの拘束具が、ドリルでどうにか穴を空けたステンレスの台に鎖で固定してあった。ここに拘束されたら、だれかの助けがないかぎり抜けだすことはできない。それもそのだれかが、溶接用バーナーでも持っていればの話だ。

テントの出入口は二カ所作った。両方とも、テントのシートに切れ目を入れて、垂れ幕のようにしてある。テントの外には簡易ベッドと寝袋、そしてホットプレートや小型冷蔵庫など、必要になりそうなものがぜんぶ置いてあった。片隅の仮眠部屋には狭いバスルームも付いていたが、テントから離れすぎているうえに、バスタブがなくてシャワーしかない。この週末はふだんの習慣をあきらめることになりそうだった。

ダニエルのだらりと伸びた体は家具移動用のストラップを使って動かしたが、車から出して台車に載せるまでに彼の頭を数回ぶつけてしまった――たぶん、脳しんとうを起こすほどひどくはぶつけていない。それからステンレスの作業台の隣に台車をつけ、台の高さをいちばん低くして、彼の体を転がした。ダニエルはまだ意識を取り戻しそうにない。仰向けに寝かせ、両腕と両脚を体に対してそれぞれ四十五度の角度になるように伸ばした。台の高さを元に戻して、拘束具をひとつずつ締めていく。ダニエルはこの体勢のまま、しばらく動けなくなる。その次は静脈注射だ。幸い、彼が水分をたっぷり取っているのか、それとも単に血管が太いせいか、静脈ラインは簡単に確保でき、点滴を開始することができた。それから、高カロリー輸液の袋を生理食塩水の袋の隣にさげた。ダニエルがこれから最長三日間のあいだに摂取する栄養はこれだけになる。空腹になるだろうが、質問に答えるときは、頭が冴えているはずだ。親指には酸素濃度計を取りつけ――これはその気になれば自分ではずせる――さらに呼吸をモニターできるように、ドライ電極をふたつ、背中――それぞれ肺の真上――に貼りつけた。赤外線体温計を額にかざして測ってみたが、いまのところは平熱だ。

膀胱へのカテーテル挿入はあまり経験がなかったが、手順は簡単だし、もしなにか間違ったことをしても、相手は文句を言える状態ではない。たとえ尿がこぼれなくても、これからいやというほど掃除をすることになる。

そのことを思い出して、裏がビニール張りの四角い吸収パッド――子犬のトイレトレーニング用――を周囲の床に敷き詰めた。フェーズⅠのさらに先に進むことになったら、ダニエルは確実に嘔吐する。流血もするかどうかは、通常のやり方に対するダニエルの反応しだいだ。少なくとも、排水がスムーズに行くようにはしてある。

納屋のなかが冷えこんできたので、ダニエルの体に毛布を掛けてやった。もうしばらく目を覚まさないでほしいが、寒いところに裸でいたのではそうもいかないだろう。しばらく迷ったあげく、仮眠部屋から枕を持ってきて、頭の下に挟んでやった。目を覚ましてほしくないだけだ。寝心地が悪そうにしているからではない。

点滴の静脈ポートに小さな注射針を刺して、さらに睡眠剤を投与した。これであと四時間はおとなしくしているはずだ。

眠りつづけるダニエルの表情を見ていると落ち着かない気分になった。なんというか、あまりにも……安らかすぎる。ここまで邪気のない顔を見たことがあっただろうか？　こんなにも穏やかで無垢なものが同じ世界に存在すること自体が信じられない。一瞬、自分でも知らなかった精神的な弱みがあって、それをなんとかしなくてはならないのかと不安になった。だが、デ・ラ・フエンテスなら、だれもが本能的に信頼するような人間を探すはずだ。ここに横たわっている彼は、まさにそんな顔をしている。麻薬王がそもそも彼を選んだのは、そういう理由からかもしれない。

彼女はガスマスクをダニエルの口と鼻にかぶせると、吸収缶を取りつけた。この納屋の警戒システムでダニエルが死んでしまったら、元も子もない。

最後に、納屋の周辺を見てまわった。母屋ではしかるべき部屋にすべて電気がついている。夜のしじまのなかで、ポップミュージックのトップ40の放送がかすかに聞こえたような気がした。

すべての入口の安全を確認すると、彼女はプロテインバーを一本だけかじり、狭いバスルームで歯を磨いて、午前三時にアラームをセットした。簡易ベッドの下に置いた銃に触れ、吸収缶を胸に抱きしめて、寝袋のなかに潜りこむ。体はもう眠っているし、頭もそうなりかけていた。自分のガスマスクをかろうじて装着して、彼女は死んだように眠った。

6

午前三時半には、アレックスは起きあがって着替えをすませ、食べ物を口に入れ、まだ疲れていたものの、仕事に取りかかる準備を終わらせていた。ダニエルはまだ、なにも知らずに安らかに眠っている。目が覚めたら、疲労感はないだろうが、頭はまだ混乱しているはずだ。いまが何時くらいか、何日かさえもわからない。この仕事で、そうした不安感は重要なツールになる。

眠っている彼から毛布と枕を取り去ったときは気の毒に思わずにはいられなかった。けれども、これは重要な手順だ。訓練を受けていようといまいと、尋問対象者は例外なく、敵の前で裸にされていることをきわめて不快に感じ、無力であることを思い知らされる。同情は、これからの数日間でもっとも抱いてはいけない感情だ。それ以外の感情も封印する。最後にこの仕事をしてからもう三年以上経つが、心の蓋が閉まっていくのがわかった。これからどうすればいいのか、体が覚えている。そのために強さが必要であることもわかっていた。

手早く髪を染めたので、髪がまだ濡れていた。顔の化粧も、ほんとうはずいぶん薄いのに厚ぼったく感じる。凝ったメイクの仕方はなにも知らないので、濃い色のアイシャドウとマスカラ、そして真っ赤な口紅を塗るだけにした。こんなに早く髪の色を変えるつもりはなかったのだが、気が変わった。黒髪と化粧で変装するのは新しい作戦の一部だ。白衣と薄い青の手術着はきっちりと折りたたんでバッグにしまってある。いまはまた、タイトな黒いTシャツと黒いジーンズという出で立ちだ。ここの母屋に洗濯機と乾燥機が置いてあってよかった。いま着ているシャツはほどなく洗うことになる。ほんとうは、昨日洗いたかったのだけれど。

少しばかり色のついた粉末と油脂のせいで、見た目がこれほど変わるのが不思議だった。彼女はバスルームの鏡を見て、このうえなく険しく、冷たい顔に満足した。そして櫛で髪をストレートバックに撫でつけると、バスルームを出て尋問室に向かった。

テントの塩ビパイプの骨組みに投光照明がいくつか取りつけてあったが、そちらはつけずに、スタンドの腰の高さに取りつけた作業用照明をふたつつけた。テント内側の黒い防水テープと灰色のウレタン緩衝材は、暗がりでは同じ色に見える。気温は夜が更けるにつれ下がっていた。これから尋問する相手の腕と腹に鳥肌が立っている。赤外線式体温計を、もう一度彼の額にかざした。まだ平熱の範囲だ。

最後にコンピュータを起動して、ディスプレイの設定をした。なにもしなければ、二十分後にスクリーンセイバーの画面になる。コンピュータの反対側には小さな黒い箱が置いてあり、その上にはキーパッドが、側面には小さな赤いライトが取りつけてある。いまはその箱を無視して、仕事に戻った。

点滴の静脈ポートに眠りから覚醒させるための薬剤を注入している最中に、ある感情が殻を破って出てこようとしたが、彼女はそれを難なく抑えつけた。ダニエル・ビーチにはふたつの顔があるが、それは自分も同じだ。いまはふだんと違う、もうひとりの自分になっている。〈部署〉はそんな彼女を〝化学者《ザ・ケミスト》〟と呼んだ。〝化学者〟は機械だ。無慈悲で、容赦ない。彼女自身が、いまやモンスターとなって解き放たれていた。

ダニエルのモンスターも、これから出てくることになる。

新たな薬剤が静脈に入ってきたせいで、彼の呼吸はしだいに不規則になっていた。そしてついに、彼はすらりとした手を握りしめ、拘束具を引っ張った。まだ夢うつつで、眉をひそめて横向きになろうとしている。左右の膝をよじって足首の拘束具を引っ張るうちに、不意に目を開いた。

テーブルの前に立ち、彼が動揺をあらわにするのを静かに見守った。呼吸がいきなり乱れて心拍数が増加し、じたばたともがいている。いまどこにいるのか、見覚えのあるものはないかと、暗闇のなかに懸命に目を凝らしていたが、やにわに動きを止めて耳を澄ませた。

「だれか……」ダニエルはささやいた。

彼女はその場に立ったまま、声をかけるときを待った。

それから十分ほど、ダニエルは拘束具を乱暴に引っ張り、荒い呼吸の合間に耳を澄ませることを繰り返した。

「助けてくれ！」とうとう彼は声をあげた。「だれかいないのか？」

「こんにちは、ダニエル」彼女は静かに応じた。

ダニエルはぐいと頭を仰向かせて、どこから声が聞こえるのか突きとめようとした。犯罪組織の下で働いているプロなら、そんなふうに喉を剝きだしにしたりしない。

「だれだ？　何者だ？」

「わたしがだれだろうと、それは大した問題じゃないの、ダニエル」

「ここはどこだ？」

「それも関係ない」

「なにが目的だ？」ダニエルは声を荒らげた。

「そう……肝心なのはそこのところよ」

彼女は作業台をまわりこんでダニエルの視界に入ったが、後ろから照明が当たっているので、その顔はほとんど影になっているはずだった。

「ぼくはなにも持っていない」ダニエルはむきになって言った。「金も、ドラッグも持っていない。あんたの役には立てない」

「あなたの持ち物がほしいんじゃないの、ダニエル。わたしがほしいのは――いいえ、ぜひとも必要なのは、情報よ。その情報を渡さないかぎり、あなたはここを出られない」

「ぼくはなにも知らない――重要なことはなにも！　頼むから――」

「黙りなさい」ぴしりと言うと、ダニエルははっと息をのんで口をつぐんだ。

「わたしの言うことが聞こえるかしら、ダニエル？　これからとても大事なことを話すわ」

ダニエルは瞬きしながらうなずいた。

「わたしはその情報を手に入れなくてはならないの。ほかの選択肢はなし。必要とあらば、口を割るまであなたを痛めつけるつもりよ。容赦はしないわ。わたし自身、好きでそんなことをするわけじゃないけれど、そうすることが苦になるたちでもない。こんなことを話すのは、はじめる前にあなたに決めてほしいからなの。こちらの知りたいことを話してくれたら、あなたを自由にする。とても単純なことよ。もし話してくれたら、あなたを痛めつけないと約束するわ。そのほうが時間の節約になるし、あなたも痛い思いをせずにすむ。気が進まないのはわかっているのよ。でも、どのみち話すことになるのは知っておいたほうがいいわ。少し時間はかかるかもしれないけれど、しまいには耐えられなくなる。例外なくそうなるの。だから、楽なほうを選んで。そうしないと後悔するから。いいわね？」

　これまで数えきれないほどの尋問対象者に繰り返されてきたその台詞は、たいていの場合きわめて効果的だった。ここで対象者が口を割る確率は、おおよそ四十パーセント。もっとも、はじめから洗いざらいしゃべるケースはそう多くないが、最初に犯罪行為を認めて、ある程度の情報を白状する可能性はかなりある。その確率は、対象者の立場によって違う。たとえば彼が軍人だったら、おおよそ半数が、なんの痛みも与えないうちに白状しはじめる。これが本物のスパイになると、肉体的な苦痛を与えないうちになんらかの情報を口にする確率はわずか五～十パーセント。なんらかの宗教の狂信者も同様だ。組織の下っ端の人間は百パーセント口を割るが、上に立つ者は苦痛を味わわせなければなにひとつしゃべらない。

　どうかダニエルが、ただの下っ端でありますように。

彼女がしゃべっているあいだ、ダニエルは恐怖に顔をこわばらせていた。だが最後の台詞に差しかかったところで、彼は当惑したように眉をひそめた。予想とは違う反応だ。

「わたしの言っていることがわかる、ダニエル？」

ダニエルはおずおずと口を開いた。「……アレックス？　もしかして……きみなのか？」

これまで標的と事前に接触しないことにしていたのは、こういうことがあるからだった。さあ、台本どおりにはいかなくなってしまった。

「もちろん、それはわたしの本名じゃないわ、ダニエル。言うまでもないことだけれど」

「どういうことだ？」

「わたしの名前はアレックスじゃない」

「しかし……きみは医者《ドクター》だ。ぼくを助けてくれた」

「そういう意味のドクターではないの、ダニエル。それにわたしは、あなたを助けてもいない。あなたに薬を打って、拉致《らち》したのよ」

ダニエルは真顔で言った。「親切にしてくれたじゃないか」

彼女はため息をこらえなくてはならなかった。

「あなたをここに連れてくるために必要なことをしただけよ。さあ、集中してもらえるかしら、ダニエル。これから質問に答えてもらいたいの。わたしが知りたいことを教えてもらえるかしら？」

ダニエルの瞳に、ふたたび疑いの色が浮かんでいた。彼女にほんとうに傷つけられるなんて——こんなことが現実に起こるなんて信じられないと言わんばかりだ。

「知りたいことがあるならなんでも話すとも。だが、さっきも言ったように、重要なことはなにも知らない。銀行の口座番号や——よくわからないが、宝の地図のたぐいも持っていない。ここまでされるようなことはなにも」

彼は身振りを交えようとしながら自分の体に目をやって、はじめて裸にされていることに気づいた。肌が——顔から首、胸の中心にかけて——たちまち赤くなり、体を隠そうとするように反射的に拘束具を引っ張った。呼吸と心拍数が、またもや一気に増加している。

裸にされるのは、秘密工作員だろうと下っ端のテロリストだろうと、例外なくいやでたまらないものだ。

「宝の地図なんて探してないわ。わたしがこんなことをしているのは、欲に駆られているからじゃないの、ダニエル。罪のない人々の命を守るためよ。その話をしましょうか」

「なんの話だ？　ぼくにどうしろと？　なぜそんな話をするんだ？」

彼女はこの成り行きが気に入らなかった。なにも知らないとしらを切りとおそうとする容疑者に口を割らせるには、得てして時間がかかるものだ。罪悪感を抱えながらも、祖国の政府を——あるいはテロリスト仲間や同志を——売り渡さないと決めている容疑者より始末が悪い。

彼女は机に近づいて、一枚目の写真を取りあげた。それはデ・ラ・フエンテスのきわめて鮮明なクローズアップ写真だった。

「この男性からはじめましょう」彼女は写真をダニエルの目の前に持ってくると、ふたつあるうち一方の作業用照明の光が当たるように調節した。

ダニエルはまったく無反応だった。よくない兆候だ。

「だれだ？」

今度は、聞こえるようにため息をついた。

「あなたの選択は間違ってるわ、ダニエル。自分のしていることをよく考えて」

「だが、知らないんだ！」

彼女は仕方がないわねというようにダニエルを見つめ返した。

「誓ってほんとうのことだ、アレックス。そんな男は知らない」

彼女はふたたびため息をついた。「それじゃ、はじめさせてもらうわ」

またもや信じられないと言いたげな表情。こんなことははじめてだった。これまで尋問してきた尋問対象者たちはみな、台に載せられている理由をわきまえていた。恐怖に駆られる者もいれば、懇願してくる者もいる。動じることなく反抗的な態度を取る者もなかにはいた。けれども、今回のように奇妙なほど善人ぶって、あたかもこちらを試すような――『きみはぼくを傷つけない』と言わんばかりの態度を取る相手ははじめてだ。

「その……ある種の〝ごっこ〟遊びみたいなことなのか？」ダニエルが低い声で尋ねた。「こんな状況でも、まだ恥ずかしそうに振る舞おうとしている。「その手の決まりごとはよく知らないんだが……」

口元が緩みそうになって、彼女は顔を背けた。しっかりしてと自分に言い聞かせて、ちょうどその場を離れようとしていたかのように滑らかな動きで、コンピュータが置いてあるテーブルに近づいた。コンピュータのキーをひとつ押して、画面がスリープ状態にならないようにする。それからさまざまな道具の載った重いトレイを持ちあげた。動くたびに、道具がぶつかり合ってカチャカチャと音がする。彼女はダニエルのそばにトレイを持ってくると、注射器のトレイのすぐ隣にそれを置き、金属性の道具が光を反射するように照明の角度を調整した。

「残念ながら、わかっていないようね」彼女は落ち着き払ってつづけた。「わたしはこのうえなく真剣なの。さあ、この道具を見てもらえるかしら」

ダニエルは言われたとおりにして、目を大きく見開いた。彼女はダニエルの黒い部分が現れる兆候がないかじっと見守ったが、そんな気配はまったくなかった。絶望的な恐怖にとらわれていても、彼の瞳はまだどことなく優しさを宿していて、やましいところがまったくない。ヒッチコックの映画『サイコ』で、ノーマン・ベイツが刑事に言った台詞が頭をよぎった――ぼくはだれからも信頼される顔をしているんですけどね。

彼女はぶるっと身震いしたが、ダニエルには気づかれなかった。彼の目は金属の道具に釘づけになっている。

「この手のものは、わたしだってあまりひんぱんに使いたくないわ」彼女はプライヤー（物をつかんだり、ひねったりするためのペンチに似た工具）に軽く触れると、特大サイズの手術用メスに指先を滑らせた。「わたしにお呼びがかかるのは、尋問の対象者をほぼ――無傷のままにしておきたいときなの」彼女は強調しながら、ボルトカッター（ボルトや鉄筋を切断するための大型のペンチに似た道具）を撫でた。「こんな道具はどのみち必要ない」そう言いながら、彼女は溶接用バーナーのガス管を爪ではじいて耳障りな音を立てた。「なぜだかわかる？」

ダニエルは恐怖のあまり、なにも言えずに凍りついていた。ようやくわかってきたらしい。そう、これは現実。

でも、〝黒いダニエル〟はとっくにわかっていたはずだ。それならなぜ、表に出てこないの？　わたしの目をごまかせると思っているの？　それとも、地下鉄でのやりとりで、わたしの弱い女の部分につけこめたと思っている？

「なぜだか教えてあげる」彼女は声をひそめてささやくと、意味ありげに身を乗りだして、冷たいまなざしのまま気の毒そうなほほえみを浮かべた。「それは、わたしのすることが痛いからなの……こんな道具を使うより……ずっと」

ダニエルの目は飛びださんばかりに見開かれていた。少なくとも、これは見慣れた反応だ。彼女は道具のトレイをどけると、ずらりと並べられて照明の光を浴びている注射器の列に彼の視線を引きつけた。

「最初は十分間しかつづかないわ」机に道具のトレイを戻しながら言うと、さっと彼を振り向いた。「でも、もっと長く感じるはずよ。最初はほんの味見程度――威嚇射撃とみなしてもらって結構。それが終わったら、また話しましょう」

彼女はトレイのいちばん端に置いてあった注射器を取りあげ、中身の乳酸溶液が針先からこぼれ落ちそうになるまでプランジャーを押すと、映画で看護師がやるように芝居がかった仕草で水滴を振り払った。

「すまないが――」ダニエルが声を絞りだした。「なんのことだかさっぱりわからないんだ。きみの役には立てない。神に誓って、できることならそうしている」

「これからそうなるわ」彼女はそう言って、ダニエルの左腕の上腕三頭筋に注射針を刺した。

最初の反応が起きたのは、その直後だった。左腕が痙攣《けいれん》しはじめ、拘束具に逆らってがくがく動いている。ダニエルがぎょっとしてその腕に釘づけになっているあいだに、彼女は二本目の注射器を無言で取りあげ、彼の右側にまわりこんだ。ダニエルは彼女に気づいた。

「アレックス、お願いだ！」

彼女はその訴えを無視した。ダニエルは拘束具を引き裂いてしまいそうな勢いで逃れようとしたが、彼女はそれも無視して、今度は大腿四頭筋に乳酸を注射した。そちら側の膝が硬直し、足が突っ張ってテーブルから持ちあがる。ダニエルはあえいで、うめきはじめた。

彼女は少しも急がずに、だが時間をかけすぎないように動いた。注射をまた一本。ダニエルの左腕はもう、抵抗など思いもよらないほど言うことを聞かなくなっている。今度はさっきと同じ左側の、上腕二頭筋に乳酸を注射した。即座に裏側の三頭筋が勝手に暴れて、どちらが収縮するか二頭筋と争いはじめた。

ダニエルがやにわに、腹を一発殴られたようにごふっと息を吐きだした。だが、体のどこかを殴られるより、痛みははるかにひどいはずだ。

さらに注射を一本、今度は右の大腿二頭筋に打った。腕で起こっているのと同じちぐはぐな痙攣が脚でもはじまり、それと共にダニエルは絶叫しはじめた。

それから彼の頭のそばに移動して、首の筋が白いロープのように浮きあがるのを醒めた目で見守った。そしてダニエルがまた叫ぼうと口を開けたところで、丸めた布を口に押しこんだ。うっかり舌を嚙んでしまったら、なにも話せなくなる。

くぐもった叫び声が二重の緩衝材に吸収されるあいだ、彼女はコンピュータが置いてあるテーブルにゆっくりと戻り、椅子に腰をおろして脚を組んだ。モニターでは——すべての数値が上昇しているが、危険な領域にあるものはひとつもない。健康な体は、ほとんどの人が大きな痛みに耐えるため、いつまでも痛めつけていると、しまいに重要な臓器が深刻なダメージを被ってしまう。彼女はノートパソコンのタッチパッドにさっと触れてスクリーンを明るくすると、ポケットから腕時計を取りだし、文字盤が見えるようにして自分の太腿の上に置いた。これはほとんど見せかけと言っていい。なぜなら、時間はコンピュータの画面からモニターの表示を見れば簡単にわかるからだ。

彼女は銀色の腕時計を太腿に載せたまま、ダニエルのほうを向いて待った。たいていの尋問対象者は、彼女がここまで醒めきって観察できることに当惑する。だから彼女は月並みな芝居を真面目くさった顔をして見物している観客のように、彼が身をよじり、のたうちまわって、詰め物の隙間からくぐもった叫び声を漏らすのを見守った。ダニエルは彼女を見て懇願し、苦しみに顔をゆがめることもあるが、どうかしたように部屋じゅうに目をやることもある。

十分という時間は、場合によっては相当長く感じるものだ。彼の筋肉はめいめい勝手に動いて、場所によってはこぶになり、骨から離れたがっているように見えるほど激しく痙攣している。顔から流れ落ちた汗のせいで、髪が黒く濡れていた。頬骨の皮膚が、いまにも裂けそうだ。くぐもった叫び声は低くなっていたが、ひどくがさついて、人間の声というより野獣のそれに近くなっていた。

あと六分。

こんなにも効果を発揮しているのに、彼に投与したのはまともな薬ですらなかった。ダニエルに味わわせている激痛は、その気になればだれでも倍の大きさに強めることができる。使っている乳酸は規制薬物ではないから、インターネットで難なく入手可能だ——たとえアメリカ政府の秘密機関から付け狙われている最中でも。尋問の仕事で華々しい成果をあげていたころ——素晴らしいラボと潤沢な予算に恵まれ、プロテイン解析装置や化合物の合成装置も使えたころは、他にふたつとない、きわめて特殊な薬剤をつくりだすこともできた。

〝化学者《ケミスト》〟は、彼女に少しもふさわしくないコードネームだった。だがおそらく、〝分子生物学者《モラキユラー・バイオロジスト》〟では長すぎて面倒だったろう(〈部署〉が彼女に注目したきっかけは、モノクローナル抗体についての仮説的研究だった)。一方、バーナビーは化学の専門家だった。結ラボを失ってからも生き延びることができたのは、彼がいろいろ教えてくれたおかげだ。

果、彼女は〝化学者〟と呼ばれるようになった。ダニエルをラボに連れていけないのは残念だ。それができれば、尋問はずっと早く終わるのに。

ラボを失う直前、彼女は苦痛を味わわせずに知りたいことを聞きだせるようになるまで、あと一歩のところに迫っていた。彼女にとっては究極の目標だったが、ほかの研究者にはそれほど重要なことではなかったらしい。もし命賭けで逃亡生活をつづけるかわりに、あのままラボで三年間研究をつづけていたなら、いまごろは人間の心の扉を開けるのに必要な鍵をつくりだしていたはずだ。苦痛も恐怖も味わわずにすむ――聞かれたことに愛想よくさっさと答えたら、同じくらいにこやかに監房か銃殺用の壁に向かうようにする薬を。

あのまま研究をつづけさせてくれたらよかったのに。

まだ、あと四分ある。

尋問のこの段階の過ごし方について、彼女はバーナビーと意見を闘わせたことがあった。バーナビーは自分自身に物語を話して聞かせると言っていた。子どものころに聞かされたおとぎ話を思い出して、現代風にアレンジしたり、結末を変えたり、登場人物の立場が入れ替わったらどうなるか試したりする。ときにはとても素晴らしいアイディアが浮かぶので、そのうち暇ができたらちゃんと文章にするつもりだと言っていた。一方彼女は、実用的なことをしていないと時間を無駄にしているような気分になるので、今後の計画を立てることにしていた。はじめのうちは、脳の応答を制御して神経受容体をブロックするモノクローナル抗体の新たな型について研究することを考えていたが、そのうち逃亡生活について計画を立てる羽目になった。あらゆる不測の事態、あらゆる最悪のシナリオを想定して、罠にはまらないようになにができるか。はまりかけたときにどうやってすりぬけるか。はまってしまったときにどうすべきか。彼女はあらゆる可能性を思い浮かべた。

バーナビーからは、たまには息抜きが必要だと言われた。楽しみがなかったら、なんのための人生なんだ？

ただ生きるためだと、彼女は自分に言い聞かせていた。望みは生きることだけ。頭はそのために使ってきた。

今日の彼女は、その次のステップを考えていた。今夜か、明日の夜か、もしかしたらその次の夜になるかわからないが、ダニエルはすべてを白状するだろう。人間の体はかなり長いあいだ痛みに耐えられるが、しまいにはだれもがそうなる。なかには痛みに比較的強い者もいるが、そのときは別の薬に切り替えればいい。ダニエルがこのまま口を割らなければ、どこかの時点で彼をうつぶせに——自分の吐瀉物《としゃぶつ》で窒息しないようにして、彼女が〈緑の針〉と呼ぶ血清——実際にはほかの薬剤と同様、透明な液体を投与する。それでうまくいかなければ、ある種の幻覚剤を試すつもりだった。痛みを味わわせる方法は、つねになにかしらある。人間の体に、刺激を感じる回路が無数にあるせいだ。

必要な情報が手に入ったら、ダニエルの苦痛を止め、意識を失わせる。そしてこのコンピュータのＩＰアドレスからカーストンにメールし、ダニエルから聞きだしたことをすべて伝えて、あとは遠くまで、ひたすら車を走らせる。カーストンたちは追跡してくるかもしれないが、それはたしかめようがない。なぜなら自分は、死ぬまで――できれば自然死がいい――隠れて暮らすつもりだから。

九分が経過するころには、薬の効果は徐々に薄れかけていた。効果がなくなる時間は人それぞれで、ダニエルは早いほうだ。消耗しきった体から徐々に力が抜けていく一方で、わめき声はうめき声に変わり、やがて静かになった。口のなかの詰め物を取りだすと、彼は息を吸いこもうと必死であえいだ。それから彼女を恐怖に満ちたまなざしで見つめると、しまいに嗚咽を漏らしはじめた。

「二、三分、時間をあげるわ」彼女は言った。「そのあいだに考えをまとめておいて」

それからダニエルから見て死角にある出口からテントの外に出ると、簡易ベッドに腰をおろした。彼は声を押し殺して泣いている。

泣きだすのは通常の反応だ。そして、いい兆しでもある。ただし、この泣き声は明らかに〝教師のダニエル〟のものだった。なにをされるか承知しているはずの〝黒いダニエル〟の片鱗は一切ない。どうしたら彼を引きだせるかしら？　もしほんとうに多重人格なら、特定の人格を引っ張りだすことができるものなの？　今日は相棒として正真正銘の精神科医が必要だった。もし〈部署〉の求めに応じてすんなりラボに戻っていたら、こちらが頼んだとたんにひとり連れてきてもらえたはずだけれど、いまはどうしようもない。

朝食のスナックバーをかじりながら、彼の呼吸が落ち着くのを待った。さらにもう一本かじって、小型冷蔵庫に入れてあった紙パックのアップルジュースで流しこんだ。

テントに戻ると、ダニエルが凸凹のウレタン緩衝材を張りめぐらせた天井を絶望のまなざしで見あげていた。彼女はコンピュータに静かに近づき、キーに触れた。

「つらい思いをさせてしまってごめんなさい、ダニエル」

彼女が入ってきたことにはじめて気づいたダニエルは、その声からできるかぎり離れようと身をよじった。

「二回目はなしにしましょう。いいわね?」彼女は椅子の背にもたれた。「わたしもうちに帰りたいの」それは嘘だったが、できることならそうしたいという点ではほんとうと言ってよかった。「それから、信じてもらえないかもしれないけれど、わたし自身はサディストではないの。あなたが苦しむのを見て楽しんでるわけじゃないのよ。ほかに選択肢がないだけ。大勢の人たちを死なせるわけにはいかないもの」

彼の声はかすれていた。「なんの……ことだ……」

「あなたは知らないでしょうね。どれだけたくさんの人が同じ台詞を口にするか——そして、あなたがたったいま味わわされたことやもっとひどいことを繰り返しても、そうした人たちがどれだけ同じ答えを言いつづけるか! でもそれが、ある人は十回目で、またある人は十七回目でいきなり、堰《せき》を切ったようにしゃべりだすの。そしてわたしは、核弾頭や化学兵器や病原体のありかを正義の味方に報告する。それで大勢の人が死なずにすむのよ、ダニエル」

「ぼくはだれも殺しちゃいない」ダニエルは声を絞りだした。

「でもこれから殺すつもりでいる。わたしはそれを変えようとしているの」

「そんなことは絶対ない」

彼女はため息をついた。「そういうことなら、長くかかるでしょうね」

「知らないことは話せない。人違いだ」

「その台詞も何度も聞いたわ」あっさり言ってのけたが、彼の言葉は痛いところを突いていた。〝黒いダニエル〟を引っ張りだせないのは、ほんとうに違う人を拷問しているからでは？

彼女はふたたび、台本からはずれることにした。ただし、精神疾患についてはずぶの素人だ。

「ダニエル、記憶が途切れたことはある？」

長い間があった。「……なんだって？」

「たとえば、目を覚ましたときに、どうやってそこに来たのか思い出せなかったことはある？　あなたにはそうした記憶がないのに、ほかの人から、あなたがそれをしたとか、こんなことを言ったと指摘されたことは？」

「うーん……ないな。いや、今日がまさにそうだ。きみが言ってるのはそういうことだろう？　ぼくがなにか途方もなく恐ろしいことをもくろんでいるというが、ぼく自身に心当たりはない」

「これまでに、多重人格と診断されたことはある？」

「まさか！　アレックス、この部屋のなかでおかしいのはぼくじゃない」

そんな答えでは話にならない。

「エジプトのことを話して」

ダニエルは彼女のほうに顔を向けた。口に出して言うのと同じくらいはっきりと顔に書いてある――正気か？

彼女はなにも言わずに待った。

ダニエルはため息をついた。「そうだな……エジプトは最も長くつづいた現代文明のひとつで、ナイル川沿いには紀元前一万年から人々が暮らしていた形跡が残っている。おおよそ紀元前六千年前までには――」

「すごくおもしろいわ、ダニエル。でも、そろそろ真面目になりましょうか」

「いったい、なにが知りたいんだ？　ぼくがほんとうに歴史の教師なのかテストしているのか？　ぼくですら断言できないのに！」

ダニエルはしっかりした口調に戻りつつあった。彼女が使う薬のいいところは、効果がすみやかになくなることだ。投与の合間に特定のことについてやりとりすることができる。それに、尋問の対象者は痛みをなにも感じていないときのほうがより痛みを怖がるものだ。強弱差が激しいほど、感じ方は極端になる。

彼女はコンピュータのキーに触れた。

「エジプトに行ったときのことを話して」

「エジプトには一度も行ったことがない」

「二年前に、ハビタット・フォー・ヒューマニティの活動をするために行かなかった？」

「行ってない。三年前から、夏休みはメキシコで過ごしている」

「出入国の記録はすべて保管されているのよ。パスポートの番号を調べると、あなたがどこに行ったか記録が出てくる」

「だからぼくがメキシコにいたことを知っているのか！」

「あなたはそこで、エンリケ・デ・ラ・フエンテスと会った」

「だれだって？」

彼女はうんざりした表情を浮かべると、ゆっくりと瞬きした。

「ちょっと待て」ダニエルは天井に説明が貼りつけてあるかのように上を見あげた。「その名前なら知っている。しばらく前に――麻薬取締局の役人数名が行方不明になったというニュースで聞いた名前だ。たしかドラッグ密売組織の人間だったな？」

彼女はデ・ラ・フエンテスの写真を見せた。

「その男なのか？」

彼女はうなずいた。

「なぜぼくがその男を知っていると思うんだ？」

彼女はゆっくりと答えた。「なぜなら、この男とあなたが一緒にいる写真もあるからよ。それにこの男は、ここ三年間であなたに一千万ドル払っている」

ダニエルはあえいだ。「なん……なんだって？」

「あなたの名義で総額一千万ドルが、ケイマン諸島やスイスの銀行に分散している」

ダニエルは彼女をまじまじと見つめていたが、不意に怒りに顔をゆがめた。「もしほんとうに一千万ドルもらっているなら、なぜコロンビアハイツのエレベータもない、ゴキブリだらけのワンルームに住んでいるんだ？　学校に一九七三年からあるつぎの当たったバレーボールチームのユニフォームを、なぜいまもみんなで使わなくてはならないんだ？　元妻の新しい結婚相手がメルセデスを乗りまわしているのに、なぜぼくは地下鉄なんだ？　そしてなぜ、しょっちゅうインスタントラーメンを食べているせいで、骨軟化症になりかけているんだ？」

彼女はダニエルに言いたいだけ言わせておいた。話す意欲が出てきたのは、正しい方向に向けてささやかな一歩を踏みだしたということだ。ただし、この〝怒れるダニエル〟はまだ教師の——あまり幸せとは言えない教師の彼だった。

「待てよ——ぼくがそのドラッグ屋と写っている写真があると言ったが、どういう意味だ？」

彼女は机に近づき、その写真を取りあげた。

「エジプトのエルミニヤにて。デ・ラ・フエンテスと」そう言って、彼の目の前に写真を持ってきた。

ようやく反応があった。

ダニエルは頭をぐいと引いて眉をひそめ、それから目を見開いた。さまざまな思いが頭のなかを駆けめぐっているのが手に取るようにわかる。いま見ているものを分析して、これからの出方を考えているのだ。

もうひとりのダニエルが出てくる兆しはまだなかったが、少なくとも自分に別の顔があることは認める気になったらしい。

「さあ、エジプトについて話を聞かせてもらえるかしら、ダニエル？」

ダニエルは唇を引き結んだ。「エジプトには一度も行ったことがない。これはほかのだれかだ」

「信じられない」彼女はため息をついた。「ほんとうに残念だわ。なぜなら、このままではパーティをつづけなくてはならないからよ」

恐怖がよみがえって、彼はさっと顔をゆがめた。

「アレックス、お願いだ。誓ってぼくじゃない。やめてくれないか」

「これがわたしの仕事なのよ、ダニエル。大勢の命を救う手だてを見つけなくてはならないの」

さっきまで口の重かった彼の面影はもうなかった。「ぼくはだれも傷つけようとは思っていない。きみと同じで、大勢の命を救えるものなら救いたいさ」

彼の真剣な訴えを信じないでいるのはむずかしくなりつつあった。

「この写真に思い当たるところがあるはずよ」

ダニエルは顔をこわばらせて、きっぱりとかぶりを振った。「それはぼくじゃない」

正直なところ、彼女は少なからず興味をかき立てられていた。こんな展開ははじめてだ。バーナビーに相談できたら！　でも、いまはたらればを考えている時間はない。彼女は左の手のひらに注射器を積みあげた。今度は八本だ。

ダニエルは恐怖と——そして悲しみに満ちたまなざしで彼女を見ていた。彼がなにか言いたげに口を開いたので、アレックスは右手に一本目の注射器を持ったまま動きを止めた。

「ダニエル、言いたいことがあるなら、早くしてもらえるかしら」

彼は落胆したように目を伏せた。「言ったところで、どうにもならない」

彼女がなおも待っていると、彼はまっすぐに彼女を見返した。

「きみの顔のことさ」彼は言った。「知り合ったときと同じだ……まったく変わらない」

彼女はたじろぐと、さっと振り向いて彼の頭のすぐそばに来た。ダニエルは逃げようとしたが、そのせいで胸鎖乳突筋（首筋の筋肉）があらわになった。いつもならこの筋肉はあとまわしにする——手持ちのかぎられた薬剤で、その筋肉は相手にもっとも苦痛をもたらす部位のひとつだから。だが彼女は早くその場を離れたかったので、首筋に注射器を突き立てた。そしてダニエルのほうをろくに見もせずに、彼が口を開けたとたんに丸めた布を押しこむと、ほかの注射器を落としてテントから逃げだした。

7

やわになった――それだけのことだ。この仕事を離れて三年になる。だからいろいろな感情にとらわれるのだ。だからダニエルのような相手に振りまわされる。長いこと遠ざかっていたこと以外に理由はない。それでも、その気になれば昔の自分に戻れるはずだ。

アレックスは今回の投与中に、コンピュータを起動状態にさせておくために一度だけテントに戻ったが、そのまま彼の様子を見守ることはせずに外に出た。テントに戻ったのはおよそ十五分後で、点滴バッグが空になろうとしているところだった。

ダニエルはまたもやはあはあとあえいでいた。今回は泣いていないが、痛みは前回よりずっと激しかったのがわかる。拘束具で擦れた皮膚から出血して、テーブルに血が垂れていた。今度投与するときは、傷口が広がらないように手足を麻痺させることになるかもしれない。そう思って、またもやどきりとした――尋問している相手を気づかうなんて。

ダニエルが震えはじめた。アレックスはテントの出口に向かおうとして、自分が毛布を取りにいこうとしていることに気づいた。いったいどうしたの？

集中して。

「なにか言うことはない？」ダニエルの呼吸がさっきより落ち着いてきたので、穏やかに尋ねた。

ダニエルは弱々しい声で、力なく答えた。「写真に映っているのはぼくじゃない。神に誓ってもいい。ぼくは——なにも——もくろんでいない。ドラッグ屋も知らないんだ。力になれたらよかったんだが……。ほんとうに、嘘偽りなく——できることなら力になりたいと思っている。ほんとうだ」

「そうね……。このやり方ではまだ抵抗できるようだから、また別のやり方にしてみましょうか」

「抵抗……？」ダニエルの声はかすれていた。「ぼくが……抵抗していると……思っているのか？」

「正直言って、あなたの頭のなかを幻覚剤でめちゃくちゃにするのは心配なの——悩みごとならもう充分あるようだから」彼女はダニエルの汗ばんだ頭皮を指先でとんとんと叩いた。「でも、時代遅れのやり方以外に選択肢はないのかもしれない」なおもうわの空で彼の頭を叩きながら、机に置いてある道具のトレイに目をやった。「あなたは気分が悪くなったらすぐに吐き気を催すほう？」

「なぜこんな目に……遭わされるんだ……」かさついた声。答えを求める言い方ではなかったが、彼女は応じた。

「それはあなたが、アメリカの四つの州で致死性の新型インフルエンザウイルスをばらまいて、百万もの一般人を殺してしまうかもしれないからよ。政府はそういう行為を許さない。それであなたに口を割らせるためにわたしが選ばれたというわけ」

ダニエルは恐怖のまなざしで彼女を見つめていたが、不意にそれは驚愕に変わった。

「なんだと……この世の……地獄じゃないか！」

「ええ、ぞっとするような、悪魔の所業だわ」

「アレックス、なにを言ってるんだ？　きみ自身、どこか問題があるんじゃないか？」

彼女はダニエルから見えるところに来た。「わたしの問題は、あなたがウイルスのありかをまだ話さないことよ。もう受けとったの？　まだデ・ラ・フエンテスのところにあるの？　ウイルスはいまどこにあるのかしら？」

「こんなことはどうかしている。きみもまともじゃない！」

「もしそのとおりなら、もっと人生を楽しめたかもしれない。いまになって思うの。ほかの専門家のほうが適任だったのかも……この仕事には、頭のいかれた専門家が必要なの。わたしでは、〝もうひとりのダニエル〟を引きだせない！」

「もうひとりのダニエル？」

「この写真に写っているほうのダニエルよ」

そう言って彼にさっと背を向けると、机の上にあった写真をざっとつかみ取り、コンピュータがまたもやスリープモードにならないように乱暴にキーを押した。

「見て」彼女は彼の鼻先に写真の束を突きだすと、一枚ずつめくって見せて、ぜんぶ床に落とした。「これはあなたの体で――」彼女はその一枚を落とす前にダニエルの肩に叩きつけた――「あなたの顔。そうでしょう？　でも、それは正しい表現じゃない。ここに写っているあなたの目の奥から、別のだれかがのぞいているのよ、ダニエル。あなたはそのことに気づいているのかしら」

彼はまたもや、はっとした表情を浮かべた。思い当たることがなにかあるのだ。

「いまはこの写真になにが写っているのか、説明してくれるだけでいいわ」彼女はいちばん上に落ちていた写真を拾いあげて彼に見せた。〝もうひとりのダニエル〟が、メキシコのバーの裏口にこっそり入っていくところだ。

ダニエルは困惑して彼女を見返した。

「説明できないんだ……あり得ない」

「わたしの知らないことを知っているのね。どういうこと？」

「この男は――」ダニエルはかぶりを振ろうとしたが、その体力はほとんど残っていなかった。「この男は、見た目は――」

「あなたのようだけれど」

「違う」ダニエルはつぶやいた。「もちろん、ぼくに似ている。しかし……違うんだ。ぼくにはわかる」

またださ――『もちろん、ぼくに似ている』って？――嘘はついていないようだけれど、まだなにかある……。

「ダニエル、この人を知っているの？」それは本心から出た質問だった。これまで精神科医を――それも下手くそに――演じてきたけれど、いまは違う。尋問を開始してからはじめて、具体的ななにかをつかんだ気がした。

「そんなはずは……」ダニエルは絶句して目を閉じた。疲れているからでなく、写真を視界から締めだそうとしているように思える。「……あり得ない」

彼女は身を乗りだした。「説明して」

ダニエルは目を開けると、探るように彼女を見た。「さっきの話はほんとうなのか？　この男が大勢の人々を殺そうとしているというのは」

彼は〝この男〟という三人称をごく自然に使った。

「何十万もよ、ダニエル」彼女はダニエルと同じくらい真剣に答えると、同じく三人称を使ってつづけた。「この男は致死性のウイルスを入手して、いかれた麻薬王のためにそれをばらまこうとしているの。すでにホテルも予約している――それもあなたの名前で。それがここ三週間の出来事よ」

彼はつぶやいた。「信じられない……」

「わたしも信じたくないわ。このウイルスは――たちが悪いの、ダニエル。爆弾を落とすより犠牲者は多くなる。拡散を食い止める手だてない」

「しかし、どうしてそんなことをするんだ？　なんのために？」

この時点で彼女は、写真の男がダニエルの人格のひとつでないことをかなりの確率で確信した。

「いまさらそんなことを考えてもどうにもならないわ。肝心なのは、未然に防ぐこと。この男は何者なの、ダニエル？　お願いよ、罪のない大勢の人の命がかかっているの」

ダニエルの表情にはこれまでとは違う苦しみが浮かんでいた。別の相手を尋問したときに見たのと同じ――これ以上の苦しみを避けたいという思いが忠誠心とせめぎ合っている表情だ。ダニエルの場合は、苦しみを避けたいというより、正しいことをしたいのだろう。

夜のしじまのなかで彼の答えを待っていたそのときだった。ウレタン緩衝材の間に合わせの防音天井越しに、小型機のプロペラ音がはっきりと聞こえた。すぐ近くだ。

ダニエルは目をあげた。

時間の流れがいきなり遅くなる一方で、アレックスは状況を分析した。

ダニエルは驚いたように見えなかった。ほっとしているようにも見えない。プロペラ音は彼にとって、救助の合図でも攻撃の前触れでもないのだ。まるで車の防犯アラームが鳴り響いているのに気づいたように、自分には直接関係ないが、そちらに気を取られているような顔をしている。

その後はスローモーションで視界が動いたが、実際には、必要な注射器を取ろうと机に飛びついていた。

「その必要はない、アレックス」ダニエルがあきらめたように言った。「説明しよう」

「しーっ」彼女はダニエルの頭の上に体をかがめて、薬を注入した――今度は静脈注射用の点滴ポートに。「しばらく眠ってもらうだけよ」そう言って、彼の頬を軽く叩いた。「痛みはないわ。約束する」

プロペラ音と彼女の行動が、彼の頭のなかでようやく結びついたようだった。「ぼくたちに、なにか危険が迫っているのか?」

〝ぼくたち〟ですって? また妙な代名詞を使っている。こんな相手ははじめてだった。

「あなたのことはわからないけれど――」ダニエルが眠そうにまぶたを閉じるのを見ながら、彼女は言った。「わたしには間違いなく危険が迫ってる」

ズン、と重い振動が伝わってきた。納屋のすぐ外ではないけれど、やけに近い。

彼女はダニエルの顔にガスマスクをしっかりかぶせると、自分もマスクをつけ、吸収缶を取りつけた。これは練習ではない。コンピュータをちらりと見た――スリープ状態になるまであと十分。それで足りるか自信がなかったので、スペースバーを押しておいた。それから隣に置いてある小さな黒い箱のボタンをぐいと押しこむ。側面のライトがせわしなく点滅しはじめたのを確認してダニエルのほうに取って返し、彼の体を毛布で覆った。

照明を消し、室内を照らすものがコンピュータの画面だけになったところでテントを出た。納屋のなかは真っ暗だ。両手を前に伸ばしてベッドの横に置いてあるバッグを探り当てると、何年も練習してきたとおりに、すぐさま使用可能な装備を手探りで身につけた。それからベルトの前に拳銃を差し、バッグから注射器を一本出して太腿に突き刺した。身仕度を終えると、テントのなかに入って片隅に身を潜めた。テントに入ってきた侵入者がフラッシュライトで照らしたら、そこがいちばん暗い影になる。拳銃を抜いて安全装置を解除し、両手で構えた。それからウレタン緩衝材の継ぎ目に耳を当てて、何者かがドアか窓を開けて死に場所に踏みこんでくるのを待った。

時間だけがじりじりと過ぎていくなか、彼女の頭のなかをさらにさまざまな考えが駆けめぐった。

これは大がかりな作戦ではない。捕虜の救出や敵の抹殺を請け負う有能なチームなら、うるさい飛行機でわざわざ到着を知らせたりせずに、もっと静かな方法で近づくはずだ。情報のないまま差し向けられて、圧倒的な武力で急襲する大規模な特殊部隊のようなチームなら、ヘリコプターを使う。けれども、さっき聞こえたのは小型の飛行機――三人乗りか、おそらくふたり乗りの自家用機だろう。

これまでのように、暗殺者がまた単独で殺しにきたのなら、なにを考えているのかと思わざるを得ない。どうして相手に気づかれるような行動を取るのだろう？　うるさい飛行機を使うのは、資金不足でとにかく急いでいるか、こっそり忍びこむよりさっさと終わらせるほうを優先する人間の行動だ。

だれなの？　デ・ラ・フエンテスではない。

第一に、小型プロペラ機で現れるなんて、麻薬王のやり方とは思えない。デ・ラ・フエンテスなら、黒いＳＵＶ数台にマシンガンを持った手下を引き連れて現れそうなものだ。

第二に、なにかが違うという直感があった。

本来、彼女は尋問対象者の目つきや言葉の矛盾から真実の当たりをつけたりしない。相手を参らせて従順にし、ひとつのストーリーだけが残るようにするのが彼女のやり方だ。ただし真実と嘘を切り離せないので、一流とは言えない。彼女がほかと違うのは、人体の機能にもともと興味津々で、ラボの仕事では天才的なひらめきを見せるところだった。人体がどこまで耐えられるか、その限界までどうやって追いつめるかについても正確に把握している。

だから、直感でどうこういうのは得意ではないし、最後にそんなふうに感じたのがいつだったかも思い出せない。

けれどもいま、彼女はダニエルが真実を話していると直感していた。だから彼を尋問していて、あんなにも引っかかるものを感じたのだ――ダニエルは嘘をついていない。いまここに来たのも、ダニエルを追ってきたデ・ラ・フエンテスではない。それどころか、ダニエルを追ってくる者などひとりもいないはずだ。なぜなら、ダニエルは彼が言うとおりの人物――英語の教師であり、歴史の教師であり、バレーボールチームのコーチ――でしかないから。従って、だれだか知らないが、ここに来たのはジュリアナ・フォーティスが目的ということになる。

なぜいまなの？　一日じゅう追跡していた〈部署〉が、ようやくいまになって居場所を突きとめたということ？　ダニエルが目的の人物ではないといまごろ気づいて、救出しに来たの？

いいえ、そんなはずはない。そんなことはこの仕事を依頼する前にわかるはずだ。〈部署〉はありあまるほどの情報を入手できるのだから、その点はだまされないはず。ダニエルのファイルはまったく作りものというわけではないけれど、改ざんされていた。〈部署〉はいっとき、頭がくらくらした。なんの罪もない男性を拷問してしまった……。その思いはす、ば、や、く、脇に押しやった。後悔するのは後まわしだ――この場を切り抜けなくては。

頭のなかにあったふたつの可能性の順番が、ふたたびひっくり返った。これはやはり、大がかりな罠だったのだ。デ・ラ・フエンテスがらみの話はたしかにほんとうなのだろう。ただしこれまで聞かされていたほど緊急の事態とは思えない。ファイルの内容に手を加えたいときに、いちばん手っ取り早いのは日時を変更することだ。期限が目前に迫っているというのはまやかしだった。危険にさらされている人間は――またもや自分ひとり。でも、できることならダニエルも救いたい。

彼女はわが身の危険が倍になる考え――予感と言ってもいい――を振り払った。これ以上、よけいな荷物を増やすわけにはいかない。

おそらく、ほかのだれか――〈部署〉で彼女のあとを引き継いだ、優秀で疑うことを知らない若者――が、いまごろ本物のテロリストを相手に仕事をしているのだろう。もしかしたら〈部署〉は彼女にはもう目的を達成する能力がないと思っているのかもしれない。けれども、それならなぜ、そもそもこの件に引っ張りこんだのだろう？　たとえば、テロリストが死んでしまって、身代わりにだれかが必要だったのかもしれない。あるいは、テロリストに生き写しの彼を数週間前に見つけて、もしものときの身代わりとして確保しておくことにしたのかも。〝化学者〟に尋問させてな、に、か、しら白状させ、あとは蓋をしておくつもりで。

けれども、それでは侵入者が来たことの説明がつかない。

そろそろ午前五時だ。もしかしたら早起きが好きで、このあたり一帯をよく知っている農業従事者が来たのかもしれない。闇夜にレーダーなしで背の高い木々のあいだをお構いなく飛び、スリルを味わうために好きこのんで乱暴に着陸するような人が……。

ダニエルの呼吸が、ガスマスク越しに乱れているのがわかった。彼の意識を失わせてよかったのか自信がなかった。ダニエルはあまりにも――無防備だ。文字どおり手も足も出ない。彼の安全について、〈部署〉がなにも考えていないことはわかっている。そして自分は、ダニエルをテントの真ん中で拘束したまま放置して、しかも真っ先に眠らせてしまった。ただ、拘束を解いたら、もちろん反撃してくるだろう。力では彼にかなわないし、薬や銃でおとなしくさせるつもりもない。でもこうしておけば、少なくとも彼を殺さずにすむ。

良心がいまだにうずいていた。暗闇に横たわる彼の無防備な存在が、紙やすりでコットンを擦るように集中力をそいでいく。

でも、考えなおしている時間はない。

納屋の外から、ガサガサとかすかな音がした。納屋は密生した茂みに囲まれている。何者かがそこから、窓越しになかをうかがっていた。もしいきなり納屋の側面からウージー（短機関銃の一種）を撃ちこまれたらどうしよう？　侵入者は明らかに、自分が立てる音を気にしていない。

テントが蜂の巣にされることも考えられる。ダニエルが乗っている台の高さをさげたほうがいいかしら？　台の伸縮式の脚にはオイルを注《さ》してあるけれど、きしまないとはかぎらない。

彼女はひそかに台に近づき、ハンドルを懸命にまわして台をさげた。低い音がしたが、ウレタン緩衝材を通り抜けて納屋の外まで響くとは思えない。テントの片隅に戻って耳を澄ませた。

またガサガサという音がした。今度は納屋の反対側の窓のそばにいる。罠の電線は目立たないけれど、まったく見えないわけではない。侵入者が標的を探すことだけに集中してくれたらいいのだけれど。先に母屋を見てきたのかしら？　なぜなかに入らなかったの？

また別の窓の外から音がした。

そのまま開けて、忍びこむのよ。

そのとき、聞いたことのない音がした――頭上からシューシュー、ガチャンという音がする。それから、ドスン、ドスン、ドスンと、納屋を揺らさんばかりの音。とっさに小型爆弾だと思って頭をかばってうずくまったが、すぐにそれほど大きな音ではないことに気づいた。いままで静まりかえっていたので、よけいに響いて聞こえるだけだ。なにかが壊れるような――ガラスが割れ、金属がちぎれるような音は一切聞こえない。窓やドアの金具を壊したらあんなに響くかしら？　そうは思えない。

ドスンドスンという音は壁づたいに上に移動して止まった。彼女の真上で。

重大な盲点だった――屋根を破っている。

彼女は垂れ幕の合わせ目を片目でにらみながら立ちあがった。まだ暗くてなにも見えない。頭上から溶接用バーナーを使う音がした。侵入者もバーナーを持っているのだ。

もろもろの準備が水の泡になろうとしていた。アレックスはダニエルをもう一度ちらりと見た。ガスマスクをつけているから彼は大丈夫。彼女はテントから飛びだし――頭をかがめ、行く手にあるものにぶつからないように両手を前に突きだして――いちばん近い窓から差しこむかすかな月明かりを目指して急いだ。途中、搾乳用のスペースがあるが、障害物をよけるルートなら頭に入っている。片手にぶつかった搾乳装置をよけ、窓のほうに手を伸ばし――。

突然、途方もなく硬くて重たいなにかが彼女を突き飛ばした。うつぶせに倒れ、ぐいと地面に押しつけられる。拳銃は闇のなかでどこかに飛んでいってしまった。額を思いきりコンクリートにぶつけたせいで、目の前で星がちかちかした。

何者かが左右の手首をつかんで後ろにまわし、肩が脱臼しそうになるほどねじりあげた。肺から絞りだされた空気がうなり声となって飛びだす。親指で左右の指輪のねじをすばやくまわし、とげを剝きだしにした。

「なんだこれは？」真上から男の声がした――典型的なアメリカ人のアクセントだ。彼女の両の手首を片手で持ち替えると、もう片方の手でガスマスクを引きはがした。「ひとまず、自爆するわけではなかったようだな」独り言のように言った。「あの電線は爆薬にはつながっていなかったんだろう？」

彼女は押さえつけられたまま身をよじり、手首をひねって、指輪を彼の皮膚にぶつけようとした。

「やめろ」なにか硬いもの——おそらくガスマスク——で後頭部を殴られ、顔が床にぶつかった。唇が切れて血の味がした。

彼女は身構えた。こんな接近戦では、刃物で頸動脈を切断されるか、喉にワイヤを巻きつけられることが多い。どうせなら刃物のほうがよかった。切られても——いましも血管のなかを駆けめぐっている自作の特殊なデキストロアンフェタミン（覚醒剤の一種）の作用で——痛みなら感じないだろうけれど、首を絞められる苦しみは感じるはずだから。

「起きろ」

背中にのしかかっていたものがなくなり、手首をぐいと引っ張られたので、肩の関節がはずれないように急いで立ちあがった。両手は使えるようにしておかなくてはならない。

男は背後にいたが、息のかかる角度から長身だとわかった。彼女がつま先立ちになるまで、男は手首を引きあげた。

「それでいい、このちび女。さあ、言うとおりにしてもらうぞ」

男性と格闘する訓練は受けていないし、手首を振りほどく力もない。できることといったら、あらかじめ準備しておいたものを使うことだけだ。

彼女は男に固められている肩に一瞬だけ体重をかけると、左足のつま先を床にたたきつけ、踵《かかと》から短剣を出した（つま先から短剣が出るのは右の靴だ）。その足で背後の男の足があるはずのところを蹴ったが、男は飛びすさって短剣をよけた。はずみで男の手が緩んだので、手首を振りほどいてさっと振り向き、指輪をはめた左手で男を平手打ちしようとしたが、男は予想より長身だった。狙いははずれ、指輪に仕込んであったとげは彼の胸を覆う硬いなにかを引っかいた——防弾服《ボディアーマー》だ。彼女は見えないところから空を切って飛んでくるこぶしをさっと避けながら、保護されていない皮膚を傷つけようと両手を突きだした。

いきなり両脚を払われて、ひっくり返った。転がって逃れようとしたが、相手にすぐに組み敷かれた。男は彼女の髪をつかんで、またもやコンクリートの床に顔を打ちつけた。鼻血が噴きだして、顎に伝い落ちる。

男は屈みこんで、彼女の耳元で言った。「遊びの時間は終わりだ、ハニー」

男に頭突きを食らわせようとしたが、後頭部がぶつかったのは顔ではなかった——金属製のでこぼこしたなにかだ。

暗視ゴーグル——戦闘で彼が優位に立つのも不思議はない。

男は彼女の後頭部を引っぱたいた。

イヤリングをつけていさえすれば……。

「冗談抜きで、もうやめるんだ。いいか、おれはあんたの体からおりる。こちらからはあんたが見えるが、あんたからはおれが見えない。おれは銃を持っていて、あと一度でもあんたが妙なことをしでかそうとしたら膝を撃つ。わかったか？」

そう言いながら、男は手を後ろに伸ばして彼女の靴を片方ずつむしり取った。だがポケットにはまだ手術用のメスがあるし、ベルトには注射器も仕込んである。男はぱっと立ちあがった。すばやく離れて銃の安全装置を解除する音がする。

「なにが目的なの……どうしろというの？」怯えきったか弱い女性のふりをして尋ねた。唇が切れていてよかった。きっとひどい顔をしているはずだ。薬が切れはじめたら、恐ろしく痛むだろうけれど。

「入口に仕掛けた罠を解除して、ドアを開けるんだ」

「それなら――」弱々しく洟《はな》をすする。「――明かりをつけてもらわないと……」

「その必要はない。どのみち、おれの暗視ゴーグルをあんたのガスマスクと付け替えるつもりだった」

彼女は表情を見られないようにうつむいた。この男がガスマスクをつけたら、身を守るために設置した仕掛けの九割が使えなくなってしまう。

彼女は立ちあがると、足を引きずりながら――大げさかしら？――ドアのそばのスイッチパネルに近づき、明かりをつけた。いまはこうする以外の選択肢を思いつかない。すぐに殺さないということは、〈部署〉から直接命令を受けているのではないのだろう。なにか目的があって来たはずだ。その目的を突きとめて、こちらが有利になるまで時間を稼がなくてはならない。

ただ、ドアを開けるというのはよくない展開だった。おそらく、楽な逃走経路を確保するだけではない。後続の仲間も控えているということだろう。となると、助かる見込みはあまりない。そしてダニエルも――と、頭のなかで声がした――まるで自分自身にあえて重圧をかけようとしているように。ダニエルがここにいるのは自分のせいだ。なんとかしなくてはならない。

頭上の照明に目をしばたたきながら振り向くと、二十フィートほど離れたところに襲撃者がいた。身長は六フィート三インチから四インチで、首と顎の肌は明らかに白いが、肌の色が確認できるのはそこだけだ。全身を覆うのは、黒いワンピーススーツ――ウェットスーツに近いが、ケブラー（防弾服に使われる強靱な合成繊維）の板が仕込んであってでこぼこしている。胴体、両腕、両脚、すべて防弾仕様だ。筋骨たくましい体つきに見えるのは、ケブラー板のせいもあるのかもしれない。オフロード用の重そうなブーツも、頭にかぶっている毛糸の帽子も黒かった。顔はガスマスクに隠れて見えない。片方の肩に、対物ライフル――マクミランの・五〇口径狙撃銃をさげている。銃のことならかなり勉強していた。自由時間をすべて勉強に費せば、どんなことでもそこそこの専門家になれるものだ。銃の種類と型名に詳しくなったおかげで、過去の襲撃者について――そして、いつ襲撃してくるかわからない不審な通行人についても――さまざまなことがわかるようになった。いま目の前にいる襲撃者は、複数の銃を所持している。腰のホルスターにはハイスタンダードのＨＤＳ。右手のＳＩＧザウアーＰ二二〇をこちらの膝に向けている。つまり右利きだ。この距離なら、その気になればわけなく膝を砕けるだろう。あの特殊なライフルを肩にさげているところからして、どんなに遠くからでも、標的の好きなところに命中させることができそうだ。

彼を見ているとバットマンを連想した。ただし、マントのないバットマンだ。それから、バットマンは銃を一切使わないことも思い出した。でももしバットマンが銃を使うなら、彼の好みと能力からして、同じものを選ぶだろう。

とにかく、この襲撃者の顔からガスマスクを外さないかぎり、納屋の外で何人最強の仲間が待機していようと関係ない。彼は目的さえ達成すれば、こちらの息の根を難なく止めてしまうはずだ。

「リード線をはずすんだ」

のろのろと納屋のドアに向かいながら、足下がふらつくふりをした。考える時間を稼がなくてはならない。わたしを殺さないのはなぜ？　この人は賞金稼ぎのたぐいなのかしら？　わたしを〈部署〉に売り渡すつもりの……？　〈部署〉が仕事を依頼したのなら、狙いはわたしの命だけのはず。ということは、脅迫者／賞金稼ぎということ？　『あんたたちがほしがっているものを持っている。報酬を倍にしないと、こいつを生きたままばらまくぜ』――なるほど、賢いやり方だ。〈部署〉が金を払うのは間違いない。

ドアの端にたどり着くまでに考えついたのは、せいぜいそんなところだった。

罠の仕掛けは複雑ではなかった。納屋の入口に三組のリード線が引いてある。一番目は納屋の扉の左側にある茂みのなかに渡してあって、入口周辺ではうっすらと土で覆って隠してある。二番目は、ドアの合わせ目を横切るように取りつけてあって、わずかに合わせ目がずれただけで切れるようになっている。そして三番目は念のための仕掛けで、ドアの横の羽目板の下に押しこんである。剝きだしになったリード線がところどころ途切れていて、その部分が最低でも二カ所つながらないと電流が安定して流れない仕組みだ。もっと複雑な仕掛けに見えるようにしておいたほうがよかったかもしれないと思ったが、すぐに考えなおした。あの男なら、数秒調べただけで仕組みを理解したはずだ。

三番目のリード線の剝きだしになった部分にしっかりとテープを巻きつけて、あとずさった。

「これで作動しなくなったわ」わざとわなわなと声を震わせた。これで戦意を喪失したと思ってくれたらいいのだけれど。

「出迎えてもらおうか」男が言った。

彼女は足を引きずりながらドアの反対側に移動し、取っ手を引っ張った。男の仲間の黒い頭が見えないかと外の暗がりに目を凝らしたが、遠くに母屋が見えるだけだ。それから目を落として、凍りついた。

「なんなの……これは？」

それは彼に対する質問ではなく、驚きのあまり思わず飛びだした言葉だった。

「ひとことで言うと――」男は癪に障るほど悦に入っているとしか言いようのない口調で答えた。「――百二十ポンドの筋肉と爪と牙だ」

きっとそこでなにかの合図を出したのだろう――〝後続の仲間〟に目が釘づけになっていて気づかなかった――その動物はさっと移動して彼のそばについた。きわめて大型のジャーマン・シェパードのようだが、シェパードらしい毛色をしていない。真っ黒だ。まさかオオカミ？

「アインスタイン」彼が声をかけると、犬はさっと彼を見あげた。彼がこちらを指さして口にした言葉は、明らかに命令だった。「動きを封じろ《コントロール》！」

犬が――オオカミ？――背中の毛を逆立てて飛んできたので、彼女は両手をあげ、納屋のドアに背中がつくまであとずさった。犬はぴたりと止まると、彼女の腹から数インチのところに鼻先を突きつけ、長く鋭い牙を剝きだしにした。喉の奥から低いうなり声が聞こえる。

これなら、〝脅せ〟と言うほうがふさわしい。

指輪のとげを犬の皮膚に突き立てることも考えたが、分厚い毛皮を通り抜けるほどとげが長いか自信がなかった。それに、いまは撫でさせてもらえるような状況ではない。

バットマン気取りの男は、肩の力を少し抜いた――少なくとも、そのように見えた。防弾服の下で彼の筋肉がどうなっているか、はっきりと見極めることはむずかしい。

「さて、おたがい打ち解けたところで話をしよう」

彼女は待った。

「ダニエル・ビーチはどこだ？」

動揺を抑えようとしたが、顔に出るのがわかった。これまで考えたあらゆる予測が、またもやひっくり返ってしまった。

「答えろ！」

なんと言ったらいいのかわからなかった。〈部署〉はまずダニエルを始末したいの？――

すべての懸案をきっちり片付けるために。テントのなかで――隠れ場所としてはかならずしも安全とは言えない――無防備なまま意識を失っているダニエルを思い浮かべて、胸が悪くなった。

バットマンが怒りをあらわにして近づいてきたので、犬は彼を通すためにさっと脇によけ、いっそう大きな声でうなった。ＳＩＧザウアーの銃口が顎の下に乱暴に押しつけられる。はずみで納屋のドアに頭がぶつかった。

「もしダニエルが死んでいたら――」彼は凄んだ。「――おまえも死んだほうがましだと思わせてやる。ひと思いに殺してほしいと、泣きつかせてやる」

思わず鼻を鳴らしそうになった。この男は、何度か殴りつけてくるだろう――多少とも独創的なら、少しは刃物を使うかもしれない――そして撃ち殺す。この手の人間は、ほんとうの痛みをもたらし、それを維持するすべを知らない。

けれども、脅されてわかったことがあった――この男は、ダニエルに生きてもらいたいと思っている。つまり、彼と自分には共通点がひとつあることになる。

いずれにしろ、いまの時点で抵抗するのは逆効果だ。こちらの負けだと彼に思わせて、警戒を緩めてもらう必要がある。そして、コンピュータに戻らなくては。

「ダニエルはテントのなかよ」両手をあげたまま、テントのほうに顎をしゃくった。「命に別状はないわ」

バットマンはいっとき思案した。

「わかった。レディ・ファーストだ。アインスタイン！」彼はテントを指さして、犬に命令した。「移動《ハード》させろ！」

犬はひと声吠えると、彼女の脇にまわりこんで太腿を鼻先でつつき、軽く嚙みついた。

「痛っ！」アレックスは飛びのいたが、今度は後ろからつつかれた。

「そのまま進むんだ……ゆっくりと、急がずに、テントのほうへ。その犬なら危害は加えない」

犬が後ろにいるのがいやでたまらなかったが、なおも足を引きずるまねをして前に進んだ。途中で振り向いて、犬の様子をたしかめた。

「心配はいらない」バットマンが愉快そうに言った。「人間はあまりうまくないからな。あんたを食べたいとは思っていない。おれの言ったとおりにするだけだ」

からかいの言葉を無視して、垂れ幕のかかった入口にそろそろと近づいた。

「なかが見えるように、垂れ幕を開けるんだ」

垂れ幕はウレタン緩衝材が貼りつけてあるせいでごわついていた。その垂れ幕を精いっぱいめくって天井にかぶせる。なかは暗闇といってよかった。コンピュータのスクリーンが白く光り、いくつかあるモニターがぼんやりと緑色に光っている。毛布をかぶせたダニエルは、さっき見たままの形をしていた。床から一フィートほどのところで、胸が規則正しく上下している。

長い沈黙があった。

「明かりを……つける？」バットマンに尋ねた。

「そのまま動くんじゃない」

彼が背後に来るのがわかった。冷たい銃口がうなじの生え際に突きつけられる。

「……これはなんだ？」

彼女はぴくりとも動かなかった。銃口を押しつけた肌を彼の指先が探っている。はじめのうちはなんのことかわからなかったが、やがて傷痕のことだとわかった。

「ふむ」彼はその手をおろした。「まあいい、スイッチはどこだ？」

「机の上にあるわ」

「机の位置は？」

「入口から十フィートほど入って右側。コンピュータのスクリーンがあるところよ」

ガスマスクを外して、また暗視ゴーグルをつけるかしら？

うなじから銃口が離れた。彼が後ずさったのはわかったが、犬の鼻先はなおも尻に押しつけられている。

床のほうからするすると音がした。いちばん近くにある作業用照明の黒く太いコードが、のたうちながら足下を通り過ぎていく。つづいて、ガチャンという音。でもガラスが割れる音はしていない。

バットマンは照明をたぐり寄せると、スイッチを入れた。壊れていればいい気味だと思ったが、あいにく照明はチカチカと瞬いてついた。

「コントロール！」犬に命令する声。うなり声が再開したので、一歩も動けなくなった。

バットマンは前方を照らしながらテントのなかに踏みこんだ。太い光線が壁を伝い、しまいに床の真ん中に横たわるものの上で止まった。

彼は物音ひとつ立てずに、滑るように進んだ。さまざまな訓練を受けた者の動きだ。武器が隠されていないか確認するためなのだろう、台の四隅をのぞきこんでいる。それから屈みこんで毛布をはがし、ダニエルの体に取りつけてある拘束具と点滴の器具を調べ、さらにセンサーとモニターに目をやり、しばらく考えこんだ。照明を天井に取りつけ、照らされる範囲がいちばん広くなるように角度を調整する。そこまでしてようやく、ダニエルの顔から慎重にガスマスクを外して、床に置いた。

「ダニー……」彼がつぶやくのが聞こえた。

8

バットマンは右手にはめてあった黒い手袋を外すと、ダニエルの頸動脈に二本の指を押し当て、屈みこんで呼吸をたしかめた。彼女は彼の手を観察した——青白い肌、関節がひとつ多いのかと思うほど長い指。なんとなく……見覚えがある。

バットマンがダニエルの肩を軽く揺すって、さっきより大きな声で呼びかけた。「ダニー？」

「薬で眠っているの」思いきって言った。

バットマンがぱっと顔をあげた。ガスマスクで顔は見えないが、刺すような視線を感じる。彼はやにわに立ちあがると、つかつかと彼女に近づいた。両腕をつかんで頭の上に乱暴に引っぱりあげ、ガスマスクをつけた顔を押しつけてくる。

「あいつになにをした？」彼は怒鳴った。

ダニエルを心配する気持ちは消し飛んだ。ダ、ダ、ダニーなら大丈夫。心配しなくてはならないのは、自分自身だ。

「ダニエルの体で、具合の悪いところはひとつもないわ」傷ついた女の子のふりをするのはやめて、落ち着いた声で言った。「あと二時間くらいで、薬が切れてすっきり目覚めるはずよ。もっと早いほうがよければそうすることもできる」

「その必要はない」

ふたりはしばらくにらみ合った。勝てる相手かわからない。ただ相手のガスマスクに映る自分の顔が見えるだけだ。

「まず――」バットマンは言った。「座ってもらおう」

彼は滑らかな動きでアレックスの両手を後ろにまわし、手袋を脱いだ右手で両手首をつかんだ。たぶん、左手で銃をかまえている。それから彼女をテントのなかに押しやり、机のそばの折りたたみ椅子まで歩かせた。彼女は素直に従った。犬の熱く荒い息づかいを、右斜めのすぐ後ろに感じる。

いま手をひねれば、ほぼ七十パーセントの確率で左手の指輪のとげを彼の肌に押しつけることができそうだったが、そこまでするのはやめることにした。危険だし、なによりバットマンにはまだ生きていてもらいたいからだ。これまでの経緯には大きな穴がある。その穴を埋め合わせる答えを、彼は少なくともいくつか知っているはずだった。アレックスは指輪のカバーを動かして、とげをしまいこんだ。

椅子に座らされるときも――少しも優しくされなかった――抵抗はしなかった。バットマンは彼女の両手を前に持ってくると、結束バンドで縛りつけた。

「世の中には、両の手から目を離すわけにはいかない人間がいる。あんたはどうやらそういう人間らしい」ぶつぶつ言いながら、彼女の両脚を椅子の脚に縛りつけた。そのあいだじゅう、犬の顔が目の前にあったが、犬は瞬きひとつしない。温かいよだれがぽたぽたと垂れて、袖を濡らした。気持ちが悪い……。

バットマンは彼女の肘を結束バンドで椅子の背に縛りつけると、ようやく立ちあがった。なにを考えているのかわからない、暗い顔をしている。さっきまで腰のホルスターにおさまっていたHDSの消音器の付いた長い銃口が、額から数インチのところにあった。

「天井の明かりのスイッチはそこにあるわ」机の裏の角にあるテーブルタップを顎で指し示した。よくある屋外用の延長コードが二本差してある。

彼はその方向に目をやった。胡散臭そうに見ているのが手に取るようにわかる。

「ねえ、あなたを殺すような仕掛けがあったら、わたしが真っ先に死ぬことになるのよ」

バットマンはひと声うなると、手を伸ばして電源のスイッチを入れた。

天井の明かりがぱっとついた。

テントのなかは、さっきほど怖くなくなった。医療器具が並べてあるので、紛争地帯の救護テントのように見えなくもない。もちろん、トレイの上の拷問用の道具がなければの話――バットマンはまさにいま、そちらのほうに目を向けている。

「必要なものなの」

刺すような視線をまた感じた。彼はダニエルをさっと振り返った。台の上に横たわる全裸の彼は、見たところ無傷だ。バットマンは彼女に目を戻した。

「点滅しているあのライトはなんだ？」彼はキーパッド付きの小さな黒い箱を指さした。

「ドアの安全装置が作動していないときに点滅するの」何食わぬ顔で嘘をついた。実際には、箱はどこにもつながっていない。それは本物の罠から注意を逸らすためのおとりに過ぎなかった。

　バットマンは納得してうなずくと、今度はコンピュータの画面を見ようと体をかがめた。デスクトップに開いた書類やファイルはひとつもない。背景は色の薄いただの幾何学模様で、薄いグレーの地に小さな四角が並んでいるだけだ。

「鍵はどこにある？」彼はダニエルのほうに顎をしゃくった。

「机の裏にテープで留めてあるわ」

　またもや、マスク越しににらみつけられた気がした。

　言うことを聞いているように見えることを祈った。外せ、外せ、外せ——。

　バットマンは彼女が座っている椅子を蹴ってひっくり返した。

　左腕と太腿が床にたたきつけられる瞬間、首を引っこめた。コンクリートにまた頭をぶつけないようにするのが精いっぱいだ。もしかすると、もう脳しんとうを起こしているのかもしれないが、脳にはどうしてもしっかり働いてもらう必要がある。

　バットマンは椅子の背をつかんで引き起こした。右手に鍵の束を持っている。

「こんなことまでしなくていいのに」

「アインスタイン、コントロール！」

　犬は目と鼻の先でうなりだし、よだれを彼女の胸に落とした。

　バットマンはくるりと背を向け、ダニエルの拘束具を手早く外した。

「点滴バッグのなかにはなにが入ってるんだ？」

「上のバッグが生理食塩水、下のバッグが栄養剤よ」

「ほう」皮肉のこもった言い方だった。「このチューブを外したらどうなる？」

「そのうち目が覚めて、飲み物をほしがるわ。テントの外に小型冷蔵庫が置いてあるんだけれど、左側に入れてある水のボトルは使わないで。毒入りなの」

バットマンは彼女をもっと効果的ににらみつけようと、ガスマスクを外した。それと同時に、汗ばんだ毛糸の帽子も一緒に取る。

――そういうことだったのね！

彼がマスクを床に落とすのを見ながら、アレックスは安堵の表情を浮かべないようにした。

「やり方を変えたな」彼は湿った短い髪を掻きあげながら、冷ややかに言った。「それとも、冷蔵庫の右側にあるのが毒入りなのか？」

落ち着いて彼のほうを見あげた。「だれかほかの人だと思った」

それから、まじまじと見た。

こんなときに顔色を変えないでいるのはむずかしかった。あらゆる仮説がまたもやひっくり返り、さまざまなことがすとんと腑に落ちていく。

彼女の反応に気づいて、バットマンは薄笑いを浮かべた。

手がかりならたくさんあったのに、どうして見落としていたのかしら？

写真に写っていたのはダニエルであって、そうではなかった。

ダニエルの経歴にあった空白。欠けていた写真。

日時や誕生日——なにかごまかしたいことがあるなら、そこのところを変えるのがいちばん手っ取り早い。たとえば誕生日を変えて、双子であることをごまかすとか。

ダニエルはスパイの画像を見せられたとき、いまひとつ歯切れが悪かった。

この〝絆〟のせいで苦しんでいたのだ。

あの並外れた長い指。

「もうひとりのダニエル……」彼女はつぶやいた。

彼の顔から、薄笑いが消え去った。「なんだと？」

アレックスはやりきれないと言うようにシュッと息を吐き、天井を仰いだ——そうせずにはいられなかった。母がむかし見ていたくだらないメロドラマそのものだ。母と一緒に休日を過ごすときは、午後は信じがたいほど展開の遅い、現実離れしたドラマを見て時間をつぶすものと決まっていた。登場人物のなかで、ほんとうに死んでしまう人はひとりもいない。だれもがかならず生きて戻ってくる。そして、そうしたドラマには双子が登場した。お約束と言っていいほど。

実際には、バットマンとダニエルは一卵性双生児のようにそっくりというわけではなかった。ダニエルは整っていて優しい顔立ちをしているけれど、バットマンは険しくて、どこか思いつめたような顔をしている。はしばみ色の瞳はダニエルより色が濃いようだけれど、それはたぶん、眉をひそめているせいで影になっているから。髪の色や巻き毛は同じだけれど、秘密工作員がそうするように短く刈りこんである。首が太いところからして、スポーツ体型のダニエルと違って、ジムで鍛えた体つきなのだろう。でも、むやみやたらと筋肉隆々としているわけではない。写真を見せられたときに兄として通じる程度にはダニエルに似ている。ただダニエルの体より硬く、筋肉質なだけだ。

「ケヴィン・ビーチ」アレックスは感情を込めずに言った。「生きていたのね」

バットマンは机の端に腰をおろした。その様子を目で追いながらも、アレックスは彼のすぐ右側にあるコンピュータの時計には一秒たりとも目を留めなかった。

「だれが来ると思った？」

「可能性はいくつか考えていたわ。でも、だれだろうと、わたしとダニエルを殺しに来ると思っていた」彼女はかぶりを振った。「こんなことになるとは思ってもいなかったわ」

「こんなことというと？」

「ダニエルはデ・ラ・フエンテスに一度も会ったことがないんでしょう？　彼に会っていたのはいつもあなただった」

　緩みかけた彼の顔が、不意にまたこわばった。「なんだって？」

　アレックスは床の上に散らばった写真のほうに顎をしゃくった。ケヴィンは写真にはじめて気づいたらしい。身を乗りだして一枚の写真をじっと眺め、屈みこんで拾いあげた。その下にある写真も、そのまた下にある写真も。彼は拾った写真を握りつぶした。

「この写真を、どこで手に入れた？」

「アメリカ政府のために仕事をしている小さな部署――公式にはまったく存在しないことになっている組織からの差し入れよ。以前にそこで働いていたの。それが今回、フリーランスで働くように頼まれたわけ」

ケヴィンは怒りで顔をゆがめた。「極秘情報だぞ！」

「わたしがどのレベルの機密情報にアクセスできるか、話してても信じてもらえないでしょうね」

ケヴィンは彼女に目を戻すと、Tシャツの前をつかんで椅子ごと持ちあげた。「おまえは何者だ？」

アレックスはなおも落ち着き払って答えた。「知っていることはぜんぶ話すわ。わたしは利用されていた。あなたと同じくらいおめでたい人間だった」

ケヴィンは彼女をおろした。頭のなかで残り時間を計算しておきたかったが、うわの空になったら気づかれそうだ。彼は腕組みをしてこちらを見おろしていた。

「名前は？」

できるかぎりのろのろと答えた。「以前はジュリアナ・フォーティス博士だったけれど、その名前はもう死亡証明書に書いてあるの」彼の顔を見あげたが、表情にとくに変化はなかった。「わたしは〈部署〉の命令で活動していた――〈部署〉というのはほかの名称を持たないし、公式に存在もしていない組織よ。ＣＩＡやその他の秘密の軍事作戦に協力する、尋問のスペシャリストの集まりだった」

ケヴィンはまた机に腰をおろした。

「三年前、何者かが〈部署〉の貴重な戦力であるふたりを抹殺することにした。つまりわたしと、ジョゼフ・バーナビー博士よ」彼はなおも無反応だった。「理由はわからない。ただ、わたしたちは最高レベルの機密情報にアクセスすることができたから、そうして知ったことがきっかけになったんじゃないかしら。〈部署〉はバーナビー博士を始末して、わたしも始末しようとした。以来、逃亡生活を送っているわ。これまで見つかったのは四回。そのうち三度は殺し屋を送りこんできた。でも四回目で、〈部署〉は頭をさげてきたの」

ケヴィンは疑わしげに眉をひそめた。

「問題が生じて、わたしが必要になったと言われたわ。そして、デ・ラ・フエンテスに関するファイルの山をわたしに渡して、その男の協力者としてあなたの弟を名指ししたの。三週間以内に、ダニエルはアメリカ南西部一帯にスーパーウイルスをばらまく。わたしに与えられた時間は三日間。そのなかでウイルスのありかを突きとめて、デ・ラ・フエンテスが計画を実行するのを食い止めなくてはならないと」

ケヴィンはかぶりを振っていた。

「そんなことまで言われたのか？」彼は信じられないと言わんばかりだった。

「テロ対策は、つねにわたしの仕事の柱だった。核弾頭や有害な爆弾がどこに隠されているか、ぜんぶ知っているくらいよ」

ケヴィンは唇を引き結んだ。「よし、そこまで知っているなら、デ・ラ・フエンテスの件をおれが半年前に終わりにしたことを言ってもかまわないだろう。デ・ラ・フエンテスが死んだことはまだ一般には知られていない。カルテルの残りの人間は、競合する連中につけこまれないように、この情報を秘密にしている」

アレックスは自分がほっとしていることに気づいて驚いた。大勢の人々が苦しみながら死ぬ運命を知っているということは、思ったよりずっと大きな重圧になっていたらしい。

「そうだったの」彼女は息を弾ませた。「それならつじつまが合うわ」

どうやら〈部署〉はそれほど冷酷非情ではなかったらしい。彼女に仕事をさせるために悪夢のような大惨事をちらつかせたが、一般人をもてあそんだわけではなかった。

「それじゃ、〈サーペント〉は？」

ケヴィンはきょとんとした。

「ごめんなさい、組織の通称よ。国内テロリストの」

「おれの仲間が三人の首謀者のうちふたりを抹殺して、南部の支部を壊滅させた。生存者はひとりもいない」

彼女はこわばった笑みを浮かべた。

「あんたは尋問担当か」彼の声が不意に、氷のように冷たくなった。「拷問が仕事というわけだ」

アレックスは顎をぐいと持ちあげた。「そのとおりよ」

「きみは、なにも知らない弟を苦しめて情報を引きだそうとした」

「ええ。はじめたばかりだったけれど」

ケヴィンの手の甲が頰に飛んできた。はずみでよろけた椅子を、彼が片足で押さえつける。

「償いはしてもらう」

そろそろと顎を動かした。どこもがたついていないのをたしかめて、彼女は言った。「ダニエルがこんな目に遭わされた理由がわかったような気がする。だから〈部署〉は大がかりな筋書きをわたしに吹きこんだのよ」

ケヴィンは押し殺した声で言った。「どういう意味だ?」

「〈部署〉はわたしを始末できずにいた。きっと、あなたなら首尾よく目的を達成すると思ったんだわ」

彼は歯を食いしばった。

「ただ――」彼女はつづけた。「どうして〈部署〉は直接そうしろとあなたに頼まなかった――命令しなかったのかしら? あなたが……もうＣＩＡの一員でないなら、そのかぎりではないけれど」

彼が持っている銃が手がかりだった。これまで調べたかぎりでは、ハイスタンダードのＨＤＳは、ＣＩＡの工作員にいちばんよく使われている銃だ。

「おれのことを知らないのに、なぜどこで働いていたか知っているんだ?」

その言葉の途中で、視界の隅に見えていたコンピュータの白い画面が真っ暗になった。彼の注意を引かないように、深々と息を吸いこむ。

「答えろ」ケヴィンがふたたび手をあげた。

彼をじっと見つめ返した。息をしないで。

彼はおやという顔をして眉をひそめた。それから目を見開いて、床に置いてあるガスマスクに飛びつこうとした。

そして、床に着地する前に気絶した。

つづいて、またドサッという音――椅子の横で、犬が倒れた。

もっと条件のいいときに一分四十二秒まで息を止めたことがあるが、その後同じようなタイムが出たことは一度もなかった。ふだんは一分十五秒でがまんができなくなるが、それでも平均よりははるかに長い――彼女の人生において、肺活量があることはなによりも重要なことだった。今回、前もって大きく息を吸いこむ時間はなかったが、一分以上息を止めておく必要はなさそうだ。

椅子に座ったまま飛び跳ねてケヴィンのぐったりと伸びた体に近づき、彼の背中に両膝をついて前のめりになった。手首は体の前で縛られているから、簡単……なはず。床に置かれたガスマスクに指を引っかけ、膝を視点にして椅子を戻した。顔を精いっぱいさげて、両手に持ったガスマスクを頭からかぶり、ゴムの縁を顔に押しつける。最後にシューッと勢いよく息を吐きだしてマスクのなかの空気を出し、恐る恐る息を吸いこんだ。

化学物質がいくらか残っていたかもしれないが、ほとんど影響なさそうだった。もともと抵抗力をしっかりとつけてあるので、気絶したとしても並みの人間よりは短い時間ですむ。

いずれにしろ、スタートで大きく差をつけられたのは幸運だった。

椅子に座ったまま机に近づいた。トレイに置いてあった手術用のメスに手首の結束バンドを擦りつけると、バンドはほどなく切れた。残りの結束バンドも簡単に切れて、手足が自由になった。

まずコンピュータのスクリーンセイバーを設定しなおして、今度は十五分キーを押さなかったらセキュリティ装置が作動するようにした。

床にうつぶせになっているケヴィンの体を持ちあげることはできなかったが、ダニエルとそれほど離れていなかったので、ダニエルの左手首と左足首を固定するのに使っていた拘束具でケヴィンの左手首と左足首を作業台に縛りつけた。拘束具の鍵はケヴィンがダニエルの傍らに無造作に放っていたので、ポケットにしまいこんだ。

ダニエルを作業台に拘束しなおすのはやめることにした。もしかしたら誤った判断かもしれないけれど、彼にしてきたことを思うと、再度拘束するのはやりすぎとしか思えない。なにより、心の底で、ダニエルをもう怖いと思わなくなっていた。それも誤った判断だろうか。

ケヴィンが身につけている銃をはずして、ライフルとHDSからそれぞれカートリッジと撃針を取り去った。それからSIGザウアーの安全装置をオンにして後ろのベルトに差した。なかなかいい——手持ちのワルサーPPKより迫力がある。テントの外に出て、牛用のスペースに置いておいたワルサーPPKを回収し、SIGザウアーと一緒にベルトに差した。使い慣れているのはワルサーのほうだから、そちらも使えるようにしておいたほうがいい。

自分の靴を見つけ、ほかの銃を隠すと、家具移動用のストラップをつかんでテントに戻った。犬は重すぎてそのままでは動かせないので、ストラップを体にまわして、仮眠部屋まで引きずった。最初はただドアを閉めて立ち去ろうとした——犬はドアノブをまわせない——が、すぐに考えなおした。〝アインスタイン〟というくらいだから、なにができるかわかったものではない。だから、ドアの前になにか置くことにした。重たい機械のたぐいは、ほとんど床にボルトで固定されている。しばらく考えて、テントと搾乳スペースのあいだにぴったりとおさまっているシルバーのセダンを仮眠部屋のドアまで近づけた。フロントのバンパーを木のドアにぴったりくっつけたうえでギアをパーキングに入れ、念のために、サイドブレーキも引いておく。

今度は、もうひとりのダニエルの番だ。バットスーツを脱がせるのは手間がかかりそうだった。ケブラー板が仕込まれていないところには、細いケーブルが畝状《うねじょう》に編みこまれてすじ肉のようになっている。首のほうから腰までどうにか生地を切り裂いたが、手術用のメスを二本折ってあきらめた。結局、スーツの上半身だけを剝がすようにして脱がせ、下半身は生地の上から叩いて調べることにした。下半身には、それほどケブラー板が仕込まれていない。腰の後ろにナイフが一本隠してあった。さらに左右のブーツにそれぞれ一本。靴下を脱がせると、左足の小指がなかった。見たところ、武器はもうない。とはいえ、彼につかまったらやられるのは目に見えていた。体じゅうが、引き締まった硬い筋肉で覆われている。背中は傷痕だらけで——銃で撃たれた痕、ナイフで切られた痕、ひどいやけどの痕——しかも、うなじの生え際の下には、見覚えのある傷痕まであった。彼もＩＣチップを取りだしている。もうＣＩＡの一員ではないのだ。退役したの？　それとも二重スパイ？

でも、どうやって弟の居場所を突きとめたの？

そこで、彼がここに来たときの状況――小型機のうるさいプロペラ音や、行き当たりばったりの乱暴な着地音を思い出した。あれは急いでいる人間の行動だ。とにかく短時間で終わらせることを最優先にしている……。

彼女は本物のダニエルを振り返った。もう一度、調べておいたほうがいい。背中側は徹底的に調べてあったので、腹から股間、太腿を慎重に確認した。なにか見逃したことがある。

通常のＩＣチップなら、埋めこんだ人間の居場所だけを表示する。そしてこの場所はダニエルの自宅からそう遠くなくて、ここに移動したからといって彼の兄が慌てふためくようなところでもない。ということは、そのチップは居場所のほかにもなにか情報を伝えているのだ。そして、その目的に適した場所にある。

それを見つけたときは、自分を蹴飛ばしたくなった――鼠径《そけい》部に挿入したカテーテルをテープで固定したところから、小さな赤い傷痕がはみでている。そのテープをむしり取って――容疑者の意識がまだないときはそうしたほうがいい――カテーテルを外した。これでダニエルは、ほどなく目覚めるはずだ。

それは、ごく小さな傷痕だった。皮膚の下の膨らみもまったくない。きっと、もっと深いところ――大腿動脈の隣に埋めこまれているのだろう。第一回の点滴で血圧ががくんとあがったとき――もしくは最初に目が覚めてダニエルが恐怖に陥ったとき、埋めこまれたチップはケヴィンに警報を発したはずだ。そのチップを取りださなくてはならない。

ダニエルが目覚めるまでまだ時間があったので、彼女は自前の救急キットを持ってきた。手袋をはめ、カテーテルを抜いた場所に局所麻酔をかけ、手術用のメスを消毒する――バットスーツを切り裂こうとしたときにメスをぜんぶ折ってしまわなくてよかった。皮膚をヨード消毒して、古い傷痕の上から、少し長めに切りこみを入れた。鉗子《かんし》やピンセットがないので、切り口に中指を差し入れてなかを探り、外側からも親指で探ると、ほどなくICチップは見つかった――のど飴くらいの、小さなカプセルだ。傷口の奥を挟むようにすると、簡単に取りだせた。

切開したところを洗浄し、医療用接着剤で接着した。

それから、拘束具で傷ついた手首と足首を消毒して包帯を巻き、最後に毛布を掛けて、頭の下に枕を入れてやった。

取りだしたカプセルをスチールの台の上に置いて冷ました。送られてくるデータをモニターしている人間には、ダニエル・ビーチがたったいま死んだように見えるはずだ。けれども、ダニエルが死のうと〈部署〉の人間はなんとも思わない気がした。いまなら相手のもくろみが少しは理解できる。少なくとも、標的は自分ひとりでなかった。

テントを出て、自分の顔の手当てをした。血を拭って、けがの度合いをたしかめる。唇が腫れて、切れていたので、接着剤でくっつけた。頬は皮膚がこすれてなくなっている。目のまわりもくっきり黒くなるだろう。鼻が腫れて曲がっていたが、いまだけ痛みを感じないのをいいことに手でなおして、できるだけましな形に整えた。

ケヴィンが小型機で着陸する音が聞こえたとき、彼女はダニエルを眠らせてから、ひそかに〈一時しのぎ〉と名づけた鎮痛剤の最大量を自分に注射していた。長時間効果がつづくものではなく、ついさっき彼女が被ったような攻撃を一時的に切り抜けるための薬だ。体内で自然につくりだされるアドレナリンに似ているが、もっと強力な物質で、それに痛みを遮断する麻酔薬を何種類か混ぜてある。〈一時しのぎ〉そのものは公に登録されていない――〈部署〉にいたころの〝やることリスト〟に、対拷問用の薬をつくることは入っていなかったから。けれども、いつか必要になるかもしれないと思って作っておいたのが役に立った。〈一時しのぎ〉を使ったのは、これがはじめてではない――これより前に殺し屋が来たときに、驚いてとっさに使ったことがある――が、実際にたっぷり痛めつけられたときにしのげたのは、今回がはじめてだった。効果は申し分ない。

鼻を固定するものがなにもないので、顔に触るときはしばらく用心しなくてはならない。幸い、彼女は仰向けに寝るタイプだった。

ただし、顔のそのほかの部分は問題だった――それも深刻な問題だ。この状態で食料品店に入ったら、目立たないわけにはいかない。

アレックスは思いつくかぎりのことをやってしまうと、十分間だけベッドに横になって、なけなしの体力の回復に努めた。薬はまだよく効いているが、体のあちこちを痛めていることはわかっている。そのうち反動が来るだろう。ほんとうは、ゆっくり体を休める時間が必要だった——だれも与えてくれない時間が。

9

アレックスはダニエルを起こすことにした。バットマンが目を覚ましたら――たぶん、あと十五分かそこらでそうなる――あまり上品なやりとりはできない。大声で悪態をつかれ、殺すぞと脅される前に、ダニエルに説明して――そして謝る時間がほしかった。

彼女はスクリーンセイバーの設定をリセットした。

空中の化学物質はだいぶ前に消えていたので、テントのなかでガスマスクをつける必要はもうなかった。彼女は別のガスマスクを取りあげると、これまでつけていたマスクと一緒にストラップにベルトを通して体から離さないようにした。

まず、ダニエルの点滴用チューブをむしり取った。彼が目覚めたときに、なにかにつながれているようなことは避けたい――点滴はもうこりごりのはずだ。血管はまだしっかりしていたので、肘の内側に溶液を注射するのは簡単だった。床の高さまでおろした台の端に腰をおろして、膝を抱えて待った。

ダニエルはゆっくりと、まぶしそうに瞬きした。片手を目の前にかざして頭上のライトの光をさえぎっている。それから、はっとした。その手をまじまじと見つめて――自由に動かせるし、包帯が巻いてある――明るい室内をすばやく見まわした。

「アレックス？」彼はささやいた。

「ここにいるわ」

ダニエルは恐る恐る彼女のほうに顔を向けると、毛布の下で両脚を動かし、まだ縛られていないかたしかめた。

「どういうことだ？」疑わしげに言った。まだ目の焦点が合っていない。

「あなたを信じるわ。あんなことをして、ほんとうに申し訳ないと思ってる」

彼女はダニエルがその意味を理解するのを見守った。ダニエルは片肘をついてそろそろと起きあがると、裸にされていることを思い出して毛布をつかんだ。医療従事者でない人はそんなふうに反応するが、たいていの医者は裸を見てもなんとも思わない。彼女もまさにそうだったが、ダニエルは違うようだった。こんなことなら、白衣を着ておけばよかった。

「ぼくの話を信じるのか？」

「ええ。あなたが、わたしが考えていた人ではないとわかったの。つまり……人違いをしていたのよ」

ダニエルはさらに体を起こした。どこか痛みだすのを待っているように慎重に動いているが、気分はもういいはずだ——筋肉がさんざん痙攣したから、疲労感はあるだろう。それと、局所麻酔が切れたら、太腿が少し痛むはず。

「ぼくは——」彼は口を開きかけて愕然とした。「その顔はどうした？」

「話せば長くなるわ。その前に、ひとつ言わせてもらってもいいかしら？」

ダニエルは見るからに心配そうだった。わたしが心配なの？　そんなはずはない。

「いいとも」彼はためらいがちに応じた。

「ダニエル、あらかじめあなたに話したことはほんとうよ。わたしは、人を傷つけるのが嫌いなの。あなたのことも傷つけたくないと思っている。わたしがあんなことをするのは、そうしないともっと恐ろしいことが起こるとわかっているときなの。まったく罪のない人を傷つけるようなまねは一度もしたことがない――ただの一度も。尋問した人のなかには、それほど悪くない人もいたわ。でも、そんな人でもなんらかの形で陰謀には関わっていた。わたしの元上司たちはどんな悪事でもしかねないけれど、それでもまったく無関係の人を尋問させるとは思えないのよ」

ダニエルはしばらく考えた。

「きみを許せと言ってるのか？」

「いいえ、許してほしいとは言ってない。そんなことは口が裂けても言えないわ。ただ、このことだけは知っておいてもらいたいの。そうすることで大勢の命を救えると信じていなかったら、けっしてあなたを傷つけなかった。ほんとうにごめんなさい」

「すると、ドラッグの密売組織の話は？　ウイルスの件は？」ダニエルは心配そうに言った。

彼女は眉をひそめた。「新しい情報を入手したの。どうやら、デ・ラ・フエンテスはとっくに消されたらしいわ」

「つまり、だれも死なないですむ？」

「――ドラッグ王の指示でばらまかれる殺人ウイルスでは」

「それはよかった」

彼女はため息をついた「ええ。ここでしたことは取り消しようがないけれど、ほっとしたわ」

「それじゃ、その顔はどうしたのか話してくれないか。事故でもあったのか？」またもや心配そうな声。

「いいえ。いま話した〝新しい情報〟と関係があるんだけれど……」そこからどう打ち明ければいいのかわからなかった。

ダニエルは不意に気色ばんで肩をこわばらせた。「だれかに――やられたのか？ ぼくを痛めつけたせいで」

それは、彼女の世界にいる人々とはまったく違う発想だった。特定の任務にいくらかでも関わったことがある人間にとってはよくあることだが、彼にとっては思いもよらないことなのだ。

「そういうこと」

「そいつと話をさせてもらえないか」ダニエルは向きになって言った。「ぼくもきみを信じる。あれはきみの本意ではなかった。むしろ助けようとしてくれた」

「ほんとうの問題はそこじゃないの。その……ダニエル、ここで写真を見せたときに、あなたは写真に写っている人物がだれだか気づいていたけれど、話すのは気が進まなかった。そうでしょう？」

彼は顔をこわばらせてうなずいた。

「心配しないで。無理に話してとは言わないわ。ただ、これはトリックでもなんでもない。あなたに双子の兄弟がいたなんて知らなかった。あなたの資料ではそのことが隠されていたから、わたしも――」

「いいや、あれはケヴィンじゃない」ダニエルが口を挟んだ。「わからないのはそこのところだ。ケヴィンそっくりだが、そんなことはあり得ない。ケヴィンは死んだ……去年、刑務所で。ぼくたちが三つ子でもないかぎり、だれだか想像もつかない。母ならなにか知っていたかもしれないが……」

彼女の表情が変わるのを見て、ダニエルは口をつぐんだ。

「どうした?」

「なんと言ったらいいのかしら……」

「どうしたというんだ?」

アレックスはしばらくためらうと、立ちあがって台をまわりこんだ。ダニエルは彼女を目で追いながら、起きあがって毛布を腰のまわりにかき集めた。彼女が立ち止まって床に目を落としたので、彼もそうした。

ダニエルが立っている台に顔を向けたまま、ケヴィン・ビーチが倒れていた。気を失って表情が緩むと、いっそうダニエルそっくりに見える。

「ケヴィン……」ダニエルの顔が蒼白になり、それから真っ赤になった。

「ケヴィンがＣＩＡで働いていたことを、あなたは知っていたかしら？」

ダニエルはぎょっとした。「そんなばかな……ケヴィンは刑務所にいたんだ。麻薬を売ったかどで」かぶりを振ってつづけた。「両親が死んでから、いろいろなことが悪いほうに転がった。ケヴィンは荒れて、自暴自棄になってしまった。ウエストポイント（有名な陸軍士官学校）を出てから——」

「ウエストポイントですって？」

「そうとも」ダニエルはあっさり言った。そのことにどんな意味があるのかわかっていないらしい。「ドラッグの密売に手を染める前は、ケヴィンは違う人間だった。士官学校のクラスで最優秀の成績をおさめて、レンジャー学校の入学許可まで……」そこで彼女が苦い顔をしていることに気づいて言葉を切った。

そういうこと——アレックスはため息をこらえた。なぜファイルの情報が抜けていることをもっと不審に思わなかったのだろう。なぜ遠くの安全な図書館まで出かけて、ダニエルの家族構成を調べなかったのだろう？

ダニエルは兄に目を戻した。「死んでないんだな？」

「眠っているだけよ。あと数分もすれば目を覚ますわ」

ダニエルは眉をひそめた。「なにを着ているんだ？」

「防弾服のようなものじゃないかしら。そういうことには詳しくないの」

「ＣＩＡか……」

「秘密の作戦だったのよ。あなたの兄は、自暴自棄になったんじゃない。どこで働くか変えただけ。デ・ラ・フエンテスと関わったのはその流れだった」

ダニエルは思い詰めた表情でつぶやいた。「ケヴィンは、デ・ラ・フエンテスがウイルスをばらまくのを手助けしようとしていたんだろうか……」

「いいえ、それどころか阻もうとしていたのよ。わたしたちは基本的に同じ側の人間なの。あなたにはわからないでしょうけれど」彼女は仰向けになったケヴィンをつま先で軽く押した。

ダニエルはぱっと顔をあげた。「きみの顔にそんなことをしたのはケヴィンなのか？」どういうわけか、兄が血も涙もない犯罪者である可能性より、そちらの可能性のほうが頭に来るようだった。

「ええ。でもわたしもやり返したから」もう一度、つま先で押す。

「しかし、じきに目を覚ますんだろう？」

アレックスはうなずいた。ケヴィンが目を覚ますことを考えると、少し複雑な気持ちになる。そうなれば、楽しい雰囲気にはならないだろう。ダニエルはいつも感じがいいし、優しくしてくれる。けれども、それは彼の兄がしゃべりだしたら変わるはずだった。

ダニエルは兄の剝きだしになった背中を見て、少し笑った。「それじゃ、きみの勝ちか？」

アレックスは笑った。「いまのところは」

「ケヴィンのほうがずっと大きいのに」

「わたしのほうが利口だったと言いたいところだけれど、実はここのセキュリティについて、とんでもないへまをやらかしていたの。今回はただ運がよかっただけだと思うわ」

ダニエルは立ちあがろうとして止まった。「ぼくの服はあるかい?」

「ごめんなさい。追跡用のチップが仕込まれているかもしれなかったから、捨ててしまったの」

ダニエルはふたたび赤面した。胸のほうまで赤くなっている。彼は咳払いして尋ねた。

「なぜぼくが追跡されるんだ?」

「はじめはデ・ラ・フエンテスがあなたを監視していると思っていたの。あるいは、あなたはおとりで、例の〈部署〉がわたしをつかまえるためにあなたを利用しているか。実際、その考えは当たらずとも遠からずだった」

ダニエルは眉をひそめた。「よくわからないんだが……」

アレックスが可能なかぎり簡潔に説明しはじめると、彼は立ちあがって毛布を腰のまわりに巻きつけ、床に伸びている兄の前でいらいらと歩きまわりはじめた。

「四回も殺されかけたのか?」アレックスが話し終わると、ダニエルは口を開いた。

「今回も含めると五回よ」アレックスはケヴィンに目をやって答えた。

「ケヴィンが生きていたなんて信じられない」ダニエルはため息をつくと、兄の頭の傍らに腰をおろしてあぐらをかいた。「ケヴィンはぼくに嘘をついていた。自分は犯罪者だと、ぼくに信じこませようとした……そして死んだものと思いこませて……あのころ、何度ケヴィンに会いにいったか……ワシントンDCからミルウォーキーまで、どれくらいかかると思う？」

彼が黙りこんで兄をじっと見つめるのを見て、アレックスはしばらくそっとしておくことにした。もしバーナビーがなんの前触れもなく戻ってきたら、どんな気持ちになるだろう。そんなときはどうやって折り合いをつけたらいいのか、想像もつかない。

「ケヴィンが目を覚ましたら――」ダニエルはそっとつぶやいた。「喉元を一発殴っておこう」

それもひとつのやり方だ。

「なぜケヴィンを縛りつけたんだ？」ダニエルが尋ねた。

「それは、目が覚めたとたんにわたしを殺そうとするからよ」

ダニエルはふたたび目を見開いた。「なんだって？」

「べつに、驚くようなことじゃないわ。ケヴィンが屋根を破ったときに知っていたのは、何者かがあなたを痛めつけているということだけだった。わたしを殺さなかったのは、あなたがほんとうに大丈夫か確信がもてなかったからよ。たとえば、あなたに解毒剤のたぐいを投与する必要があるかもしれないでしょう。そんなことでもなければ、あなたが目を覚ますと同時にわたしは撃たれていたはずよ」

ダニエルが信じていないのが手に取るようにわかった。眉をひそめ、戸惑いもあらわにかぶりを振っている。汗で濡れたままの巻き毛が額にこぼれた。短いあいだに、なんと多くのことが変わってしまったのだろう。そしていまは、新しい計画が必要だ。

いま住んでいるところ――カーストンが連絡してきたときに住んでいた家――に帰っても大丈夫かしら？　そうするのがいちばんいいのはわかりきっている。食べ物はあるし、大丈夫だと思えるまで、人目に触れないでいられるから。その家の情報はなにも漏れていないはず……。

でも、その後はどうするの？　これまで、この手のくだらない罠のせいで、どれだけ蓄えを失ってきたと思っているの？　家にあるもので、いつまでやっていけるの？

こちらがインターネット上に出没することはカーストンに知られているから、ネットで現実世界の仕事を探すのは危険すぎる。わざわざ居場所を知らせる必要はない。

なにかが脚に触れたので、彼女は飛びあがった。ダニエルの手だ。

「びっくりさせるつもりはなかったんだ。すまない」

「謝ることはないわ」

「ひどく浮かない顔をしていた。心配はいらない。ケヴィンにはぼくから話す」

彼女は浮かない表情でにこりとした。「ありがとう。でもいまは、ラザロ（イエスがよみがえらせた男）のことを心配してるんじゃないの」

「すると、例の〈部署〉のことか」

彼女はコンピュータに近づくと、スペースバーの上に手を置いた。どうかわざとらしく見えませんように。

「ええ」ダニエルを見ないで答えた。「そんなところよ」

視界の片隅でケヴィンの呼吸が少しだけ乱れて、また落ち着くのが見えた。離れていてよかった。いまは彼の手の届くところにいたくない。

「その……よくわからないんだが……ぼくにできることはないかな？」ダニエルが真剣な口調で言った。

驚いたことに、本物の涙が湧きあがって目をちくちくと刺していた。

「そうしてもらう資格はないと思うわ、ダニエル」

ダニエルは喉の奥から苛立たしげな音を出した。

「それに、冗談抜きで――」彼女はつづけた。「――あなたは他人の世話を焼いている暇はないのよ」

ダニエルがここであったことの長期的な影響をちゃんと考えていないのは明らかだった。

「どういう意味だ？」

「いまではあなたも狙われているということよ。あなたはついさっき、本来知るべきではないことを少なからず知ってしまった。そのまま家に帰ったら――元どおりの生活に戻ったら、〈部署〉が放っておかないでしょうね」

「戻れない……ということか？」

呆然としている彼を見て、アレックスは住む世界が違うことをひしひしと感じた。ダニエルはおそらく、弁護士を雇うか下院議員に手紙を書けばなにもかも元どおりになると思っている。

「しかし、ぜひとも戻らなくてはならないんだ。ぼくのチームはいま、決勝トーナメントの最中で――」

アレックスは思わず吹きだした。さっきまでちくちくと目を刺していた涙を流しながら、彼女はダニエルに申し訳なさそうに手を振った。

「ごめんなさい」あえぎながら言った。「少しも笑いごとじゃないのに……ごめんなさい。痛み止めが切れてきたんだと思うわ」

ダニエルがさっと立ちあがった。「なにかいるものは？　アスピリンとか」

「いいえ、大丈夫よ。とにかく、ハイになった状態から戻らないと……」

ダニエルが近づいてきて、彼女の腕にそっと手を置いた。ずきずきする。そこはぶつけたところで、かなり敏感になっていた。今日は大変な一日になりそうだ。

「ほんとうに？」ダニエルが尋ねた。「なにか取ってこようか？」

「どうしてそんなに優しくするの？」

ダニエルはきょとんとして彼女を見た。「……それもそうだ」

いまごろ気づくなんて。彼を拉致したときに使った薬、〈ご指示のままに〉には、試したときには見落としていた作用が――神経に長期間にわたって影響する作用があったのかもしれない。

「これからのことなんだけれど――」と彼女は言った。「ケヴィンと話をしたら、荷物をまとめてあなたに鍵を渡す。わたしが車に乗ったら、ケヴィンの拘束具を外してちょうだい」

「どこに行くつもりだ？　けがの手当てはどうする？」

「また優しくするのね」

「すまない」

彼女はまた笑った。しまいにしゃくりあげるような、引きつった笑い声になった。

「だが、真面目な話――」ダニエルは言った。「すぐにここを離れなくてもいいだろう。見たところ、きみには睡眠とけがの手当てが必要だ」

「それは論外」彼女は机の椅子にゆったりと座った。どんなに体がこわばって疲れているか、気づかれないといいのだけれど。

「できたらもっと話し合いたいんだが、アレックス。ぼくはどうしたらいい？　もしきみの話がほんとうで、元の生活に戻れないのだとしたら……なにから手をつけたらいいのかもわからない」

「わたしの話はほんとうよ、残念だけれど……。でも、あなたのお兄さんが詳しいことを教えてくれると思うの。どうやら、身を隠すのはわたしより上手みたいだし」

ダニエルは疑わしげに兄を見た――下半身はまだバットスーツを身につけている。「そう思うかい？」

「そうでしょう、ケヴィン？」ケヴィンは少なくとも数分前から目を覚ましているはずだ。

ダニエルは兄の傍らに膝をついた。「ケヴ？」

ケヴィンはため息をつくと、うつぶせの姿勢のまま、ゆっくりと弟に顔を向けた。「やあ、ダニー」

ダニエルはかがんで、ぎこちなく兄を抱きしめた。ケヴィンは拘束されていないほうの手で、ダニエルの腕を軽く叩いた。

「なぜだ、ケヴ？　なぜ？」兄の頭に口をつけているせいで、ダニエルの声はくぐもって聞こえた。

「おまえを守るためだ。そこにいるような――」つづいてケヴィンは、アレックスについて辛らつな表現をいくつか付けくわえた。ひとつひとつの単語は彼女も知っていたが、組み合わせが独創的だ。

ダニエルはぱっと体を離すと、ケヴィンの頭をはたいた。

「そんな言い方はよせ」

「正気か？　あのサイコパスはおまえを拷問したんだぞ」

「それほど長い時間じゃない。それに、アレックスには理由が――」

「かばうつもりか？　あんな女を――」さらに独創的な言葉がつづいた。

ダニエルはまた兄の頭をはたいた。大して強くなかったが、ケヴィンはふざける気分ではなかったらしい。ダニエルの手をつかんでねじりあげ、右膝をついて台から離れようとした。ロックされている台の車輪がギギギといやな音を立てて、数インチ動く。

アレックスは目を見開いた。台は少なくとも四百ポンドはあるはずだ。彼女は椅子を後ろにずらした。

ダニエルは自由に動くほうの兄の手を引きはがそうとした。

「ダニエルを放さないと、またガスを吸わせるわよ」アレックスはケヴィンに声をかけた。「あいにく、わたしが使っている化学物質には、好ましくない副作用があるの。使うたびに脳細胞が少しだけ死んでいくんだけれど、塵も積もれば山となる」

ケヴィンはダニエルの手を放すと、彼女をにらみつけた。

「ダニー、よく聞くんだ」ケヴィンは弟に視線を戻すと、勢いこんで言った。「おまえはあの女よりずっと体が大きい。キーを奪って、拘束具を外すんだ。それから――」彼は不意に口をつぐむと、みるみる顔を赤くした。額の血管が脈打っているのがわかる。「おれの犬はどこだ？」彼女に向かってわめいた。台の車輪がまた悲鳴をあげ、さらに一インチ動いた。

「奥の部屋で眠っているわ」彼女は落ち着いた口調を保った。「あなたより体重が軽いから、ガスの効果が切れるまでもうしばらくかかるでしょうね」

手首をさすっていたダニエルが、戸惑い顔で口を挟んだ。「犬？」

「もし百パーセントの状態でなければ――」ケヴィンが凄んだ。

「大丈夫よ。それじゃ、いくつか質問に答えてもらうわ」

ダニエルはぎょっとして彼女を見あげた。「まさか――」

彼女はダニエルを見てかぶりを振った。「そういう意味じゃないの。ただ、情報を普通にやりとりしたいだけ」そして、ケヴィンに向きなおった。「少しのあいだだけ、冷静に話せるかしら？　それが終わったらここを出るから」

「だれが話すか、このいかれ女！　こっちはまだやり残したことがあるんだ」

アレックスは眉をつりあげた。「あなたを薬で眠らせる前に、少しだけ話せないかしら？」

「なんであんたのためになにかしないといけないんだ？」

「なぜなら、あなたの弟の身の安全も関係しているからよ。それならあなたにとっても重要でしょう」

「ダニーをこんな状況に陥れたのは、だれだと思って――」

「それはかならずしも正しくないわ。これは、わたしと同じくらいあなたも関係していることなの、ケヴィン・ビーチ」

ケヴィンは彼女をにらみつけた。「おれはすでにあんたが大嫌いなんだ。これ以上こじらせないほうがいいんじゃないのか」

「そうかりかりしないで、ミスター工作員。最後まで聞いてちょうだい」

ダニエルはテニスの試合を見ているようにふたりを交互に見ていた。

ケヴィンはいまいましそうに黙りこんだ。

「ＣＩＡは、あなたが死んだものと思っているのね？」

ケヴィンはうなった。

「それはイエスということかしら」

「ああイエスだ、このいかれ――」

ダニエルはケヴィンの頭にげんこつをくらわせ、手をつかまれないように飛びのいた。ケヴィンは彼女に目を戻した。

「これからもそれで通すつもりだ。足は洗った」

彼女はうなずきながら、コンピュータ上で新規の文書を開き、医療用語を適当に打ちこんだ。

「なにを打ちこんでいるんだ？」

「覚え書きよ。タイプすると考えがまとまるの」コンピュータがスリープモードに切り替わらないようにこの調子で〝たまたま〟キーボードに触れつづけたら、いずれは気づかれるだろう。けれども、今日はまたその罠が必要になりそうだった。

「それで、なにが問題なんだ？　おれは死んだことになっている。ダニーはもう標的じゃない」

「ぼくが標的だったたって？」ダニエルが口を挟んだ。

ケヴィンは右肘をついて弟のほうに首を伸ばした。「おれは麻薬カルテルに潜入した秘密工作員だった。おれとおまえの関係に気づいたやつがいたら、切り札としておまえを利用しただろう。この仕事の不都合なところさ。だから刑務所に入る芝居を打ったんだ。書類上、ケヴィン・ビーチが存在しなければ、おまえのことも知られずにすむ。ケヴィンという名は、そのとき捨てたんだ」

「しかし、ぼくが面会に行ったときは――」

「CIAは刑務所長ともぐるになっていた。だからおまえが来るとわかったら、飛行機で駆けつけて面会した。それができないときは——」

「だから独房にいたのか——少なくとも、そう聞かされた。喧嘩したからではなかったんだな」

「ああ」

「何年も、面と向かって嘘をつかれていたのか……」

「おまえに危険がおよばないようにするにはそうするしかなかった」

「ほかの仕事をしたらよかったのに」

ケヴィンの額の血管がまた膨れたので、アレックスは割って入った。「ええと、再会のドラマをしばらく中断してもかまわないかしら？　ようやく全体が見えてきた気がするの。これから話すから、間違ったことがあったら言ってちょうだい」

ほとんど同じ顔が、ほぼ正反対の表情を浮かべて彼女を見た。

「まず——」彼女は言った。「ケヴィン、あなたは自分が死んだことにした——それはデ・ラ・フエンテスの仕事のあとということでいいのね？」ケヴィンがひとことも言わなかったので、さらにつづけた。「あなたの話によると、それは六カ月前だった。CIAは遺体が見つからないことを放っておかなかったはず——」

「遺体ならあった」

「それなら、遺体とあなたの特徴が一致しないことに気づいたはずよ」彼女は言った。「それで、あなたをおびきだすことにした――念のために」

ケヴィンは眉をひそめた。彼女が〈部署〉のやり方を知っているように、彼もCIAのやり方を知っているのだ。

「ダニエルはあなたの弱みだった――さっきあなたが言ったように、切り札として利用可能だった。それを承知していたCIAは、ダニエルを捕まえて様子を見ることにした。とはいえ、あなたが有能なことはわかっている。あなたが生きて現れたときに、だれも貧乏くじを引きたくなかった」

「しかし――」ケヴィンはなにか言いかけて口をつぐんだ。なにを言おうと説得力がないことに気づいたのだろう。

「あなたはCIAにとって邪魔者で、わたしは〈部署〉にとっての邪魔者だった。そしてわたしたちが以前に働いていた組織の上層部は、おたがいにとても親密だった。そこで〈部署〉は、わたしに取引をもちかけた。『この仕事をしてくれたら、狩りは中止する』。たぶん、わたしと接触する前にしっかり計画を立ててあったんでしょう。資料のファイルを用意して、さらにわたしが無視できそうもない大量殺戮の危機が迫っている話をでっちあげた。これまでわたしを狙わせたことで三人の貴重な人材を犠牲にしていて、これ以上は失いたくなかったから、自分たちは直接手を下さない。わたしがそういうことを想定して現れるのはわかっているから。でも、もしほんとうにあなたが優秀な人だったら、わたしでもしのぎきれなかったでしょうね」

彼女が分析してみせるあいだに、ケヴィンはみるみる顔色を変えた。「いずれにしろ、どちらかの問題が解決するというわけか」

「込み入った計画だわ。どちらかというと、〈部署〉よりあなたの元職場のほうが考えそう」

「たしかに、連中の思いつきそうなことだ」ケヴィンはしぶしぶ認めた。

「それで彼らは、わたしたちを二匹のサソリさながら瓶に入れて、振ってみた」アレックスは言った。「どう転んでも、勝ちがひとつつく。運がよければ、同士討ちをしてくれるかもしれない。少なくとも、勝ったほうも痛手を被る。そして彼ら自身は、なにも失わない」

実際、彼女は痛手を被った――戦力をそがれ、体にダメージを負っている。その点は彼らの勝利だ。

「ダニーが同じ瓶のなかに入りこんでも、連中にとってはどうでもいいことだった」ケヴィンは吐き捨てるように言った。「ただしダニーはサソリでなくアリだ。連中はダニーがまったく無防備なのもかまわず、サソリがいるところに放りこんだ」

「おい」ダニエルが不満げに口を挟んだ。

「気を悪くするな、ダニー。だがおまえは、手編みの靴下並みに無害だからな」

ダニエルがなにか言い返そうとしたとき、奥の小部屋からクンクン鳴く声が聞こえた。それから怒りをあらわにしたうなり声と鋭い吠え声。しまいに木のドアをしつこく引っかく音がした。

オオカミが出られないようにひと手間かけておいてよかった。

「閉じこめたのか」ケヴィンが言った。

「あの犬なら大丈夫よ。あの部屋にはトイレもあるから、飲み水には事欠かない」

ケヴィンはただ眉をつりあげただけだった。思ったほど犬のことを気づかっていないらしい。ドアを引っかく音とうなり声はなおもつづいた。

「ほんとうに犬を連れてきたのか？」ダニエルが尋ねた。

「相棒というほうがしっくりくる」ケヴィンはアレックスを見た。「それで、どうする？ 連中のもくろみは失敗したわけだ」

「ぎりぎりのところで」

ケヴィンはにやりとした。「もう一回やってもいいんだぞ」

「あなたの体に薬を何種類か注射したいのは山々なんだけれど、やめておくわ」

「ふん」

そのやりとりのあいだじゅう、騒々しい音が絶え間なくつづいていたので、彼女はいいかげんうんざりしていた。

「ひとつ提案があるの」

ケヴィンは肩をすくめた。「どうせしじゅうよからぬことを企んでいるんだろう、このちび女」

彼女は無表情に見返した。「筋肉が当てにならないから、頭を当てにしているだけよ。あなたはその反対のようだけれど」

ケヴィンはばかにしたように鼻で笑った。

ダニエルが横から言った。「ケヴ、そうは言っても、いまは床に縛りつけられているじゃないか」

「黙れ、ダニー」

「ふたりともお願いよ、もうしばらくだけいいかしら？」彼女はふたりが自分のほうを見るまで待った。「わたしの提案はこうよ。わたしから、元上司にメールをする――『真実が――ファイルにない真実が判明して、ダニエルとケヴィン・ビーチはふたりとも死んだ。もういいように操られるのはうんざり。またあなたのほうから接触してきたら、個人的にあなたの家の食料保管庫を訪問する』と」

「あんたが勝ったことにするのか？」ケヴィンは信じられないとばかりに言った。「勘弁してくれ！」

「床に縛りつけられてるくせに」ダニエルがつぶやく。

「悪い話じゃないでしょう」彼女は言い返した。「あなたはまた死ぬ。そしてだれもあなたたちを捜さなくなる」

ケヴィンは真顔になった。こうなると、ダニエルと似ているところがいっそう目につく。

奥の部屋で犬が立てる音は、まるで樹木粉砕機がうなりをあげているようだった。アレックス自身はもともと自分の取り分にそれほど固執するつもりはなかったが、その選択肢がもうないのは明らかだった。

「どうしておれたちのためにここまでしてくれるんだ？」ケヴィンが尋ねた。

「〝おれたち〟でなくダニエルのためよ。負い目があるの。わたしがもっと利口だったら……餌に食いつかなければ、ダニエルはあんな目に遭わなかった」

思えば、怪しいところだらけだった。〈部署〉の監視の目をくぐり抜けるのも、妙に簡単だった――なぜなら、監視などされていなかったから。ダニエルを拉致するのも、妙にうまくいった――なぜなら、だれも阻もうとしなかったから。彼らは期限を一方的に指定してきたが、残り時間は彼女にしてみればたっぷりあった。どうしておかしいと思わなかったのだろう。

「それで、きみはどうする？」ダニエルの声が犬の立てる騒音にかき消されたので、彼女は唇を読まなくてはならなかった。

「まだ決めてない」

ここにはヘリコプターも暗殺チームも来ない。カーストン――この時点で関わっていることがたしかなただひとりの人物――と、彼女が死ぬことを望んでいる何者かは、これまで暗殺者を単独で、それもたまにしか送りこむことしかできなかった――なぜなら、それしか持ち駒がなかったから。けれども、敵が荒っぽい作戦に踏み切らざるを得なかったのは、人材不足のせいではない。きっと、ジュリアナ・フォーティスのことが周知の事実ではないせいだ。そしてカーストン――そして彼と手を組んでいる何者か――は、その情報を明らかにするわけにはいかないのだろう。

彼女は考えた。ジュリアナ・フォーティスの死亡記事を見つけて火葬が行われたことを知った当時は、関係者全員が陰謀に関わっていると思っていた。けれども、鍵を握る人物がごく少数だったとしたら？　もしカーストンが仕事をかならずやり遂げると上司に請け合い、最初の攻撃でしくじったことを報告しそびれていたとしたら？

それとも――そんなことは考えたこともなかった――〈部署〉のほとんどの人間が、あの事件を研究室での事故だと……バーナビーと彼女が混合するものを間違えて、一緒に吹き飛ばされたと思っているのだとしたら？　カーストンの上司が、彼女の死を望んでいなかったとしたら？　彼女の死を望んでいたごく少数の人間がいまになって、人知れず仕事をやり遂げようとしているのだとしたら？　もしそうなら、すべてがひっくり返ってしまう。

あり得ることだ。つじつまが合う。

そう思うと、負けん気がむくむくと頭をもたげた。

ジュリアナ・フォーティスの死を仕組んだ何者かは、彼女が知っているなにかを恐れていたが、彼女のことは少しも恐れていなかった。おそらく、それも変わる潮時だ。

突然、バキバキッという音が響きわたった――木材が割れる音だ。それから、獰猛なうなり声があっという間に迫ってきた。

10

なにがあったかアレックスは即座に悟った。怒りくるった巨大なオオカミ犬が、テントめがけて突進してくる。

きっと余分なアドレナリンがまだ少し残っていたのだろう。犬の体がテントのなかに入る前に机に飛び乗り——それだけでは安心できなくて、無意識のうちに——天井の塩ビパイプの骨組みに飛びついていた。パイプを両手でつかみ、両脚を振りあげて足首をからめ、両肘もしっかり引っかけてぶらさがった。見ると、オオカミは真下にいて、机の上から彼女に嚙みつこうと首を伸ばしている。まずいことに、片方の前足はキーボードのキーを思いきり押しさげていた。ここでガスが使えたら、ずいぶん助かるのに。ガスマスクはふたつともこちらの手元にある。

犬が真下でよだれを垂らしながらうなっているあいだ、アレックスはなんとか体勢を保とうとした。テントの骨組みには直径五インチ、クラス二〇〇の肉厚の塩ビパイプを使っているが、それでもいきなり飛びついた反動で揺れている。でも、この体重なら持ちこたえるはず——だれかが土台を攻撃しないかぎり。彼女はケヴィンがそのことを思いつかないように祈った。

ケヴィンが笑いだした。さぞかし情けない恰好だろう。

「だれが床に縛りつけられているって?」ケヴィンが言った。

「兄さんだろう」ダニエルがつぶやいた。

あるじの声を聞きつけて、犬は少しクンクン鳴いて周囲を見まわした。そして彼女に向かってひと声うなると、机をおりてケヴィンに近づいた。気づかわしげに鼻を鳴らしながら顔を舐めてくる犬の体を、ケヴィンは軽く叩いた。

「おれなら心配いらない、相棒。大丈夫だ」

「アインスタインにそっくりじゃないか」ダニエルが驚いたように言った。はじめて聞く声に、犬はぱっと身構えた。

ケヴィンはダニエルの足を叩いて見せた。「いいか、こいつはいいやつだ。いいやつなんだ」これも命令のようだった。

案の定、犬はばさばさと尻尾を大きく振りながらダニエルに近づいた。その大きな頭を、ダニエルはごく自然に撫ではじめた。

「そいつはアインスタイン三世だ」ケヴィンが説明した。

ダニエルは犬の分厚い毛皮をかいてやりながら、ほれぼれと言った。「きれいだ」

アレックスの両腕はかなり疲れていた。様子を見ながらつかまりなおそうとしたが、犬は即座に机に駆けあがってうなりはじめた。

「犬に攻撃しないように命令してもらえるかしら?」つとめて冷静に尋ねた。

「そうしてもいい。鍵を放ってくれたら」

「鍵を渡したら、殺さないでくれる？」

「さっき犬に攻撃させないようにすると言ったろう。欲張るんじゃない」

「それならずっとここにいるわ――催眠ガスがあなたたち全員を気絶させるまで。ダニエルには、そんなことをしなくてすむくらいの脳細胞はあるはずだけれど」

「こっちもどうということはないさ。アインスタインが届かなくても、ダニエルなら届く。ダニエルがガスマスクを取りあげたあとであんたがガスを吸いこんだら……まあ、意識を失った状態で床に落ちても死にはしないだろうが、いいことはひとつもない」

「なぜぼくがそんなことをするんだ？」ダニエルが口を開いた。

「なに？」とケヴィン。

「アレックスは味方だ、ケヴ」

「おいおい、どうかしたのか？　ここにいる人間は、はっきりふたつに分かれるんだ。片方にはおまえの兄がいて、もう片方にはおまえを拷問したサディストがいる。で、どちらにつくんだ？」

「理にかなったほうにつくと思う」

「そうだろう」ケヴィンはうなずいた。

「だが……それはきみの側じゃない、ケヴ」

「なんだと？」

「落ち着けよ。ぼくに停戦の仲立ちをさせてもらえないか」

「おまえが手を伸ばして、あの女の首を絞めないのが信じられない」

「兄さんもアレックスの立場だったら同じことをしたさ。考えてみたらいい――何者かが大勢の人々を殺そうとしていて、その男を止める手だてを突きとめなくてはならないとしたら、どうする？」

「なにか別の手だてを見つける。たとえばおれが実際やったように。いいか、ダニー――ここではおまえの出る幕はないんだ。おれはこの手の人間を知っている。異常者で、他人の痛みに快感を覚える毒蛇のような連中だ。背中を向けたら痛い目を見る」

「アレックスはそんな人間じゃない。それに、だからどうした？　拷問されたのは、ぼくなんだぞ。そういうことについて、兄さんはなにを知ってるというんだ？」

ケヴィンはまじまじと弟を見つめていたが、ほどなく拘束された左手で、同じく拘束された左足を指さした。そして、小指のないつま先をもぞもぞと動かした。

ダニエルがその意味を理解するのにしばらくかかった。しまいに彼は、はっとした。

「素人のやり方だわ」アレックスは天井で鼻を鳴らした。

「それはどうかな」ケヴィンが冷ややかに言った。「連中は、おれを相手にかなりよくやった」

「それで、必要な情報は引きだせたのかしら？」

ケヴィンはあきれたように喉の奥を鳴らした「からかっているのか？」

アレックスは片眉をつりあげた。「さっきからそうしてるけれど」

「あんたならできるというのか？」

アレックスはにんまりした。「ええ、できる」

目の端で、ダニエルがぶるっと身震いするのが見えた。

犬はもうおとなしくなっていたが、いまも彼女の下で臨戦態勢で身構えていた。あるじが落ち着き払った口調で彼女と言葉を交わすのを見て、態度を決めかねているように見える。

「そうか、あんたのことなら聞いたことがある」ケヴィンが不意に声をあげた。「噂で聞いた――かなり誇張された噂だ。一度も尋問に失敗したことがない。仕事をやらせれば完璧にやってのけると」

「べつに誇張じゃないけれど」

ケヴィンの表情は疑わしげだった。「たしか、年配の男と組んで仕事をしているという話だった――ＣＩＡの連中は、マッドサイエンティストと呼んでいたが。そしてあんたは、〝オリアンダー〟（セイヨウキョウチクトウ。有毒植物として有名）と呼ばれていた。最初にその話が思い浮かばなかったのは、あんたとそのマッドサイエンティストはふたりとも、研究室の事故かなにかで死んだと聞いていたからだ。そして、おれはいつも、オリアンダーはどんな美人だろうと想像していた」

ダニエルがなにか言いかけたが、彼女はさえぎった。

「オリアンダーですって？　ひどい」

「なにが？」

「花の名前なんて」彼女はぶつぶつ言った。「それでは受け身すぎるわ。ただ毒を持っているだけ。自力で毒を使えないただの媒体じゃないの」

「例の〈部署〉で、あんたはなんと呼ばれていたんだ？」

「〝化学者《ザ・ケミスト》〟よ。それから、バーナビー博士はマッドサイエンティストなんかじゃない。まさに天才だった」

「似たようなものだろう」ケヴィンが言う。

「さっきぼくが提案した停戦だが――」ここでダニエルが口を開いた。彼女の痛めた手と腕を気づかわしげに見ている。「まず、アレックスがぼくに鍵を渡す。次にケヴ、きみはアインスタインに命令して攻撃をやめさせる。万事問題なければ、ぼくがケヴの拘束を外す。アレックス、ぼくを信じるか？」

ダニエルは大きくて澄みきったはしばみ色の瞳で彼女を見あげた。ケヴィンはいまいましそうになにやら悪態をついている。

「鍵はジーンズの左のフロントポケットに入ってるわ。これから手渡すけど、この手を離したら落ちるかも」

「気をつけろ、刺されるぞ！」

ダニエルは兄の警告が耳に入らないようだった。椅子に乗ると、彼の頭はアレックスの頭より高い位置に来た。頭を天井のウレタン緩衝材に押しつけて、前かがみの姿勢になっている。彼は片方の手をアレックスの背中に添えて体重を支えると、彼女のポケットにそっと手を差し入れて鍵を探した。

「兄が不躾《ぶしつけ》ですまない」彼はささやいた。「いつもああなんだ」

「謝るんじゃない、この野郎！」ケヴィンがわめく。

ダニエルは彼女にほほえむと、鍵を取って椅子を降りた。ほんとうのところ、彼女はケヴィンに賛成だった。どうしてダニエルはこんなふうに優しくしてくれるの？　怒って当然でしょう？　人間なら、仕返しをしたいと思うはずなのに。

「鍵を取ってきたぞ、ケヴ。犬のリードは？」

「リードだと？　アインスタインにリードはいらない！」

「それじゃ、どうする？」

ケヴィンは弟をにらみつけた。「仕方がない。どのみち、あの女を殺すなら自分でやりたいと思っていた」そして、犬に向かって口笛を吹いた。「〝休め《アット・イース》〟、アインスタイン」

ダニエルに心配そうについてきていたアインスタインは、命令を解除されて、おとなしくあるじの頭のそばに戻って腰をおろした。舌を出している顔が笑っているように見える。牙を剝きだしにした笑顔。

「さあ、外してもらおう」ケヴィンが言った。

「レディ・ファーストだ」ダニエルはまた椅子に乗ると、アレックスに手を差しのべた。

「手を貸そうか？」

「ううん、大丈夫だと思う」アレックスはまず両脚をおろすと、両腕を伸ばしてつま先で机に着地しようとした。どれくらいパイプにつかまっていたのかしら？　両手が持ちこたえられそうにない……。

「ほら」手が離れた瞬間、ダニエルが腰をつかまえてそっとおろしてくれた——片足は机の上に、もう片方の足は拷問の道具を並べたトレイの真ん中に。毛布のスカートが落ちそうになって、ダニエルは慌てて巻きつけなおした。

「正気か……」ケヴィンがぶつぶつ言っているのが聞こえる。

アレックスは用心深く犬を見おろした。

「もしアインスタインがなにかしようとしたら——」ダニエルは彼女にささやいた。「ぼくが気を逸らす。犬には好かれるたちなんだ」

「アインスタインは間抜けじゃない」ケヴィンがうなった。

「そういうことにしておこう。さあ、兄さんの番だ」ダニエルは椅子から降りると、ケヴィンの傍らにしゃがみこんだ。

アレックスは急いで机から滑りおりると、キーボードに手を伸ばした。犬はダニエルがあるじの拘束具を外しているのに気を取られている。彼女はコンピュータの環境設定を開いた。催眠ガスを放出する手だてはスクリーンセイバーだけではない。それに、彼女はガスマスクをまだふたつとも持っていた。

けれども、ガスを放出させたらもっと面倒なことになってしまう。いまはダニエルがケヴィンをうまくあしらってくれると信じるしかない。彼女は考えなおして、椅子に身を沈めた。

ダニエルはまず左足首の拘束具を外しにかかったが、かなり手間取っていた——片手で毛布を押さえているから当たり前だ。

「おれに貸せよ。自分でやる」ケヴィンが言った。

「あともう少しだ」

ケヴィンは怒って息を吐いた。

ようやく鍵が回転すると、ケヴィンは即座に起きあがった。そしてダニエルから鍵を奪うと、一秒とたたないうちに左手首の拘束具を外した。立ちあがって首をまわし、背中の筋肉をほぐしている。バットスーツの上半分は、アヴァンギャルドなスカートさながらに腰のまわりに垂れていた。アインスタインは彼の足下でじっとしている。

「おれの銃は?」

「車の後部座席よ」

ケヴィンはひとことも言わずに、犬を従えてテントを出た。

「納屋のドアや窓を開けないで!」アレックスは声を張りあげた。「セキュリティ装置をぜんぶ設定しなおしたから」

「車に仕掛けは?」ケヴィンの声。

「ないわ」

数秒後。「弾倉はどこだ?　撃針は?」

「撃針は冷蔵庫のなかにあるわ。弾はトイレのなかよ」

「おい、勘弁してくれ！」

「ごめんなさい」

「おれのSIGザウアーを返してもらおう」

アレックスは返事をせずに、ぎくしゃくと立ちあがった。罠の設定を解除したほうがよさそう……そろそろ行かなくては。

ダニエルはテントのなかほどに立ち尽くしていた。点滴用のポールに片手でつかまり、ステンレスの作業台をぼんやりと見おろしている。アレックスは彼におずおずと近づいた。

「大丈夫？」

「さあ……これからどうしたものかと思ってね」

「ケヴィンがなんとかしてくれるわ。どこかで暮らしているんだから、あなたが寝起きする場所くらいあるはずよ」

ダニエルは彼女を見おろした。「大変なのかい？」

「え？」

「……逃げ隠れする生活は」

アレックスはなにか励みになるようなことを言おうとしたが、すぐに考えなおして率直に答えた。「ええ、とても大変よ。でも、いずれ慣れるわ。いちばんつらいのは孤独だけれど、ケヴィンがいるから気を紛らわせる必要がない。ささやかなことだけれど、その点は得をしているわね」ケヴィン・ビーチが一緒にいるくらいなら孤独のほうがましかもしれないと思っていることは言わないでおいた。

「きみは？　つらくないのか？」

彼女は笑い飛ばそうとした。「なにかに怯えているときは寂しくないの、だから、寂しくなるときはめったにない」

「これからどうするか、決めてあるのかい？」

「いいえ……こんな顔で外をほっつき歩くわけにはいかないもの。人目につくのは危険すぎるわ。顔の腫れが引いて、化粧で痣をごまかせるようになるまで、どこかに身を隠さないと」

「どこに隠れるつもりだ？　どうやってやり過ごすのか見当もつかないんだが」

「しばらく野宿生活になるかも。栄養補助食品や水なら山ほどあるから——そうそう、冷蔵庫のなかの水を勝手に飲まないでね。左側の水は毒入りなの。いずれにしろ、どこか遠くに適当な場所を見つけて、けががなおるまで車のなかで寝起きすることになるんじゃないかしら」

ダニエルは毒入りの水の話に面くらったのか、何度か目をしばたたかせた。

「でも、あなたの見た目についてはなんとかできると思うわ」彼女はダニエルの毛布をつついて明るく言った。「母屋に服が少し置いてあるんじゃないかしら。あなたの体に合うとは思えないけれど、いま身につけているものよりはましなはずよ」

ダニエルはみるからにほっとして言った。「もしそうなら、すごく助かる」

「それじゃ、殺人ガスの仕掛けを止めないと」


結局アレックスは、ＳＩＧザウアーをあきらめなくてはならなかった。あの重みが気に入っていたが、仕方がない。自分の銃を探さなくては。

農場所有者の私物は、母屋の屋根裏に置いてある六、七十年前の化粧箪笥にまとめて入れてあった。彼はダニエルよりずっと小柄で横幅がある人物らしい。アレックスは服を選んでいるダニエルをそのままにして、荷造りをしに納屋に戻った。

納屋に入ると、ケヴィンが大きな黒い布地をきっちりと丸めてひと抱えの大きさにしていた。それがパラシュートだとわかるのにしばらくかかった。作業を進める彼とは引きつづき距離を保ったが、停戦協定は信頼できる気がする。彼がそうした理由はふたりともさっぱりわからなかったが、弟に裏切られたことをケヴィンはひどく気にしているようだった。ダニエルは、剝きだしの兄とのあいだに入ってくれた。長年兄に欺《あざむ》かれていたと知って動揺していたはずなのに。

そんなことを考えながら、アレックスは勇気をかき集めて犬のそばを通り過ぎ、車のほうに向かった。

荷造りは得意だから、大して時間はかからない。カーストンと会うことにしたとき、万一戻れなくなったときのことを考えて荷物をまとめ、仮の住まいのセキュリティ装置をすべて取り外してきた（出かけているあいだに〈部署〉が彼女の居場所を突きとめ、なにも知らない大家が建物に踏みこんで命を落とすなどという悪夢を避けるためだ）。荷物はまとめてワシントンDCの外に隠し、それから〝ある教師を尋問する任務〟に取りかかるためまたそこに戻った。そしていまは、その荷物を使い古した黒いダッフルバッグに詰めこんでいる――加圧缶に、何マイルものリード線、バッテリーパック、ゴムのカバーをつけたさまざまな化学薬品の瓶、注射器、ゴーグル、厚手の手袋、枕、そして寝袋。それから仕事の道具をまとめるときに、最近追加した新しい道具も加えた――拘束具は掘り出し物だったし、簡易ベッドはとても快適で、折りたためば小さな長方形になる。コンピュータをケースに入れ、首飾りのロケットと同様、ただのおとりとして使用した小さな黒い箱を取りあげ、テント内のあちこちにぶらさがっている長いケーブルを引っ張りおろして延長コードをまとめた。安いものではなかったので残念だけれど、照明は置いていかなくてはならない。それからテントを分解して、ウレタン緩衝材の山と塩ビパイプを残し、ステンレスの作業台をもともとあった場所に押し戻した。ドリルで穴を空けた部分はどうしようもない。

屋根やドアが壊されているうえにこれだけ乱雑にしておけば、ここの所有者は、なにか悪いことがここで行われたのではないかと怪しまずに、めちゃくちゃにされた納屋を見てただ戸惑い、憤慨するだけかもしれない。警察に届けでる可能性もあるが、この状態から地元の警察はなにも読み取れないだろう。特定の単語が警察の報告書に入りこんでいないかぎり、政府のだれかが気づくはずもない。宿泊予約サイトには、これよりずっとひどいエピソードが掲載されているのだから。

　彼女は仮眠部屋のドアを見てかぶりを振った。あの犬はドアに噛みつき、爪で引っかいて、縦二フィート、横一フィートの穴を一枚板のドアの真ん中に空けている。少なくとも、ドアは食べずに飛び越えたようだ。

　車のトランクに荷物を詰め終わるころ、ダニエルが納屋に戻ってきた。

「七分丈のズボンも似合うじゃないか」ケヴィンは鉤《かぎ》のついたケーブルをきちんとコイル状にまとめているところだった。鉤のついた部分を回収するために、屋根にのぼったのかしら？　もしそうしたのなら、どうして気づかなかったのだろう。

　ダニエルのズボンは、たしかに彼のすねの半分までしかなかった。コットンのシャツはサイズが数段大きいのに、肘まで袖まくりしているせいで、袖がやけに短く見える。

「ウェットスーツの下半分でもあれば、外の世界に出ていけるんだが」ダニエルがため息をついた。

　ケヴィンがうめいた。「この女が変質者だったばかりに、スーツが台なしになった」

「うぬぼれないで。武器を探していたのよ」

　ダニエルは彼女が車のトランクを閉めるのを見守った。

「もう行くのか？」

「ええ。どこか安全なところに行かないと眠れないから」少し説明が長くなったのは、自分がやつれて見えるような気がしたせいだった。

「ずっと考えていたんだが……」ダニエルは言いかけてためらった。

ケヴィンがライフルから目をあげ、ダニエルをじろりと見た。

「なにを考えていたんだ？」

「瓶のなかに入れられた二匹のサソリのことさ。アレックスは二種類の結末しかないと――片方がもう片方を殺すか、両方とも死ぬかしかないと言った。思うに、兄さんを殺したがっている連中も同じことを考えているんじゃないだろうか」

「それで？」とケヴィン。

「――三つ目の結末がある」アレックスはダニエルの言いたいことを察して口を挟んだ。「サソリたちがいなくなるの。わたしたちを亡き者にしようとしている組織は、そうなるとは思っていない。そうなればあなたも安全だわ、ダニエル」

「しかし、四つ目の結末もある」ダニエルは応じた。「ぼくが考えていたのはそのことなんだ」

ケヴィンは見当もつかないらしく、首をかしげた。アレックスはダニエルが口を開くのと同時に気づいた。「サソリたちが手を組んだとしたら？」

アレックスは不満げに唇を引き結んだが、切ったところが開きそうになって慌てて元に戻した。

ケヴィンはうめいた。「なにを言いだすんだ、ダニー」

「ぼくは真剣だ。兄さんに死んでもらいたがっている連中は、そんなことは思いもしないだろう。それに、そのほうがおたがい倍も安全だ。なにしろ、同じチームに危険な生き物が二匹ともいるんだから」

「冗談じゃない」

アレックスはダニエルに近づいた。「名案だわ、ダニエル。ただ、とても解決できそうにない個人的な問題がいくつかあるの」

「ケヴはそんなに悪いやつじゃない。きみも慣れるさ」

「おれが悪いやつじゃないだと？」ケヴィンはライフルの照準器をのぞきながら鼻を鳴らした。

ダニエルは彼女をまっすぐ見た。「きみは戻るつもりなんだろう？『食料保管庫を訪問する』ために？」

一般人にしては冴えている。

「そのことをいま考えていたところよ」

ケヴィンはライフルをおろして彼女を見た。「やり返すのか？」

「うまくいくかもしれない」彼女は言った。「これまでの経緯にはパターンがあって……改めて考えてみると、わたしが生きていることを知っている人間はそれほど多くないと思うの。だからわたしを始末するのに、五分五分の見込みしかないようなやり方をするのよ。要するに、わたしが生きていることは秘密にされている。それなら、その秘密に関わっている人間を抹殺すれば……もうだれもわたしを捜さなくなる」

「それはおれにも当てはまるのか？」ケヴィンが尋ねた。「ＣＩＡがこの件を利用しておれを始末しようとしているのなら、おれが生きていることも秘密にされていることになるのか？」

「そう考えるとつじつまが合うわ」

「だれが関わっているか、どうやって突きとめるつもりだ？」

「ワシントンＤＣからカーストンにメールを送りつけて、だれに会いにいくか見張ってもいい。ほんとうに秘密にしているなら、オフィスでは話せないはずだから」

「こちらが近くにいればわかるはずだ――ＩＰアドレスで居場所がばれる」

「やり方はかぎられるけれど、この三人で協力することもできる。あなたたちのどちらかが、遠くからわたしの名前でメールするの」

「張りこみの経験はあるのか？」ケヴィンがやにわに尋ねた。

「ええと……ここ数年で、場数はかなり――」

「正式な訓練を受けたことは？」

「わたしは科学者で、工作員じゃない」

ケヴィンはうなずいた。「その仕事はおれがやる」

アレックスはかぶりを振った。「忘れたの？　あなたはまた死んだのよ。あなたとダニエルは姿を消さなくてはならない。『贈られた馬の口のなかを見るな（もらいものにけちをつけるなの意）』と言うでしょう」

「ばかばかしい。トロイ人が馬の口のなかを見ていたら、あの戦争に勝っていたかもしれない」

「そのことわざは忘れて。わたしはダニエルのために埋め合わせをしようとしているの」

ダニエルはふたたび、なにも言わずにふたりを交互に見ている。

「なあ、オリアンダー、おれは監視の訓練を受けているんだ。それも十二分に。おれならけっして見つからないし、あんたよりいろいろなことに気がつく。ダニエルの隠れ場所は絶対だから、そのことは問題じゃない。それに、そのカーストンとかいう男があんたの言うようにCIAの共謀者と連絡をとるなら、その男がだれなのかもわかるわけだ――おれを始末するためにダニーを危険にさらした人間が。そのうえで、おれは自分の問題に決着をつければいいし、あんたはあんたの問題に決着をつければいい」

アレックスは公平に考えようとした。ダニエルの兄は気に入らないけれど、そのことが状況の分析に影響するようなことがあってはならない。ステンレスの台に縛りつけられているのが自分の弟だったら、ケヴィンと同じ気持ちになるんじゃないの？　自分もできるかぎり同じことをするんじゃない？

それでも、一度でいいから、ケヴィンの体に苦痛をもたらす薬を注射してやりたくてたまらなかった。

「まず、わたしを〝オリアンダー〟と呼ばないでもらえるかしら」

ケヴィンは人を食ったような笑みを浮かべた。

「次に、あなたが言っていることはわかるわ。でも、その場合はどうやって連携を取るの？　わたしはしばらく潜伏することになるのよ」アレックスは自分の顔を指さした。

「こんなことになってるんだから、埋め合わせになにかしてやったらどうだ？」ダニエルが言った。「ぼくの隠れ場所があるなら、アレックスもそこにいればいい。少なくとも、けががなおるまで」

「あんたになにかしてやる筋合いはない――もう一発、顔を殴っていいなら別だが」ケヴィンが嚙みつくように言うと、ダニエルは顔色を変えて兄のほうに一歩踏みだした。それを見てケヴィンは降参したように両手をあげ、ため息をついた。「しかし、早く移動したいなら、三人で行動するのがいちばん簡単だな。そうすれば、ふたりともあんたの車に乗せてもらえる。飛行機はもったいないことをした――途中でパラシュート降下するしかなかった。だから、車がなければ徒歩で移動するしかない」

ダニエルが目を丸くしたのを見てケヴィンは笑いだし、その顔のまま彼女に向きなおった。彼は犬に目をやって、彼女に目を戻すと、ますますにんまりした。「飼育場にあんたが来たらおもしろいかもしれないな、オリアンダー」

アレックスは歯がみした。安全な隠れ家があるなら、いろいろな問題が解決する。そこを離れる前に、強力な下剤をケヴィンの食べ物に仕込んでもいい……。

「彼女はアレックスというんだ」ダニエルが訂正した。「本名じゃないが、いまはその名前を使っている」そう言って彼女を見た。「アレックスでかまわないだろう？」

「アレックスでもなんでもいいわ。当面はその名前で通すことにする」彼女はケヴィンを見た。「あなたと犬は後部座席に乗って」

11

そのむかし、ジュリアナという名の女の子だったころ、彼女はよく親子でドライブ旅行する空想にふけった。

彼女と母親は、たまの休暇には決まって飛行機に乗った——リトルロックで暮らす年老いた祖父母に義理で顔を見せに行くことを休暇というなら。母のジュディは長距離を運転するのが好きではなかった。飛行機事故で死ぬ人より自動車事故で死ぬ人のほうがはるかに多いからというのが母の言い分だ。もっとも、母は飛行機恐怖症でもあった。さらにウイルスやネズミのたぐい、狭い場所、そのほかいろいろなことを母は怖がったが、ジュリアナは動じなかった。幼いころから、そうしないわけにはいかなかった。

ひとりっ子のつねとして、ジュリアナはきょうだいがいたらよかったのにと思っていた。歯科医だった母親がクリニックから帰ってくるのを待つあいだ、長い午後にひとりで宿題をする寂しさといったらなかった。だから友達ができることを夢見て、大学や寮やルームメートとの生活を楽しみにしていた。だが、いざそんな生活に足を踏み入れてみると、それまで孤独な生活をして大人びた責任感を身につけた彼女は、普通の十八歳との共同生活にはなじめなかった。夢破れた彼女は、大学三年生になるころには小さなワンルームマンションでひとり暮らしをはじめていた。

それでも、仲のいい大家族でいつかドライブ旅行をするという夢は、彼女のなかにずっと生きつづけていた——今日までずっと。

当人の名誉のために言っておくと、体全体が巨大な痣になったようにずきずきと痛んでいなければ、もっとましな気分でいられたかもしれない。彼女はたしかに最初の言い合いを引き起こしたが、そうするつもりはまったくなかった。

郡の境界を越えたとき、アレックスは窓をおろして、ダニエルの太腿から取りだした小さなICタグを外に放った。万一のことがあるから長時間持ち運ぶのは気が進まなかったが、最後に仕事をした場所に置いてくるわけにもいかない。証拠はほとんど消したはずだし、その後も足跡はことあるごとに消すようにしていた。

ケヴィンが身を乗りだしたのがバックミラーでわかった。

農場にパラシュート降下したときにケヴィンが飛行機から放り投げたリュックサックを回収できたので、彼とダニエルはいまはジーンズに長袖Tシャツという、ごくありきたりな服装をしていて——ひとりは黒、ひとりはグレーのTシャツだ——ケヴィンは新しい拳銃を二丁身につけていた。

「いまのはなんだ？」ケヴィンが尋ねた。

「ダニエルのICタグよ」

「なんだって？」ケヴィンとダニエルが同時に言った。

ふたりは口々に質問した。

「ぼくにICタグが埋めこまれていたのか？」とダニエル。

「なぜそんなことをするんだ？」ケヴィンが咎めるように言う。

その口調に犬が振り向いたが、大丈夫そうだと判断したのか、ふたたび窓の外に顔を突きだした。

彼女はまずダニエルを振り向き、傷と痣だらけの顔を隠すためにかぶっている野球帽のひさしの下から彼を見た。「ケヴィンがどうやってあなたを見つけたと思う？」

「ケヴがぼくを追跡していた？　だが……どこに埋めてあったんだ？」

「右太腿の内側に痛むところがあるでしょう。傷口から感染しないように、清潔にしておいて」

「そいつを埋めこむのにどれだけ手間がかかったかわかってるのか？」とケヴィン。

「あなたに追跡できるなら、ほかのだれかも追跡できるわけでしょう。みんなを危険にさらしたくなかったの」

ダニエルが助手席から兄を振り返った。「どうやって……なぜそのことに気づかなかったんだろう？」

「憶えてるか？　あの尻軽女におまえが愛想を尽かされて二年くらいたったころ、おまえは気分がふさいでいるときにバーによく行っていた。そこにすらりとした脚の長いブロンド美人がいただろう。バーの名前は――」

「ルーズ。どうしてそんなことまで知ってるんだ？　そんな話はひとことも……待てよ、だれかに尾行させていたのか？」

「おまえが心配だったんだ。あのあばずれにひどい目に遭わされて――」

「元妻の名前ならレイニーだ」

「なんでもいい。とにかく、いくらおまえの女でも好きになれなかった」

「ぼくが付き合っている女性を好きになってくれたことなんかあったか？　記憶にあるかぎり、兄さんは自分と付き合いたがっている女性しか好きにならなかった。その女性がぼくを好きになると、兄さんにとっては侮辱になるんだ」

「要は、おまえは自分を見失っていたんだ。だが、おまえを尾行させていたのは、それとは別の――」

「だれが尾行していたんだ？」

「ほんの数カ月だった」

「だれだ？」

「知り合いだ――ＣＩＡの人間じゃない。古なじみの警官数人に、しばらく探偵のまねごとをしてもらった」

「なにが目的だったんだ？」

「おまえが大丈夫かたしかめていただけだ。橋から飛びおりたりしないかとか、そんなことに目を光らせてもらった」

「よくもそんなことを……よりによって……いや、待てよ。ブロンドだと？　あの女……なんといったか……ケイト？　ぼくに一杯おごってくれた……彼女がぼくに探りを入れていたのか？」

アレックスがバックミラーを見ると、ケヴィンはにんまりしていた。

「いいや、あの女は実は売春婦だった。ケイトというのも本名じゃない」

「ぼくのまわりにいる人間のなかで、本名を名乗っている人間はひとりもいないようだな。まるで偽りの世界だ。ぼくはアレックスの本名さえ知らない」

「ジュリアナよ」「ジュリアナだ」彼女とケヴィンは同時にその名を口にすると、苛立たしげにたがいをにらみつけた。

「ケヴは知っていたのか？」ダニエルはむっとして尋ねた。

「あなたが意識を失っているときにそういう話になった。ジュリアナは生まれたときにつけられた名前だけれど、もうわたしのものではない、どうでもいい名前なの。当面、わたしはアレックスよ」

ダニエルはまだ納得がいかない様子だった。

「それで――」ケヴィンはおかしくてたまらない様子でつづけた。「あのブロンドはおまえのうちに一緒に帰るはずだったんだが、おまえはこう言った。離婚がまだ成立していないから、気が咎めるとさ」彼は声をあげて笑った。「それを聞いたときは信じられなかった。だが、いかにもおまえらしい。言われてみれば驚くまでもない話だ」

「ぜんぜんおもしろくない。しかし、どうしてそんなやりとりで、ぼくの脚にＩＣタグが埋めこまれることになるんだ？」

「そのときじゃない。ただ、この話が気に入っているからしただけだ。とにかく、ほんとうに面倒なのはそこのところだった。あの女を使えば簡単だったんだ。おまえが女を持ち帰っていたら、ＩＣタグを埋めこまれても、少なくとも楽しい体験ができたはずだった。おまえをかかりつけの病院に行かせるのはひと苦労だったぞ――病院の事務職にやっとのことで臨時採用されて、健診に来るようにおまえに電話した。健診に来たとき、新しい医者がいただろう。それまで一度も見かけたことのない医者が」

ダニエルは目を剝《む》いた。「『腫瘍がある』と言った医者か！」

「良性の腫瘍だ。その医者はただちに局所麻酔をして腫瘍を取りだすと、どういうことはないとおまえに請け合い、その分の請求もせずにすませた。大騒ぎするほどのことではないと言って」

「正気で言ってるのか？　よくも――」ダニエルは声を荒らげた。「よくもそんなことをして平気でいられるな？　そのころからずっと、兄さんはぼくをいいように操ってきたんだ！お楽しみのための実験動物みたいに！」

「とんでもない。こっちはおまえの安全を確保するために骨を折ってきたんだ。ＣＩＡはおまえを最初から死んだことにしたがっていた。だが、母さんと父さんが死んだあとで、おまえにそんな嘘はつけない。だからいろいろと約束を取りつけて、週末はたいていミルウォーキーに飛んで犯罪者のふりをした」

ダニエルの声はさっきより穏やかだった。「ぼくは車で行ったぞ。それで、必要なことはそれだけだったのか？」

「そこにいる尋問係に聞いてみたらいい。この手の仕事は、家族思いの人間向きではないんだ」

ダニエルは彼女を見た。「ほんとうかい？」

「ええ。採用されるのは、親のいない人が多いわ——ひとりっ子ならなおいい。前にケヴィンも言っていたけれど、親兄弟の絆は悪い連中に悪用されるから」

ダニエルの口調はさらに優しくなった。「きみもひとりなのか？」

「はっきりとはわからないの。父には一度も会ったことがなくて……どこかで生きているかもしれない」

「だが、お母さんは……」

「子宮がんで死んだわ。わたしが十九のときに」

「立ち入ったことを聞いてすまない」

アレックスはうなずいた。

いっとき、心地よい沈黙があった。アレックスは息を止めて、このひとときがずっとつづくことを祈った。

「おれが最後に芝居を打って死んだのは——」ケヴィンが口を開いた。

アレックスはカーラジオをつけてチャンネルを探しはじめたが、ケヴィンはその意味に気づかなかった。ダニエルはフロントガラス越しに目の前の景色をじっと見つめている。

「――エンリケ・デ・ラ・フエンテスについての捜査をはじめたときだった。最初の数日で、これはおれの手に負える仕事ではないとわかった。デ・ラ・フエンテスが敵の家族になにをするか知っていたおれは、おまえときょうだいの縁を切ることにした」

「というより、面会のたびごとに刑務所に通うのをやめることにしたんだろう」ダニエルがぶつぶつ言った。

アレックスはクラシック音楽の放送局を探し当てて、ケヴィンの声が聞こえにくくなるように音量をあげた。

「ICタグをつけたのはそのときだ。おまえが無事でいることを知っておく必要があった。そのころには、おれ以外におまえを監視している人間はいなくなっていた」

ダニエルはあきれたようにうなった。

音楽がやかましすぎて、アレックスの頭の痛みはいっそうひどくなっていた。彼女はたまらず音量をさげた。

「当局とは……最後にこじれて終わった。はじめは、状況が落ち着いて忘れ去られるまで待ち、それから顔を整形するつもりだった。いずれおまえのところに戻るつもりだったんだ。顔が変わっているから最初はわからないだろうが、一生ひとりだとおまえに思わせておきたくなかったから」

ダニエルはまっすぐ前を見ていた。ケヴィンの話を信じているのかしら？　これまでさんざん裏切られたせいで、気持ちが揺れ動いているはずだ。

「ＣＩＡとはなにがあったの？」アレックスは尋ねた。ほんとうはこの会話に踏みこみたくなかったが、ダニエルにそのつもりがないなら仕方がない。この同盟に思いがけなく加わる前は、ケヴィンがＣＩＡを離れた経緯などどうでもいいと思っていたが、いまは違う。その経緯は、彼女自身にとっても重要だった。

「ウイルスにまつわる仕事が終わってデ・ラ・フエンテスが死んでしまうと、当局は戻るようにと言ってきた。だがおれ自身は個人的にやり残したことが二、三あって、それを残らず片付けたいと思っていた。それほど長くかからないと思っていたし、当時麻薬カルテルに潜りこんでかなり特別な立場にいたおれは、組織のなかで起きていること——だれがデ・ラ・フエンテスの後継者になるか、今後はどういう方針で活動するか——に口出しするいい機会でもあった。そうすれば、新しい組織について確実な情報を集めることもできる。おれは当局が呼び戻そうとしているのが信じられなくて、カルテルを離れるのをことわった。そのときしっかり説明したつもりだったんだが……おそらく、当局はおれを信じなかった。おれが裏切って、カルテルを選んだと思ったんだろう。そこのところが、いまだに理解できない」

彼はかぶりを振った。「おれのことを、もっとよくわかっていると思ったんだが……」

「それで、当局はどうしたんだ？」ダニエルが尋ねた。

「おれの正体をばらした。こいつは潜入工作員で、デ・ラ・フエンテスを殺したのはおれだと。以来、カルテルの人間に狙われるようになった」

「そして殺された——当局はそう思っている」アレックスが言った。

「そのとおりだ」

「兄さんが殺したのか？」ダニエルが尋ねた。「——デ・ラ・フエンテスを」

「任務の一部だった」

「これまで、大勢殺したのか？」

「ほんとうに知りたいのか？」

ダニエルは振り向かずに、無言で答えを待った。

「そうか……わかった。おれはこれまでに、そうだな……四十五人か、おそらくそれ以上の人間を殺している。正確な人数はわからない——いつも脈を確認できるとはかぎらないから。おれの人生からおまえを切り離しておかなくてはならないのはそういうわけだ。わかったか？」

ダニエルは、今度はアレックスを見た。「きみは人を殺したことがあるのか？」

「三人」

「三……えっ！　例の組織が差し向けた殺し屋を？」

「ええ」

「その程度でなかなかの腕だと思うなよ」ケヴィンが後ろから言った。

「ぼくはべつに——」ダニエルは言い返そうとした。

今度はケヴィンが声を荒らげる番だった。「おまえの前に、何人拷問したか聞いてみろよ！　ひとりひとりにどれくらい時間をかけたか！——何時間、何日かけたか。おれは相手を撃つだけだ。クリーンで速い。この女と同じことをやれと言われても願いさげだ。しかも、こともあろうに、おまえみたいな罪もない一般人を——」

「だまれ！」ダニエルがさえぎった。「とにかく、その口を閉じるんだ。アレックスのことをそんなふうに言うのはやめろ。彼女に味わわされた痛みより、兄さんに味わわされた痛みのほうがひどかった。もっとひどくて、もっとずっと長引く痛みだ。兄さんはちゃんとした理由があったと言うが、アレックスにもそれは当てはまる。アレックスはだまされていることも、都合のいいように操られていることも知らなかった。それがどんな気持ちか……ぼくにはわかるんだ！」

「まるで、この女がなんの罪もない、たまたま居合わせた人間のような言い方だな」

「だまれと言ったんだ！」ダニエルは耳が聞こえなくなりそうなほど大きな声で怒鳴りつけた。

　アレックスはぎくりとして身を縮めた。犬は窓から顔を引っこめ、あるじを見てクンクン鼻を鳴らしている。

「落ち着け」ケヴィンの言葉は犬に向けられたようだった。

　ダニエルは彼女の反応に気づいた。

「大丈夫かい？」

「……実は、あちこち痛むんだけれど、いまは頭が割れるように痛いの」

「それはつらいな」

「心配しないで」

「このままでは寝入《クラッシュ》ってしまいそうだな――事故《クラッシュ》と二重の意味で。運転を代わろうか？そうすれば少し眠れる」

アレックスはしばらく考えた。これまで、いろいろなことをしじゅう自力でこなしてきたが、自分自身はそれでかまわないと思っていた。自分でやれば、ちゃんとやってあることがわかる。同じように、代わりに運転してくれる相棒もいなかったが、それはそれでかまわないと思っていた。そのほうが、だれかを信頼せずにすむからだ。信頼は命取りになる。

それでも、自分の限界は心得ていた。眠りながら旅ができるなんて、願ってもない贅沢だ。それに、ダニエルなら大丈夫――裏切らないと信じていた。もしかしたら大きな過ちかもしれないけれど、それでも信じたい。

「ありがとう」彼女は言った。「そうしてもらえるとうれしいわ。次の出口で車を駐めるわね」

自分の口から出てきたのに、自分の言葉でないような気がした。まるで、女優がテレビのなかでしゃべっているよう。でも、普通の人のやりとりはこんな感じなのだ。自分にはただ、そんな経験があまりないだけ。

次の出口まで、二マイルの沈黙は快適だった。平和すぎて、ますます眠くなる。一般道におりて車を駐めるころには、まばたきがゆっくりになるほどまぶたが重くなっていた。

座席を替わるあいだ、だれも口をきかなかった。ケヴィンは頭を背もたれに乗せて、目を閉じている。ダニエルはすれ違うとき、そっと肩に触れてくれた。

アレックスは疲れていたが、すぐには眠らなかった。はじめは車が自分の下で動いているのが気持ち悪いからだろうと思った。長年の経験から、自分は運転席にいて、眠ってはいけないものと体が思いこんでいる。念のために、帽子のつばの下からダニエルを数回のぞき見たが、彼は運転の仕方を心得ていた。心配しなくても大丈夫だ。座席の座り心地はよくないけれど、ふだん寝るところに比べれば悪くない。経験から、休めるときに休んでおいたほうがいいのはわかっていた。でも、頭が……妙に軽い。そこで、ガスマスクをつけていないことに気づいた。マスクをつけるのは、入眠の儀式の一部になっていた。

原因がわかって、少し気が楽になった。彼女は野球帽をひりひりと痛む顔の上に引っ張りおろすと、肩の力を抜くように自分に言い聞かせた。今日は一本のリード線もつなげていない。毒ガスが発生する心配もない。なんの心配もいらない。

目が覚めると、あたりは暗くなっていた。体がこわばっていて、あちこちがひりひりするし、おなかも空いている。そして、いますぐ用を足したかった。できることならそのまま眠りつづけて不快な症状をぜんぶ忘れたかったが、双子がまたぞろ言い合っていた。ずっと眠っていたので、存在を忘れられるのも無理はない。ただ、目が覚めたときに、自分のことでふたりが言い合っているのを聞かされるのはいい気分ではなかった。

「……だが、美人じゃない」目を覚ましかけたときにまず聞こえてきたのは、ケヴィンの声だった。

「兄さんは、アレックスがどんな顔をしているのか知らないじゃないか」ダニエルが怒って言い返した。「自己紹介もせずに痛めつけたくせに」

「顔だけじゃない。体つきときたら、やせっぽちの十歳の小僧だ」

「兄さんのようなやつがいるから、女性が『男はみんな犬』だと思うんだ。それに、彼女を表現するなら〝シルフィード（空気の精霊のように華奢な女性の意）〟という言葉がある」

「本の読みすぎなんだ」

「そっちが読んでないだけだろう」

「どんなふうか言葉にしたまでだ」

「脳みそが小さいんじゃないのか」

「――わたしなら大丈夫よ」アレックスはとうとう口を挟んだ。こんな会話に上品に入っていけるはずもないが、このまま寝たふりをつづけるのはいやだった。「べつに気にしてないから」

野球帽を顔からどけて、切れた唇の端から垂れていたよだれを拭った。

「すまない」ダニエルがつぶやいた。

「気にしないで。そろそろ起きないと」

「違うんだ。兄のことだよ」

「ケヴィンがわたしのことをこきおろすのは、彼なりのほめ言葉なのよ」

ダニエルは笑った。「なるほどな」

ケヴィンは鼻を鳴らした。

アレックスは体を伸ばしてうめいた。「当ててみましょうか。マッドサイエンティストに〝オリアンダー〟という謎めいた女の相棒がいるとはじめて聞いたとき、あなたはブロンドの女性を想像したんじゃない?」振り向いて、ケヴィンをちらりと見た——顔がこわばっている。「そうでしょう、ブロンドに決まってる。胸が大きくて、日焼けした脚がすらりと長くて、唇がぽってりとしていて、お人形のようにぱっちりした青い瞳の持ち主。なにか言い忘れたことはないかしら? それとも、フランス訛りもある?」

ケヴィンは答えなかった。振り返ると、彼女の言葉など聞いていないように窓の外を見ている。

「大当たり」アレックスは笑った。

「ケヴはいつも、だれが見てもわかりやすいものが好きだった」ダニエルが言った。

「前の職場では、そんな女性は見たこともなかったけれど」アレックスはダニエルに言った。

「べつに、そういう人はそれほどおつむがよくないと言ってるんじゃないのよ。でもそれなら、ほかにいくらでも道があるのに、なぜ何年も地味な研究をしているの?」

「この仕事をしていると、その手の女性を見かけるんだ」ケヴィンはぶつぶつ言った。

「ああ、そういう工作員もいるわね」アレックスは言った。「色仕掛け担当の、セクシーな人。でも、言っておくけど、あんなハロウィーンの仮装用みたいなぴったりした白衣は着てないわよ」

ケヴィンは窓の外に目を戻した。

「具合はどうだい？」ダニエルが尋ねた。

「痛いわ」

「すまない」

アレックスは肩をすくめた。「ひと休みする場所を探したほうがいいわ。レストランで食事したら、このけががあなたたちの仕業だと思われて警察沙汰になってしまう。食べ物は買いに行くことにして、どこかでモーテルに入りましょう」

「ルームサービスのあるところではいけないのかい？」ダニエルが尋ねた。

「その手のホテルは、現金で支払いをすると目をつけられる」アレックスが答える前にケヴィンが説明した。「すまないな、ダニー。ひと晩の辛抱だ」

「一日じゅう、あなたが運転していたの？」アレックスは尋ねた。

「いいや、ケヴとぼくで何度か交替した」

「そのあいだじゅう眠っていたの？」

「睡眠が必要だったんだろう」

「そうね……長いこと、昼も夜も忙しい毎日を過ごしてきたから」

「痛めつける相手は大勢いるからな」ケヴィンがぼそりと言う。

「そのとおりよ」アレックスは彼を苛立たせたくて、明るく言い返した。

ダニエルは笑った。

ダニエルはとても――これまで出会っただれよりも――思いやりがあって優しい人のようだけれど、間違いなく変わった人だ。たぶん、気まぐれな性格なのだろう。

彼らはリトルロックの郊外に小さなモーテルを見つけた。アレックスはその町を少しは憶えているはずだったが、子どものころ祖父母を訪ねたときのことはなにひとつ思い出せなかった。最後に来てから町のほうが様変わりするほど発展したのかもしれないし、たまたまなじみのないところにいるだけなのかもしれない。この近くのどこかに母や祖母が埋葬されているはず――そのことでなにか感じるべきなのかしら？　でも、どこだろうと関係ない。この体に残る遺伝物質のかけらと違って、彼らはもう近い存在ではなかった。

モーテルのフロントとの交渉は、ケヴィンがすると言った。いまはそうするのがいちばんだろう。自分は顔をけがしているせいで表に出られないし、たとえ顔が無事だったとしても、その手のことはケヴィンのほうがやはり慣れている――自分は参考になるものから学んで、数年試行錯誤しただけなのだから。ケヴィンはそれよりずっと多くのことを教わり、現場で実践してきた。ダニエルに至っては論外だ。顔は問題なくても、彼はまったく向いていない。

たとえば、ケヴィンがひと部屋しか取らなかったとわかって、ダニエルは文句たらたらだった。ひとりで来て、ふた部屋分の代金を現金で払う客のほうがフロント係の記憶に残りやすいと思わないのかしら？　実際に泊まる部屋から三つ目のドアの前にケヴィンが車を駐めたときも、ダニエルにはその理由がわからなかった。偽装工作だとふたりで説明したが、ダニエルの知識やこれまでの習慣からは想像もつかないらしい。彼の思考回路は逃げ隠れしたことが一度もない、一般市民のそれだった。なにしろ、犬を部屋に入れる前に許可を得なくていいか聞いてくるくらいなのだ。ダニエルには学んでもらうことが山ほどある。

ベッドはひとつしかなかったが、アレックスは二十四時間たっぷり眠ったので、進んで見張りを買ってでた。ケヴィンは三十分ほど外出して、セロファンに包まれたサンドウィッチと炭酸飲料、そしてドッグフードの大袋を買ってきた。アレックスはサンドウィッチをがつがつ平らげると、痛み止めの錠剤をひとつかみ口に放りこみ、炭酸と一緒に飲みくだした。アインスタインも大袋に直接顔を突っこんで、彼女と同じくらいがっついているが、ダニエルとケヴィンはのんびり食べている。どうやら、彼女が寝ているあいだにドライブスルーに二、三回立ち寄ったようだった。

バスルームの傷のついた鏡でざっとたしかめたかぎりでは、けがの経過は芳《かんば》しくなかった。鼻が赤くなって、球根さながら、ふだんの倍の大きさまで腫れあがっている。予想と違って、なおったときの目鼻立ちが少し変わりそうなのはいいことだった。整形手術で変えるより満足できない顔かもしれないが、全体としては手術するよりいまのほうが痛みはたぶんましだろうし、少なくともけががなおるのは速いはずだ。目のまわりの痣は、黄疸みたいな色、胆汁さながらの緑、気味の悪い紫と、虹のように変色している。切れた唇はと見ると、かさぶたになった裂け目の両端にピンク色の小さな風船がくっついていた。驚いたことに、口のなかにまで痣ができている。運のいいことに、歯はまだぜんぶそろっていた。加工義歯を探さずにすんでよかった。

しばらくしないことにはなにもできそうになかった。ケヴィンの隠れ家が、ほんとうに安全なところだといいのだけれど……。まったく知らない場所に向かうのは不安だった。なんの準備もしていないせいで、落ち着かないことこのうえない。

シャワーを浴びて歯を磨くと——これがふだんよりつらいのなんの——黒いレギンスと清潔な白いTシャツを身につけた。手持ちの着替えはこれで最後だ。どうかケヴィンの隠れ家に洗濯機がありますように。

バスルームから出ると、ダニエルが眠っていた。ベッドの上でうつぶせになって、片手を枕の下にいれ、もう片方の手をベッドの端から垂らしている。彼の寝顔にはほんとうにどきりとさせられる——意識を失っているときの無垢で静かな顔は、とても同じ世界に生きている人とは思えなかった。

ケヴィンと犬は部屋にいなかった。犬に用を足させる必要があるのはわかっているが、それでも彼らが戻るまでは警戒レベルをさげるわけにはいかない。

ケヴィンは戻ってきても挨拶ひとつしなかったが、犬は通りしなに一度フンフンとにおいを嗅いでいった。ケヴィンはベッドの空いている側に仰向けに横たわると、両手を脇につけ、すぐに目を閉じた。彼はそれから六時間動かなかった。犬はベッドの端に飛び乗ると、ダニエルの太腿に尻尾を乗せ、頭をケヴィンの足に乗せて丸くなった。

アレックスはひとつしかない椅子に腰をおろすと――カーペットが清潔とは思えなくて、床に寝そべるのは気が引けた――膝の上にノートパソコンを置いてインターネットのニュースを確認した。ダニエルが失踪したことはいつ気づかれるかしら？　気づかれたとして、ニュースになると思う？　たぶんそうはならない。大の大人がどこかに行ってしまうなんて日常茶飯事だ。たとえば、父がそうだった。その手のことは、なにか衝撃的な出来事――彼のマンションで切断された人体の一部が発見されたとか――でもないかぎり、取り立てて騒がれることはない。

インターネット上には、ウエストバージニア州で小型プロペラ機が墜落したという――死者もけが人も発見されず、いまだ所有者を捜索中であるというニュースは見当たらなかった。そんなニュースがあったとしても、せいぜい地元紙に小さく取りあげられる程度だろう。ワシントンDCのだれかの目に留まるようなことが書いてあるとは思えない。

さらに自分たちを窮地に陥れるような情報はないかとさんざん検索したが、少なくともいまのところ危険はなさそうだった。カーストンはいま、なにを考えているのかしら？　ダニエルは学校がはじまる月曜までに帰す必要がなくなったし、いまはまだ土曜だ――ほとんど日曜だけれど。〈部署〉はダニエルが口を割らないことを承知していた――自白することがなにもないのだから当然だ。そして、そっくりな双子の存在が発覚することも見越していた。彼らはケヴィンがまだ生きていることを確信していて、このゲームの開始からほどなく彼が姿を現すと予想していたから。たしかに彼らの予想どおりだった。ただひとつ、拷問者と暗殺者が手を組むという展開をのぞいては。

　ダニエルがいなければ、こんなことにはならなかった。〈部署〉にとって彼は策略の一部――危険な場所に動かして、もっと重要なプレイヤーを盤の中心におびきだすための駒に過ぎなかった。それが局面を変えるきっかけになるとは、だれも予想だにしていなかっただろう。

　アレックスは、自分が約束したことは守るつもりだった。勝者の役を演じ（ほんとうは敗者の役だ）、ダニエルとケヴィンは死んだことにする。ケヴィンは、またもや死ぬわけだ。でも、死ぬのが自分だったらどんなによかったか……。〈部署〉にしてみれば、ケヴィン・ビーチのような人間――麻薬カルテルをひっくり返すほどの凄腕――が勝利をおさめたと考えるほうが自然ではないかしら？　そうなったら、もう追跡もしなくなるのでは？　行方知れずになるというのはどんな感じかしら――それも、今度は追っ手がいない。

　彼女はため息をついた。ありもしないことを想像してもつらくなるだけだ。ダニエルとケヴィンがぐっすり眠っているのはたしかだった。彼女はダッフルバッグをかきまわして、あらかじめ選んでおいた加圧缶を取りだした。ガスマスクはふたつしかないから、今夜は致死性のガスは使わない。昨日コンピュータと連動させて使ったのと同じ催眠ガスで充分だ。敵に発見されたら、このガスがあるかないかで結果が変わってくる。

　入口のドアにリード線を張って椅子に戻った。ダニエルとケヴィンはふたりとも、熟睡するタイプらしい。スパイとして、果たしてそれはいい習慣なのかしらと彼女は首をかしげた。

ケヴィンは、ほんとうに信頼してくれたのかもしれない――少なくとも危険が迫ったら教えてくれるくらい――もしかしたら、みんなが死なないように対処してくれるくらいに。実際この三人は、もう仲間《ベッドフェロー》なのだから。

ふたりを見守るのは奇妙な気分だった。違和感があるのはわかる。けれどもそれと同時に、心地よい快感もあった。いままで知らなかった、心のなかの足りない部分が満たされていく感覚――そんなものは想像したこともなかった。

アレックスはしばらくのあいだ、この状況について立てた仮説につじつまの合わないところはないかと考えた。けれども、考えれば考えるほど筋が通っている。これまで自分を殺しにきた暗殺者たちに、気の毒なほど進歩がなかったことについても――三人目を差し向けるまでに、だれかが彼女のセキュリティ装置に気づいてやり方を変えるべきだった――同じ理由で納得がいく。作戦というものが一切なく、ただ使い捨てできる殺し屋が、事前の説明をほとんどまったく受けずに差し向けられるだけ。彼女はあらゆる可能性を二度三度と洗いなおしたあげく、自分を始末しようとしているのがだれなのか、これまで以上に確信するに至った。

そのあとは退屈だった。

いま彼女がやりたいのは、コロンビア大学の病理学プログラムのホームページにログインして、最新の博士論文を読むことだったが、〈部署〉が彼女を見つけようと躍起になっているときにそんなことをするのは安全とは言えない。彼女の古いＩＤをだれかが使うたびにいちいち追跡することはさすがにできないだろうが、コロンビア大学にアクセスするのはさすがに目立ちすぎる。彼女はため息をついてイヤフォンをつけると、ユーチューブを開き、ライフルの分解方法を解説した動画を見はじめた。そんなことが必要になるとは思えないが、見ておいて損はない。

ケヴィンは五時半きっかりに目を覚ました。だれかにスイッチを入れられたように、起きあがって身構えている。それから犬の頭を軽く叩いてドアに向かったが、アレックスがガスマスクをつけていることに気づいてぴたりと立ち止まった。彼のすぐ後ろに従っていた犬も止まって、あるじがなにに驚いたのかと鼻先を彼女のほうに向けている。

「ちょっと待って」

アレックスはそう言うと、あちこち痛む体を動かしてぎこちなく立ちあがり――ゆうべより痛みがひどくなっているのかましになっているのか、よくわからない――ぎくしゃくと歩いて、リード線を張ったドアに近づいた。

「そんなことをしていいとだれが言った？」ケヴィンが言った。

アレックスは彼を見なかった。「あなたの許可は求めてない」

ケヴィンは苛立たしげにうなった。

入口は数秒で通れるようになった。アレックスはガスマスクを外すと、それを持ったままドアを指し示した。

「どうぞご自由に《ノック・ユアセルフ・アウト》」

「――ぶっ飛ばす《ノック・ユー・アウト》」通りしなに彼がそうつぶやいたような気がしたが、声が低くてはっきりとはわからなかった。そのあとから、犬が尻尾をぶんぶん振りながらついていく。フロント係がこの時間に仕事をしているとは思えないが、それでも少し不用心すぎる。人目を引きたくないときに、経営者と怒鳴り合ってもいいことはない。

ドアが閉まると、ゆうべケヴィンが買ってきてくれた食べ物の袋をかきまわした。残り物のサンドウィッチは八時間前に見たときほどおいしそうに見えなかったが、そのとき見逃していたチェリージャムのポップタルト（薄いタルト生地にジャム等が挟んであるお菓子）を見つけた。一枚目を平らげ、二枚目をかじっていたとき、ケヴィンと犬が戻ってきた。

「しばらく仮眠をとるか？」ケヴィンが尋ねた。

「運転してもらえるなら、また車のなかで寝るわ。早く出発したほうがいいでしょう」

彼はうなずくと、ベッドで眠っている弟を軽く蹴飛ばした。

ダニエルはうめいてごろりと仰向けになり、枕で顔を覆った。

「なにも蹴飛ばさなくても……」

「あんたの言うとおり、出発したほうがいいんだ。ダニエルはいつも、目覚ましのスヌーズボタンを止めて失敗していた」

ケヴィンは枕をぐいと引きはがした。

「おい、起きろ」

ダニエルはいっときフクロウのように瞬きしていたが、やがていまどこにいるのか、どうしてそうなったのか思い出して、表情を一変させた。夢の余韻が粉々に砕け散るのを見るのはつらかった。彼はおろおろと部屋じゅうを見まわすと、彼女を見つけた。アレックスは安心させるような表情を浮かべようとしたが、どんな顔をしてもひどいけがで帳消しになってしまいそうだったので、代わりになにか言葉をかけることにした。この世界が少しだけ明るくなって、恐怖が遠のくような言葉を。

「……ポップタルトはどう？」

ダニエルはまた目をしばたたいた。「あ……うん」

12

ケヴィンの隠れ家は気に入らなかった。

その家には夕方近くに到着した。アレックスはドライブの最中に四時間だけ昼寝した。いつまでも夜行性の生活リズムで活動したくなかったので、車が高速を離れて片側一車線の道路に入ってからは起きているようにした。道はさらに細くなり、しまいに未舗装の一本道——道と呼ぶのもはばかられる——になった。

たしかに見つかりにくいところだけれど、もし見つかったら……道はひとつしかない。自分だったら、こんなふうに逃げ場のないところはけっして選ばなかったろう。

「固いことを言うなよ」彼女が文句を言うと、ケヴィンは一蹴した。「ここでおれたちを捜しているやつはひとりもいない」

「ナンバープレートを替えてない」

「あんたがいびきをかいているあいだにやっておいた」

「いびきなんかかいてなかった」ダニエルが静かに言った。いまは彼が運転して、ケヴィンが道を指示している。「でも、廃車置き場に立ち寄って、何枚かナンバープレートを盗んできたのはほんとうだ」

「それじゃ、ミスター・スミスがワシントンＤＣに出かけているあいだ、わたしたちは袋小路で身動きが取れないのね」アレックスはぶつぶつ言った。

「隠れ家は安全だ」ケヴィンが突き放すように言った。議論はもう終わりだと言わんばかり。

「だから、罠は仕掛けるなよ」

アレックスは答えなかった。ケヴィンが行ってしまったら、やりたいようにやるまでだ。

少なくとも、隠れ家そのものは近隣の家から遠く離れていた。ほかの住民が暮らしているところから、十五分は砂利道を走らないといけない。つまり、なんらかの理由でなにもかも燃やしてしまわなくてはならなくなったときに、一般市民を巻きこむ危険が少なくてすむ。

車はしまいに、背の高いゲートの前に到着した。ゲートの左右には、らせん状の有刺鉄線を上部に取りつけた頑丈な金網のフェンスがはるか遠くまでつづいていて、端のほうで切れているのか、曲がっているのかよくわからない。さらにゲートには、一切の例外を認めそうもない〈立入禁止〉の看板と、その下に『立ち入る場合は自己責任で。その結果いかなるけがや損害を被っても、所有者は責任を負いません』という告知が取りつけてあった。

「ずいぶん控えめね」

「これで充分効き目がある」ケヴィンは認証機能付きキーホルダーをポケットから取りだして、ボタンを押した。ゲートが開き、ダニエルが車を進めた。

ケヴィンのことだから、隠れ家がこんなにもわかりやすいことは予想しておくべきだった。

さらに数マイル走ったところで、うっすらと靄《もや》の立ちこめた乾いた黄色い草の上に、地味な灰色の二階建ての家が幻のように浮かびあがっているのが視界に入ってきた。黒っぽい低木の茂みが、あちこちにぽつぽつとかたまっている。その上には、くすんだ青い空がどこまでも広がっていた。

アレックスはこれまで、大平原《グレートプレーンズ》に来て心から解放された気分になったことは一度もなかった。なにしろずっと都会暮らしだ。ここはあまりにも吹きさらしで……心もとない気がする。たとえば強い風が目に見えるものをすべて消し去ってしまうような時期が、このあたりでは年に二回ほどあるはずだ。いまが竜巻の季節でなければいいのだけれど。

道はずっと平坦だったが、途中少しだけ斜面をのぼったところで隠れ家の残りの部分が見えた。大きいが、荒れ果てた家だ。一階の外側の半分を、いまにも壊れそうなポーチが取り巻いている。黄色く枯れた草は家から二十フィートのところでなくなり、そこからは砂色の砂利が、ポーチの下を隠すために取りつけてある木の格子まで敷き詰められていた。単調な景色のなかで目につくのは、この家と、成長の止まった木々と、砂利道についた赤っぽいタイヤの跡。そして行く手のあちこちで、なんだかよくわからない動物がうろついている。ここに来るまでに牛ならたくさん見かけたが、うろついているのは牛にしては小さい。毛皮に覆われていて、色も黒や茶色、白、その組み合わせとさまざまだ。

そのよくわからない動物が車に向かって走ってきた。牛よりもずっと速い。

後部座席にいたアインスタインが、尻尾を勢いよく振りはじめた。模型のヘリコプターさながらの音がしている。

「ケヴ、ここはなんだ?」

「引退後の計画を実現するところさ」

動物たちが集まってきた――大きさも色もさまざまの犬が五、六匹。すごい――アレックスは目をみはった。一匹はアインスタインのきょうだいだろう。もう一匹はイヌ科よりウマ科と言ったほうがよさそうなほど大きい。ほかにもドーベルマンが一匹、ロットワイラーが二匹、並毛のジャーマンシェパードが一匹いる。

近づいてきた犬たちはまったく吠えずに敵意を剝きだしにしていたが、アインスタインの姿を見つけたとたんにいっせいに尻尾を振りはじめ、騒々しく吠えはじめた。

「番犬として貸しだすために犬を訓練している――商売として、そして個人的に犬を飼っているわけだ。たまに、よく訓練された犬を探している家族に売ることもある」

「どうやって監視の目をくぐっているの？」アレックスは尋ねた。

「そのまま行っていいぞ、ダニー。犬のほうがどいてくれる」ケヴィンは弟に言った。

犬に囲まれて車を停めていたダニエルは、そろそろと車を進めた。するとケヴィンの言ったとおり、犬たちは左右に分かれてあとをついてきた。それを見て、ケヴィンはアレックスに説明した。「おれの名前は使わない。相手には顔も見せない。そういうことは相棒がやってくれる」

そう言っているそばから、ポーチに人が出てくるのが見えた――カウボーイハットをかぶった大柄な男性だ。車からはそれ以上のことはわからない。

「ここに犬の飼育場があることは、このあたりではだれもが知っていることだ。怪しむ人間はひとりもいない。おれの過去ともまったく関係ない」ケヴィンはしゃべりつづけたが、アレックスはろくに聞いていなかった。彼女はポーチの上で待っている男を食い入るように見ていた。

ケヴィンはその視線に気づいた。「なんだ、アーニーが気になるのか？　あいつはいいやつだ。心から信頼している」

アレックスはその言葉に眉をひそめた。彼女を見ていたダニエルは、車の速度を落とした。

「どうかしたのか、アレックス？」彼は低い声で尋ねた。

後ろから、ケヴィンが苛立たしげに息を吐く音が聞こえた。ダニエルが彼女の意見を当てにするのがどうにもがまんがならないらしい。

「わたしは、ただ……」アレックスはダニエルと彼の兄の両方に目をやった。「もうたくさんなの――あなたたちふたりで。あなたたちでさえすんなり信頼できなかったのに、また別の人もなんてうんざりよ。この人しか保証する人がいないならなおさら」彼女に指さされて、ケヴィンはむっとした。

「そいつはあいにくだったな、このちび女」ケヴィンは言った。「ここに来たのは、あんたにとって最良の選択だった。だがその選択には、おれが保証するあの男も含まれている。あんたの計画を進めたいなら、多少のことは受け入れてもらわないとな」

「きっと大丈夫だ」ダニエルは安心させるように言うと、右手を彼女の左手にそっと重ねた。

たったそれだけのことで、どうしてこんなに気持ちが楽になるのだろう。三人がさらされている危険のほんの一部でもダニエルが理解しているとは思えなかったが、それでもアレックスの心臓の鼓動は少しだけゆっくりになり、ドアのハンドルをつかんでいた彼女の右手も離れていた。

ダニエルはなおも車をゆっくり進めた。犬たちは車が砂利の上で停まるまでついてきた。ポーチの上から彼らを見おろしている男が、さっきよりよく見える。

アーニーというその男は長身で、ずんぐりしていた。ラテンの血のほかに、おそらくネイティブアメリカンの血も混じっている。年齢は四十五と言っても通りそうだし、それより十歳年上でも通りそうだ。顔の皺が目立つのは、年のせいというより風と日光にさらされてきたせいだろう。カウボーイハットの下から数インチほど垂れている髪は白と黒が入り交じっている。車が停まるときも、彼はなんの感情も見せずに彼らを見守っていた。ダニエルのことはケヴィンから聞いていたかもしれないが、彼女が車に乗っていることは予想もしていなかったはずだ。

ケヴィンが車のドアを開けた瞬間、アインスタインは外に飛びだして、すぐにほかの犬たちとにおいの嗅ぎ合いがはじまった。ダニエルとケヴィンは早く足を伸ばしたかったので同じくさっさと降りたが、アレックスはぐずぐずしていた。まわりは犬だらけだし、なかでも茶色の斑《ぶち》のある犬は後ろ足で立たなくても彼女より背が高い。いまのところ、犬たちは挨拶に夢中になっているようだが、見知らぬ人間にどんなふうに反応するかわかったものではなかった。

いる。

「怖がるなよ、オリアンダー」ケヴィンが声をかけてきた。

犬たちは今度はケヴィンのまわりに集まって、手荒な挨拶で彼を地面に倒しそうになって

ダニエルが助手席のドアを開けて手を差しのべたので、アレックスは苛立たしげにため息をついて車を降りた。靴が砂利を踏みしめる音がしたが、犬たちは気づかないらしい。

「アーニー！」犬たちのうれしそうな吠え声に負けじと、ケヴィンが呼びかけた。「弟のダニーだ。当分ここに滞在する。それから、とりあえず……こいつは滞在客ということにしておこう。ほかに言いようがなくてな。〝客〟では好意的すぎると思うんだ」

「ひどい言われようね。びっくり」アレックスはぶつぶつ言った。

ダニエルはそれを聞いて笑った。それから彼はポーチの階段を一段おきにのぼると、無表情な男に片手を差しだした。ダニエルと並ぶと、アーニーはそれほど大きく見えない。彼はダニエルの手を握った。

「はじめまして、アーニー。兄からはあなたのことをなにひとつ聞いていなくて……これから楽しみにしています。どうぞよろしく」

「おれもだ、ダニー」アーニーの声はバリトンだが雷が遠くで鳴っているようだった。あまりしゃべらないから声がすんなり出てこないのかもしれない。

「それから、あそこにいるのがアレックス。兄の言うことに耳を貸さないでください。アレックスも好きなだけここに滞在する予定なんです」

アーニーはアレックスに目を移した。顔のひどいありさまを見てどんなふうに反応するのかと思ったが、こちらを冷ややかに見ているだけだ。

「よろしく」

アレックスの言葉にアーニーはうなずいた。

「荷物をなかに運んでいいぞ」ケヴィンがふたりに言ってポーチに向かおうとしたが、犬たちが足のあいだを縫うように走りまわって前に進めない。「こら！　〝気をつけ《アテンション》〟！」

人間の小隊さながら、犬たちはぱっと離れて文字どおり整列し、耳をピンと立てて動きを止めた。

「それでよし。〝休め《アット・イース》〟」

犬たちは命令を解除されてそろって腰をおろし、笑ったような顔で牙を見せつつ舌を垂らした。

ケヴィンがポーチに来た。

「いま言ったとおりだ。荷物を運びこんでかまわない。ダニー、おまえの部屋は階段をのぼった右側だ。あんたの部屋は……」彼はアレックスを見おろした。「そうだな、ダニーの部屋の向かいにある部屋がいいだろう。ほかに人が増えるとは思っていなかったから、寝起きできるようにはしていない」

「簡易ベッドを持っているわ」

「ぼくは荷物がないから――」ダニエルがそのことを悲しむ様子はまったくなかった。彼はうわべを取り繕うのが上手だ。「運ぶのを手伝おうか、アレックス？」

アレックスはかぶりを振った。「運びこむ荷物は二、三個だから大丈夫よ。残りはどこかよそに隠すことにする」

ダニエルはわけがわからずに眉をつりあげたが、ケヴィンはうなずいた。

「むかし、夜逃げしなくてはならないことがあって――」アレックスはダニエルに言った。声をひそめたが、たぶんアーニーには聞こえているはずだ。ケヴィンの前の仕事を彼がどの程度知っているのか、まだわからない。「荷物を簡単に取りに戻れないこともあるのよね」

ダニエルは眉間に皺を寄せた。さっきは見えなかった悲しみがちらりと顔をよぎっている。たいていの人々には無縁の世界に、彼は足を踏み入れてしまった。

「ここでそういう心配はいらない」ケヴィンが言った。「おれたちはもう安全だ」

こんなところで生きることを選んだケヴィンの判断を、アレックスはことあるごとに疑わずにはいられなかった。

「備えはしておいたほうがいいわ」彼女はあくまで言い張った。

ケヴィンは肩をすくめた。「あんたがそうしたいなら、よさそうな場所がある」

隠れ家のなかは、外側より格段にきれいだった。アレックスが予想していたのは、かびだらけの壁紙に、年代物のオークの羽目板、ぺちゃんこになったソファにリノリウムの床、そしてメラミン化粧板の家具だった。だが実際は、田舎風の雰囲気にしようとした形跡はあるものの、家具や電気製品のたぐいは新しくて最先端のものばかりだ。アイランドカウンターの天板はなんと御影石《みかげいし》で、ヘラジカの角を組み合わせて作ったシャンデリアがその上に吊りさげてある。

「こいつはすごい」ダニエルが感心したように言った。

「何人の業者がここに入ったのかしら？」アレックスはぼそりとつぶやいた。かなりの人間がここを見ている。

独り言のつもりで言ったのに、ケヴィンがそれを聞きつけて答えた。「ここにはだれも入れていない。アーニーが建築関係で働いていたんだ。州の内外から材料を取り寄せて、自分たちで作業した。といっても、ほとんどがアーニーの仕事だ。安心したか？」

アレックスはむっとして、水ぶくれのできた唇を引き結んだ。

「兄とはどんな経緯で知り合ったんです？」ダニエルはアーニーに尋ねた。

ダニエルを本気でお手本にしなくてはと、アレックスは思った。彼の話しかけ方――これが普通の人間の行動なのだ。そうした話し方を身につけないまま、ここまで来てしまった――あるいは、身につけていたけれどすっかり忘れてしまったのかもしれない。ウェイトレスの仕事や、コールセンターの仕事で使う台詞なら憶えている。職場で、いちばん当たり障りのない受け答えの仕方も知っている。違法に医者の仕事をしていたときに、患者にどう話しかけたらいいのかもわかっていた――尋問対象者からもっとも効率よく情報を引きだすやり方を身につけていたから。けれども、そうやってあらかじめ決められた役割を演じていないときは、人との接触をいつも避けていた。

　ダニエルの質問に答えたのはケヴィンだった。「しばらく前に、アーニーはちょっとしたトラブルに巻きこまれていた。それが、おれが携わっていたプロジェクトに関わりがあったんだ。アーニーはその仕事から抜けだそうと、おれに殺されたことにしてもらうのと引き替えに、このうえなく貴重な情報を教えてくれた」

　アーニーは無言でにんまりした。

「おれたちはうまが合って――」ケヴィンはつづけた。「それからも連絡を取り合っていた。ある日ＣＩＡの仕事をやめる準備をしようと決めたおれは、アーニーに連絡した。すると、たがいに足りないことと興味が完璧に一致した」

「夢の組み合わせね」アレックスはわざとらしく言った。――なんてこと。ということは、アーニーもお尋ね者かもしれない。

　ケヴィンとダニエルは、ダニエルの着替えと洗面用具を用意するために一階の主寝室に行った。先に階段をのぼったアレックスは、自分に割り当てられた小部屋を簡単に見つけた。問題ない。いまは物置として使われているけれど、簡易ベッドと自分の荷物を置くスペースは充分にある。大きなプラスチックの衣装ケースが、机としてそこそこ役に立ちそうだった。バスルームは廊下の奥にあって、ダニエルの部屋ともつながっている。

　だれかとバスルームをシェアするのは何年ぶりだろうと、彼女は思った。少なくとも、以前使っていたバスルームよりは広くてしゃれている。

ダニエルとケヴィンはまだ出てこなかった。自分の荷物を取りに戻ろうと外に出ると、ポーチに犬が三匹いた。一匹は間違いなくアインスタインだ。それから黒くて大きなロットワイラーと、悲しそうな顔をした赤茶色で垂れ耳の犬。垂れ耳はディズニー映画『わんわん物語』で最後にけがをする犬に似ているから、ブラッドハウンドなのだろう。

すると、ロットワイラーとブラッドハウンドが、敵意というよりは興味がある様子でのっそりと近づいてきた。アレックスが思わずドアのほうに一歩あとずさると、アインスタインが頭を持ちあげて咳きこむように低く吠えた。ロットワイラーとブラッドハウンドは立ち止まり、ケヴィンから〝休め〟と言われたときのようにその場に腰をおろした。

アインスタインがほかの犬たちに命令する立場なのかわからなかったので――犬にも上下関係があるのかしら？――身構えたままポーチをそろそろと横切った。犬たちはくつろいだ姿勢のまま、興味津々に彼女を目で追っている。通りしなに、ブラッドハウンドが床板を尻尾でばさばさと叩いた。気のせいかもしれないけれど、撫でてもらいたくてよけいに悲しそうな目でこちらを見あげているような……。こちらにその勇気がないせいで、がっかりしないといいのだけれど。

彼女は車のトランクに押しこんである荷物のなかから、いつも持ち歩くことにしている救急キットをまとめてリュックサックに押しこんだ。それから、洗濯が必要な汚れ物も回収したが――どうか洗濯機がありますように――ワーキングウーマン風の服はほかのバッグに入れてトランクに残すことにした。別の場所に隠す荷物には、少なくとも着替えをひと組入れておかなくてはならない。なぜなら、忘れもしないあの夜——喉を掻き切ろうとしたふたり目の暗殺者が殺人ガスで死んだとき——下着姿で外に逃げだしたせいで、隣の家の小型トラックの荷台からつなぎの作業服を盗まなくてはならなかったからだ。おかげでそれ以来、寝るときは普段着としても通用しそうなナイトウェアをいつも着るようにしている。

　そのほかに簡易ベッドまで持っても、荷物を二階に運びあげるのはそれほど大変ではなかった。その後はまた外に行って、基本的な〝研究室《ラボ》セット〟が入っているダッフルバッグを回収することにした。準備のできるときに、時間を無駄にするわけにはいかない。一階の主寝室のそばを通り過ぎると、わいわいと言い合うほほえましい声が聞こえた。彼女はふたりをそっとしておくことにして作業を進めた。

　ラボセットは、何度も使ううちにすばやく組み立てられるようになった。フラスコにひとつ欠けがあるが、まだ使える。環流冷却器を組み立て、濃縮器をいくつかとステンレスの容器をふたつ並べた。鎮痛剤の〈一時しのぎ〉がなくなりかけていたが、今週の成り行きからして、また必要になる可能性がある。ところが、原料のD－フェニルアラニンは豊富にあるものの、オピオイドが〈一時しのぎ〉を合成できるほど残っていない。いまある〈一時しのぎ〉も、あと一回分しかなかった。

　がっかりしていると、階段の下からケヴィンの声がした。

「おい、オリアンダー、時間だ」

　アレックスが入口を出るころには、ケヴィンは車に乗りこんでいた。ダニエルは助手席におさまっている。それを見て彼女がポーチでためらっていたので、ケヴィンが嫌みたらしく長々とホーンを鳴らした。アレックスはたっぷりと時間をかけて車まで歩き、後部座席に乗りこんで顔をしかめた――これでは体じゅう犬の毛だらけになってしまう。

彼らは来たときと同じ細い砂利道を通ってゲートを出ると、数マイル走ったところでさらに目立たない道に折れて、ほぼ西に向かって進みつづけた。道といっても、草の上に二本のタイヤの跡がついているだけだ。その跡をたどって六、七マイル進んだだろうか。最初の数マイルまでは飼育場の金網のフェンスがちらちらと見えていたが、さらに西に進むとなにも見えなくなってしまった。

「ここもあなたの土地なの？」

「ああ。何人かの名義を経由してそうなった。いまは、うちの飼育場がある区画とはまったく関連のないある企業が所有していることになっている。そういうやり方には詳しいんだ」

「そうでしょうね」

やがてアレックスの右側の景色が変わりはじめた。薄黄色に枯れた草は奇妙なほどまっすぐな境界を境になくなり、その先は剝きだしの平らな赤い地面が広がっている。北に折れてその境界に近づいてはじめて、赤い地面が実は川岸だったことがわかった。流れている水も、川岸と同じ赤っぽい色だ。突きだした岩も早瀬もない、滑らかな水が西に向かって流れている。アレックスの見たところ、川幅はいちばん広いところでおよそ四十フィート。車が流れにほぼ平行に走りつづけるあいだ、彼女は乾燥した草原地帯の真ん中を流れる川をうっとりと眺めつづけた。あんなに滑らかなのに、どうしてあんなに速く流れているように見えるのだろう。

その敷地にはフェンスがまったくなかった。道から五十ヤードほど離れたところに、いまにも崩れそうな、日に焼けて灰色になった納屋がある。まるで長い命がいまようやく終わろうとしていて、あとは適切な天気が苦しみを終わらせてくれるのをただ待っているようだ。アーカンソーやオクラホマ州を走り抜けてこの州に来るまでのあいだ、アレックスは似たような納屋を山ほど見かけた。ウエストバージニア州で彼女が見つけた搾乳小屋とは比べものにならないほどみすぼらしい。

ケヴィンは道をそれて、納屋に向かって車を走らせた。道路でも小道でもない、草原を突っ切って走っている。

車がまだちゃんと停止しないうちにケヴィンは運転席から飛びおり、両開きの入口に差し渡してある古めかしい大きなかんぬきを外して扉を開いた。雲ひとつない空からまぶしい陽光が降り注いでいるので、納屋のなかは暗くてなにも見えない。ケヴィンは急いで戻ってくると、車を暗がりのなかに進めた。

隠れ家と違って、この納屋は内側も見かけどおりだった。羽目板の隙間から差しこむ細い光が、なかにあるものをぼんやりと照らしている。さびついたトラクターが一台と、昔の車のボディーが数台分。奥のほうに埃まみれの干し草の四角い梱《こり》（干し草をまとめて固めたもの。）が山と積みあげてあって、半分ほどシートで覆われている。盗むほどのものはないし、近づいて調べるほどのものもない。もしもここに押し入るような泥棒がいたとしても、持っていかれそうなのはランプシェードくらいなものだろう。

車のエンジンが止まってはじめて、アレックスは川の音を聞いたような気がした。ここから数百ヤードも離れていない。

「いい場所ね」アレックスは言った。「荷物は片隅に置かせてもらうわ」

「ああ」

彼女は四角いダッフルバッグを四つ、クモの巣で覆われた薪の山の後ろにある暗い隙間に積みあげた。クモの巣も埃だらけだ。

ケヴィンは近くにあった汚れた金属部品の山——たぶんトラクターの部品——の向こうからぼろぼろの古いシートを引っ張りだすと、アレックスのダッフルバッグをそれで覆った。

「いい仕上げだわ」

「見た目は大切だ」

「飼育場と違って、ここにはまだ手を入れていないんだな」ダニエルがいちばん近い車のボディーに片手を置いて言った。

「こういう感じだからいいのさ」ケヴィンが言った。「いまから説明しよう。おれがいないあいだに必要になるかもしれないからな。あんたには必要のないものだが、念のためだ」

アレックスは真顔でうなずいた。「『用心に越したことはない』は、わたしの座右の銘よ」

「それなら、気に入ってもらえそうだ」

ケヴィンはトラクターの残骸に近づくと、空気の抜けた大きなタイヤのホイールキャップに手を伸ばして、耳付きナットをまわしはじめた。

「このホイールキャップの裏側にキーパッドがある」彼はダニエルに言った。「暗証番号は、おれたちの誕生日だ。月並みだが、おまえが簡単に思い出せるほうがいい。ドアの外側にあるキーパッドも同じだ」

それからすぐに、タイヤの前面がパカッと開いた——ゴムであるはずのところが、もっと軽くて硬いものでできていて、蝶番で開くようになっている。そこは武器庫だった。

アレックスは息をのんだ。「……バットマンの秘密基地みたい」

ケヴィンから盗んで、しばらく身につけていたのと同じSIGザウアーもあった。二丁もいらないいんじゃない？

ケヴィンは片眉をつりあげて彼女を見た。「バットマンは銃を使わない」

「まあそうね」

ダニエルは隠し扉の蝶番を調べていた。「よくできてる。アーニーが作ったのか？」

「いいや、おれが作った」

「兄さんがこんなに器用だとは知らなかった。それに、麻薬カルテルを転覆させたりしていたときに、いつこんなことをする暇があったんだ？」

「仕事の合間さ。じっとしていたらおかしくなってしまう」

ケヴィンは偽のタイヤを元に戻すと、今度はダニエルがさっきまで手を置いていた車のボディーを指さした。「バッテリーの蓋を持ちあげて、同じ暗唱番号を打ちこむ。するとそこからライフル、あそこからロケットランチャーと手榴弾が出てくる」

ダニエルは笑ったが、兄の表情を見て口をつぐんだ。「まさか、ほんとうに？」

「この女は準備にこだわる。おれはこれ以上ないというくらい武装することにこだわる。まあ、こちら側の武器はあまりうまく隠していないが、すぐに取りだしたいときがあるかもしれないからな」

それからケヴィンが巨大な干し草の山に向かったので、アレックスとダニエルもその後につづいた。反対側にまわりこむと、干し草のかたまりにかぶせてあったシートが地面に垂れている。ケヴィンがそこになにを隠しているか、少なくともそのカテゴリーについてはほぼ間違いないという自信がアレックスにはあったが、その予想は当たっていた。ケヴィンがシートを持ちあげると、干し草に覆われたガレージが現れ、そのガレージぎりぎりに特大の軍用車がおさまっていた。ケヴィンが得意気に胸を張っているところからして、自慢の車らしい。

「飼育場では違和感がないようにトラックを使っているが、緊急事態に備えてこいつをここに置いている」

ダニエルがしゃっくりのような音を漏らしたので、アレックスは彼を見た。笑いをこらえている。すぐにぴんと来た。

アレックスもダニエルも、何年も前から――ダニエルのほうが後からだが――ワシントン

DCの交通状況にはがまんを強いられてきた。道路は渋滞しているし、駐車場はというと、中型のセダンよりスクーターのヴェスパ用と言ったほうがよさそうな狭いスペースしかない。にもかかわらず、劣等感を埋め合わせようとするかのように、特大の車を並列駐車場の空いたスペースに無理やり押しこもうとする男がかならずいる。まるで、行き先がどこだろうが——都会ならなおさら——ハマー（GM製の大型SUV）で行くのが当然だと言わんばかり。その車に、〝D-BAG《いけ好かないやつ》〟というヴァニティプレート（割増料金を払って好きな文字や数字の組み合わせにしたナンバープレート）でもつけてあれば完璧だ。

　アレックスの唇がぴくついているのを見て、ダニエルがとうとう吹きだした。軍事用のモンスタートラックのエンジン音よりへんてこな、ヒャッヒャッ——ブヒッ——ヒャッヒャッという笑い声。つられてくすくす笑いだしたアレックスは、抑えがきかないことにひそかに驚いた。こんなふうに笑うのは何年ぶりだろう。いったん笑いの虫に取りつかれると、なかなか放してもらえないことをすっかり忘れていた。

　ダニエルは片手を干し草の梱につき、もう片方の手で痛む脇腹を押さえていた。その様子がまたおかしくてたまらない。

「なんだ？」ケヴィンがむっとして言った。「なにがおかしい？」

　ダニエルはどうにか答えようとしたが、今度はアレックスが吹きだしたせいで、その努力はふいになった。彼はまたもや、苦しそうにあえぎながらヒャッヒャッとばか笑いをはじめた。

「こいつは最新鋭のハンヴィー（ハマーの元になった特大の軍用車両）だ！」ケヴィンはふたりのばか笑いにかき消されないように声を張りあげた。「タイヤは固形ゴムで、ガラスはミサイル攻撃にも耐えられる。車体は戦車でもつぶせない。こいつに命を救われるかもしれないんだぞ」

その説明は、笑いにただ拍車をかけただけだった。ふたりとも涙を流している。アレックスの唇と頬はずきずき痛み、ダニエルは本物のしゃっくりがはじまったせいで、体を伸ばせなくなっていた。

ケヴィンはとうとう、機嫌を損ねてその場を離れた。

彼がいなくなってしばらくたったころ、アレックスはようやく息ができるようになった。ダニエルの笑いの発作もおさまったが、まだ脇腹を押さえている。アレックスも脇腹がひきつることがあるので、その気持ちがわかった。笑いすぎでくたびれて、彼女は干し草の散らばった床に腰をおろし、両膝のあいだに頭をつけて呼吸を落ち着けた。しばらくすると、ダニエルが隣に座って、彼女の背中に片手をそっと置いた。

「ぼくには、こういうことが必要だったんだ」彼はため息をついた。「もう二度と心の底から笑える日は来ないような気がしていた」

「わたしも、こんなに笑ったのは何年ぶりかわからないくらい。おなかが痛いわ」

「ぼくもだ」そう言って、ダニエルはまたヒャッヒャッと笑った。

「もうやめて」

「すまない、がまんするよ。ちょっと興奮しすぎたかな」

「そうね。ひっぱたくわよ」

ダニエルがまた吹きだしたので、アレックスは笑いをこらえるのに苦労した。

「お願いだからやめて」

「なにか悲しい話をしようか？」

「しじゅう追っ手から逃げまわる、恐怖と孤独の日々についてとか？」

とたんに薄暗い納屋のなかがさらに暗くなったような気がして、アレックスはたちまち後悔した。多少痛い思いはしたけれど、笑っているほうがよかった。

「……そいつはいい」ダニエルが静かに言った。「それとも、期待している人たちをがっかりさせてしまった話とか？」

「わたし自身はあまり思い当たらないけど、たしかにそれは気が滅入るわね。でも、あなたの場合は、そんなふうに思う人はいないんじゃないかしら。あなたの身近にいた人たちはたぶん、あなたがだれかに殺されたんだと思うでしょうね。みんな悲しんで、学校の玄関前にお花やろうそくを置いていくはずよ」

「そう思うかい？」

「ええ。テディベアも置いてあるかも」

「どうかな。それとも、だれも悲しまないかもしれない。そしてこんなふうに言うかも――『あの間抜けとようやくおさらばできた。これでようやくまともな歴史の教師を雇える。バレーボールのチームにしても、やつを厄介払いするいい機会じゃないか。それでどうするかって？　サルにでも仕事をやらせて、やつに払っていた分を退職金にまわそうじゃないか』」

アレックスは真面目くさってうなずいた。「そうかもしれないわね」

ダニエルはにっこりすると、真顔に戻った。「きみのために、だれかろうそくを灯してくれたかな？」

「わたしを偲《しの》んでくれる人なんて、ほんとうにひとりもいないの。生き残ったのがバーナビーだったら、わたしのためにろうそくを灯してくれたかもしれない。わたしはバーナビーのために何度か教会でろうそくを灯したわ。カトリックではないんだけれど、人目につかずにそういうことができるところがほかにないものだから……。バーナビーがもういないことはわかっているけど、わたしにはまだなにかが必要なの。気持ちに区切りをつけるとか、喪に服するとか、そんなことが」

いっとき間があった。「その人が好きだったのかい？」

「ええ。仕事を別にしたら――親しい人と過ごす時間がどんなにぬくもりがあって癒されるものか、あなたなら知ってるわね――わたしにはあの人しかいなかった」

ダニエルはうなずいた。「もう笑う気がしなくなった」

「たぶん、わたしたちには発散することが必要だったのよ。これでふだんどおりの憂鬱な毎日に戻れるわ」

「そいつは楽しみだ」

「おい、モーとライリー（アメリカの昔の人気コメディアン）」納屋の外からケヴィンの声がした。「仕事に戻るか？　それとも、まだげらげら笑っていたいのか？」

「ああ……げらげらかな？」ダニエルが応じた。

アレックスはこらえきれずに、くっくっと笑いだした。

ダニエルは彼女の傷ついた唇を手でそっとふさいだ。「もうおしまいだ。なにをするのか見にいったほうがいい」

13

納屋の裏には、ケヴィンが川沿いにつくった射撃練習場があった。アレックスはしばらく疑わしげに横目で見ていたが、しまいにしぶしぶ認めた。たしかに、たまに銃声が響いても、テキサスの田舎ならだれの注意も引きそうにない。

「最後に銃を撃ったのはいつだ？」ケヴィンはダニエルに尋ねた。

「うん……父さんと一緒のときかな」

「ほんとうか？」ケヴィンはため息をついた。「多少なりとも憶えていることを期待するしかないな」

彼は干し草の梱の上に銃をずらりと並べていた。そこからさまざまな距離のところに、人間の背の高さまで積みあげて黒い人型を貼りつけた梱が置いてある。なかには遠すぎて、よほど目を凝らさないと見えない梱もあった。

「拳銃からはじめてもいいんだが、まずはライフルで腕試しをしてもらいたい。安全を確保する最善の方法は、敵をきわめて遠い距離から撃つことだ。できることなら、おまえたちが至近距離から撃つようなことは避けたい」

「ぼくが使ったことのあるどのライフルとも違う」ダニエルが置いてある銃を見て言った。

「どれも狙撃ライフルだ。こいつは――」ケヴィンは背中に斜めがけにしたマクミランを叩いた。「一マイル以上の狙撃の世界記録を打ち立てた」

ダニエルは目を丸くした。「そんな遠くから、殺したいやつをどうやって見分けるんだ？」

「観測手（敵の位置を測定し、諸条件を折りこんで狙撃手に伝える）がいるんだ。だが、そんな長距離射撃は必要ない。安全な場所から、必要なときに相手を狙い撃ちできるようになってもらいたい」

「ほんとうに人間を撃てるかどうかわからない」

今度はケヴィンが目を剝く番だった。「腹をくくったほうがいい。なぜなら、おまえが撃たなければ、近づいてくるやつは間違いなくおまえの好意につけこむからだ」

ダニエルはなにか言おうとしたが、ケヴィンは手を振って黙らせた。「さあ、おまえが撃ち方をどれくらい憶えているか、見せてもらおう」

ケヴィンが基本的なことをざっと説明してわかったのは、ダニエルがライフルでの射撃の仕方をかなり憶えているということだった。持ち前の勘のよさで、アレックスよりはるかにすんなりと銃になじんでいる。アレックスにはからきし才能がないが、ダニエルは明らかに射撃に向いていた。

発射音にぎくりとせずにすむほど射撃の回数をこなしたところで、アレックスはＳＩＧザウアーを手に取った。

「ねえ、この銃でもっと近い的を撃ってみていい？」

「いいとも」ケヴィンは弟の照準線から目を離さずに応じた。「作戦開始《パーティ》だ」

ＳＩＧはワルサーＰＰＫより重くて、撃ったときもかなりの反動があったが、それはそれで爽快だった。迫力がある。照準器に慣れるまでにしばらくかかったが、その後は自分の銃と同じくらい正確に撃てるようになった。この分なら、回数をこなせばもっとうまくなりそうだ。ここにいるあいだは、定期的に練習できるだろう。ふだんはこんなことにのめりこんだりはしないのだけれど、これは特別だった。

ケヴィンが訓練の終わりを告げるころには、太陽が沈もうとしていた。黄色い草が夕焼けで深紅に染まっている。まるで夕日が直接触れて、乾いた草を燃えあがらせているようだった。

アレックスはしぶしぶSIGをほかの銃と一緒に片付けた——隠し場所の暗証番号ならわかっている。ケヴィンの〝パーティ〟が終わるときに、いくつか持ちだしてもいい。

「ダニー、おまえの勘が鈍ってないことがわかってよかった。おれもたまたま腕がいいわけじゃなかったんだな。母さんと父さんが、おれたちにたしかな遺伝子を残してくれたんだ」

隠れ家に向かって車を走らせながら、ケヴィンが言った。

「訓練ではそうだが……。やはり、ケヴにできることがぼくにもできるとは思えない」

ケヴィンは鼻を鳴らした。「だれかに殺されそうになったら変わるさ」

ダニエルは納得がいかない様子で、窓の外に目をやった。

「わかった」ケヴィンがため息をついた。「いいか、頭のなかに思い浮かべるんだ。おまえが守りたい相手——たとえば母さん——が、自分の後ろにいると。新兵のなかには、そういう場面を思い浮かべないとやっていけないやつがいる」

「遠くにいる相手を狙撃するのに、そのたとえはそぐわない」ダニエルが言った。「それなら、照準器のなかで、母さんが車のトランクに押しこまれているところを想像するんだ。頭を使え」

ダニエルは話を終わらせるように言った。「もういい、わかった」

彼が納得していないのはアレックスにもわかった。けれども、この一点に関してはケヴィンの言うとおりだ。だれかが近づいてきたら、生存本能が作動する。食うか食われるかという状況なら、食うほうを選ぶはずだ。それがどんな感覚か、ダニエルは狩人に追いつかれないとわからないだろう。そんな感覚を味わわないですむならそれがいちばんだけれど、そうはいかない。

ケヴィンは自分にできることをするだろうし、わたしもそうする。ふたり一緒なら、ダニエルのために世界を少しは安全にしてやれるかもしれない。

小旅行は隠れ家に戻ってもつづいた。ケヴィンがふたりを連れていったのは、家の正面側からは見えない、裏庭にあるしゃれた現代風の建物だった。なかは犬だらけだ。

犬たちにはそれぞれ、温度と湿度が調整可能な小部屋が割り当てられていた。走れるように、屋外にも個別のスペースがある。ケヴィンはダニエルに訓練のスケジュールを説明した。どの犬が売約済みで、どの犬がこれからリストに載るかについても。今後ここで生活していくために必要なことを教えているのだと、アレックスは思った。ダニエルは気に入ったらしく、すべての犬を撫でて名前を覚えている。犬たちはかまってもらうのが大好きだ――そうしてほしいとせがんでくる。あの吠え声とクンクン甘える声の音量をさげられたらいいのに。自由に走りまわっている犬たちは、ここのカリキュラムの卒業生なのだろう。ケヴィンの後についてまわっている。

アレックスは、ケヴィンが自分を困らせるためにここに来させたのではないかと思った。馬みたいに大きな斑《ぶち》の犬――グレートデーンだと教わった――が、さっきからすぐ後をついてくる。自分の意思でなく、目に見えないケヴィンの合図でそうしているのだろう。うなじに犬の息がかかるのを感じるし、たぶんTシャツの後ろにはよだれも飛び散っているはずだ。その犬のほかに、あのブラッドハウンドも後をついてきていたが、こちらは進んでその任務を選んでいるようだった。アレックスが振り返るたびに、悲しそうな目で上目遣いに彼女を見返してくる。それ以外の卒業生はダニエルとケヴィンのまわりをぐるぐるまわっていたが、アインスタインだけはケヴィンのそばについて、真剣そのものの表情で群れににらみをきかせていた。

彼らは左右に犬の部屋が連なる長い通路を通り抜けた。ジャーマンシェパードの区画に、ドーベルマン、ロットワイラー、そのほか名前を知らない作業犬が数種類。アレックスは通路の真ん中を歩きつづけ、どんなものにも一切手を触れなかった。指紋を拭き取る手間は、つねに少なくしておいたほうがいい。

ブラッドハウンドの子犬が二匹いる部屋の前に来たところで、ケヴィンはアレックスに尻尾を振っているブラッドハウンドに顎をしゃくって、ローラの子どもたちだとダニエルに説明した。

「あら、ローラっていうの？　ごめんなさい」アレックスは双子に聞こえないような声でつぶやいた。「わたしはてっきりオスかと……」

　ローラは話しかけられたことがわかったようだった。アレックスの脚に尻尾を打ちつけながら、期待を込めて彼女を見あげている。アレックスはさっとかがんで頭を軽く叩いてやった。

　ケヴィンがふんと鼻を鳴らすのが聞こえた。見ると、こちらを見ている。

「ローラはだれにでもなつくんだ」ケヴィンはダニエルに言った。「鼻はこのうえなく優秀だが、節操がない。いまブリーディングで、嗅覚はそのままにして、識別能力に欠ける性質を取り除こうとしているところだ」

　ダニエルはかぶりを振った。「そのままでも充分だろう」

「おれは本気だ。こいつらからよりよい性質を作りだせると思っている」

　アレックスはしゃがんで、以前にダニエルがしていたようにローラの脇腹をかいてやった。

　ケヴィンが怒りだすのは承知のうえだ。ローラはたちまち仰向けになって腹を見せた。すると、今度はグレートデーンがやにわに彼女の反対側に腹ばいになった。この犬も同じようにされたがっているらしい。肩をそっと叩いても、嚙みついてこなかった。さらに尻尾で地面を二回叩いたので、耳の後ろをかいてやった。

「来い、カーン。おまえは違う！」

アレックスもグレートデーンもその命令を無視した。アレックスは双子に背を向け、二匹とも見えるように脚を交差させて座った。この先毛皮をまとった殺人マシンに囲まれるなら、何匹かは味方につけておいたほうがいい。

ローラは彼女の手の甲を舐めていた。気持ちいいものではないけれど、ちょっとかわいい。

「アレックスにファンができたらしい」ダニエルが言った。

「なんとでも言え。それから、ここが食料を保管しておくところだ。食料は一週間おきにアーニーがロートンまで買い出しに行く。必要なものは、たいてい――」

そのつづきは、背後の犬舎にいる犬たちのワンワン、ウーウーという声にかき消された。

アレックスはその後もしばらく犬たちを撫でてやった。ここでやめたら二匹はどうするだろう。しまいに手を止めてそろそろと立ちあがると、ローラとカーンもさっと立ちあがって、隠れ家に戻る彼女の後をいかにもうれしそうについてきた。二匹は入口までついてくると、ポーチの上に寝そべった。

「いい子ね」アレックスは二匹に声をかけてなかに入った。

ケヴィンは怖がらせるつもりだったのかもしれないけれど、犬たちは目を光らせるというより、ほんとうに味方になってくれている感じだった。たぶん、そうなるように訓練されているのだ。ひとりではないという、心地よい感覚。もしこんな生活をしているのでなければ、犬を一匹飼うのもいいかもしれない――犬用のガスマスクがどこで手に入るのか知らないけれど。

アーニーは居間のソファで、向かい側の壁に掛けられた薄型テレビを見ていた。膝に載せたTVディナーをせっせと食べていて、彼女が入ってきても目もくれない。

おいしそうなにおいがした。TVディナーの中味はマカロニとハンバーグだ。特別な料理ではないけれど、いまはおなかがぺこぺこで、すごくおいしそうに見える。

「あの……勝手に食べ物をいただいてもかまいませんか？」

アーニーは野球の試合から目を離さずにうなった。アレックスはそれが肯定的な返事であることを祈りながら、冷蔵庫に向かった。

冷蔵庫――二倍幅の立派なステンレス製――のなかは、絶望的なほどがら空きだった。あるのは調味料のたぐいと、スポーツドリンクが数本に、特大サイズのピクルスの瓶だけだ。おまけに掃除が必要だった。けれども、冷凍庫の引きだしのなかは宝の山だった。さっきアーニーが食べていたような冷凍食品が所狭しと詰めこまれている。アレックスはチーズピザを電子レンジで温めると、アイランドカウンターのスツールに座って平らげた。アーニーは彼女の存在をすっかり忘れてしまったらしい。

問題のない状況でだれかひとり加える必要に迫られたなら、アーニーはたしかにそれほど悪くない選択だ。

双子が戻ってくる物音が聞こえたので、アレックスは二階にあがった。ここに来るまでは狭苦しい場所で三人一緒に過ごさなくてはならなかったけれど、いまは各自に寝室があって、たがいに距離を置くことができる。ダニエルとケヴィンには話し合うことがたくさんあるだろうし、それを自分がことごとく知る必要はない。

自分の部屋ですることはあまりなかった。ここで必要になるとも思えなかったが、ひとまず小型の注射器に乳酸を補充した。いまなら集めた大量の桃の種から毒ガスの原料になる核を取りだす作業に取りかかれるが、種をウエストバージニアの納屋に置いてきてしまったからそれはできない。ここにしばらくとどまることになるかもしれないから、インターネットに接続する危険を冒すわけにもいかないし、だからといって読むものもなにもない。頭のなかではある疑問について考えをめぐらせていたが、それを紙に書きだすことにはどうしても抵抗があった。国家の安全はしばらく前から大事とは言いがたいが、やはり一般市民を危険にさらすわけにはいかない。

けれども、その疑問を解決するにはすべてを系統立てて考える必要がある。それなら、いくつかキーワードを書くだけにしたらいいのでは？

彼女には、ひとつ確信していることがあった。ラボでバーナビーと一緒に仕事をした六年のあいだにふたりが知ってしまったなんらかの情報——それこそがふたりが襲撃され、その後も暗殺者を差し向けられることになった原因だった。その情報を正確に特定できたら、黒幕の人物についても考えが浮かびそうな気がする。

問題は、あまりにも多くの情報を耳にしていることだった。それも、特級の機密情報ばかり。

彼女はリスト作りに取りかかった。まず、もっとも重要な情報——核が関わる情報に、A

1からA4まで記号を割り振る。当時問題視されていた四つの核爆弾――それらは、彼女が関わっていた最も重大なプロジェクトだった。彼女とバーナビーを亡き者にするだけの差し迫った事情がそこにあったのだろうか。

できればそうあってほしかった。もしなんらかの不正を働いていた軍の上層部のだれかが、捜査の過程で自分の名前が出ることを危惧して、ただの思いつきであんなことをしたのだとしたら、真相は二度とわからないままになってしまう。

T1からT49は、どれも核に無関係なテロリストに関する情報だった。ほかにも重大な結果につながりそうもない情報があったが、そういう情報はそもそも記憶に残らない。なかでもとりわけ重要なT1からT17には、経済活動を麻痺させるほど重大な生物学的攻撃や自爆テロの計画が含まれていた。

これらの計画がごちゃごちゃにならないように、うまい憶え方はないかと考えた――発射元の都市の最初のアルファベットと、標的とされる都市の最初のアルファベットを組み合わせる？　それで区別はつくと思う？　その表記の意味を忘れてしまわないかしら？　でも、すべての場所や名前をぜんぶ書きだすのは大変――そのとき、ケヴィンの呼ぶ声がした。

「おい、オリアンダー！　どこに隠れているんだ？」

アレックスはノートパソコンを急いで閉じると、廊下に出た。

「なにか用？」

ケヴィンが階段の下から見あげていた。ふたりとも階段を挟んだまま、その場を動かない。

「ひとことことわっておきたかっただけだ。これからDCに行ってくる。ダニエルに携帯電話をひとつ持たせた。例の電子メールを送る準備ができたら連絡する」

「プリペイドの使い捨て携帯？」

「こっちははじめてロデオに参加するんじゃないんだ」

「それじゃ幸運を」

「おれが留守にしているあいだ、うちを〝死のラボ〟にするなよ」

もう手遅れよ。アレックスは笑いを噛み殺した。「自分の手綱はちゃんと引いておくわ」

「それでいい。いろいろ楽しかったと言っておこう」

アレックスはにっこりした。「おたがい言いたいことを言い合ってきたはずよ。なぜいまになってでたらめを言うの？」

ケヴィンはにやりとすると、不意に真顔になった。「ダニエルから目を離さないでくれるな？」

アレックスは少し驚いた。ケヴィンが弟のことをわたしに任せるなんて……。そして、即答した自分にさらにびっくりした。

「もちろん」それが嘘偽りのない気持ちだと気づいて、彼女は戸惑った。そう、自分はダニエルを、全力を尽くして守るだろう。それはたしか。そこで、尋問用のテントのなかではじめて湧きあがった奇妙な感覚を思い出した――守る命がひとつからふたつになるという予感。

彼女のなかのある部分は、いつこの責任から逃れられるのだろうと考えていた。おそらく、罪のない人間を尋問したら、だれでもそう感じるのではないだろうか。それとも、そんな気持ちになるのは、尋問した相手が……どう言ったらいいのだろう？　正直？　まっとう？　健全？　とにかく、相手がダニエルみたいに善良な人間だとそう感じるのかもしれない。

ケヴィンはうなずくと、踵《きびす》を返して居間に向かった。姿は見えなくなったが、声は聞こえる。

「ダニー、ちょっと来い。あとひとつやることがある」

なんだろう——知りたいような気もするし、知りたくないような気もする。彼女は様子を見に、そろそろと階段をおりた。ケヴィンは肩を組んだりハグしたりしてしんみりと別れを告げるためにダニエルを呼びつけたりしない。

居間にはだれもいなかった——アーニーもいない——が、入口のスクリーンドアの向こうから話し声が聞こえた。ポーチに出るとローラが寄ってきたので、うわの空で頭をかいてやりながら、ポーチの明かりとセダンのヘッドライトの光が照らしているものを見た。

アインスタインとカーンとロットワイラーが、ケヴィンの前に並んでじっとしていた。ケヴィンは三匹のほうを向き、ダニエルがそれを見守っている。

ケヴィンは最初に、お気に入りの優等生に言った。「来い《カム》、アインスタイン」

アインスタインは一歩前に出た。ケヴィンはダニエルに向きなおった。「こいつはおまえの恋人《ハニー》だ、アインスタイン。ハニーだぞ」

アインスタインはダニエルに尻尾を振って駆け寄ると、彼の脚の上から下までにおいをフンフンと嗅いだ。ダニエルも、やはりわけがわからないという顔をしている。

「よし」ケヴィンはほかの二匹に言った。「カーン、ギュンター、見ていろ《ウォッチ》」

彼はアインスタインとダニエルに向きなおると、レスリング選手のように体をかがめて、ゆっくりと近づいた。

「おまえのハニーをつかまえてやる」しゃがれた声で犬を挑発した。

アインスタインはぱっと身を翻すと、ダニエルとケヴィンのあいだに入った。背中の長めの毛が逆立ち、剝きだした牙のあいだから凄みのきいたうなり声が漏れている。そこにいるのは、アレックスが最初に見た悪魔の犬だった。

ケヴィンが右に動くふりをすると、アインスタインは彼の行く手をふさいだ。ケヴィンが左に動いてダニエルに襲いかかろうとすると、アインスタインはあるじに飛びつき、どさりと地面に倒して彼の喉に牙を立てた。ケヴィンがにこにこしていなかったら、さぞや恐ろしい眺めだったろう。

「いい子だ！　よくやった！」

「殺せ！　殺せ！」アレックスは小声で念じた。

アインスタインは牙を離して飛びすさり、ふたたび尻尾を振りはじめた。そして何歩か行ったり来たりして、次のゲームがはじまるのを待った。

「よし。カーン、おまえの番だ」

ケヴィンはグレートデーンに「ダニエルはおまえのハニーだ」と言い聞かせると、ふたたびダニエルを襲うように見せかけた。アインスタインがカーンのそばについているのは、うまくいくように監督するためだろう。カーンは片方の大きな前足でケヴィンの胸をぐいと押し、彼を後ろに倒した。そして同じ足で彼を地面に釘づけにしているあいだに、アインスタインが喉に飛びついた。

「殺せ！」アレックスはもう一度、今度は声を出して言った。

ケヴィンがそれを聞きつけて、彼女をきっとにらみつけた。目がこう言っている――こいつらに重要なことを教えている最中でなければ、あんたを襲わせてズタズタにしてやるところだ。

次のラウンドにカーンは加わらなかったが、アインスタインはまた監督役をこなした。胸が樽のようなロットワイラーのギュンターは、アインスタインよりも激しい勢いでケヴィンを地面に倒した。肺の空気がシュッと飛びだす音がする。あれは痛い。アレックスはにんまりした。

「なんのためにこんなことをしているんだ？」ダニエルがケヴィンに尋ねた。ケヴィンは立ちあがって、黒いジーンズとTシャツについた土埃をはたいている。

「いまのは、身辺警護用におれが考案したコマンドだ。この三匹は、いまから命を賭けておまえを守る。おまえの言うことも聞くはずだ」

「なぜ〝ハニー〟なんだ？　ぼくは大の男なのに」

「便宜上、その言葉を使っているだけだ。だが正直なところ、守る対象は女性か子どもだと思っていた」

「そいつはありがたい」ダニエルはつっけんどんに言った。

「おい、そうかっかするなよ。そういう意味じゃない。もっとましな言葉を思いついてくれたら、次の世代からはそれを使うさ」

　気まずい沈黙があった。ケヴィンは車を見て、それから弟に目を戻した。

「いいか、ここは安全だ。だがとにかく、こいつらのそばを離れるなよ。それと、あの〝毒ガス女〟だが、あいつは頼りになる。ただ、あいつがすすめる食べ物だけは食べるな」

「ぼくたちなら心配いらない」

「もしなにかあったら、アインスタインにこのコマンドを言うんだ」ケヴィンが名刺くらいの小さな紙切れを差しだすと、ダニエルはなにが書いてあるか見もしないでポケットに突っこんだ。アレックスは、ケヴィンが口頭で伝えないのを不思議に思った。単にダニエルの記憶力を信用していないからかもしれないけれど。

　彼女の予想に反して、ケヴィンは弟にほんとうにハグしそうだったが、ダニエルの態度がまだ少し頑なだったのであきらめた。彼はセダンのほうに歩きながら言った。

「帰ったらまた話そう。携帯をかならず持ち歩けよ。準備ができたら電話する」

「気をつけろよ」

「わかってる」

　ケヴィンは車に乗りこんでエンジンをかけた。右手を助手席のヘッドレストに置いて、後ろを確認しながら方向転換している。彼は弟を二度と見なかった。それから、赤いテールライトはしだいに遠くなり、やがて見えなくなった。

ケヴィンがいなくなって、アレックスは胸にのしかかっていたものがふっと軽くなったような気がした。

ダニエルは忠実な三匹の犬と一緒にじっと車を見送っていたが、やがてまわれ右すると、なにやら考えにふけりながらポーチの階段をのぼってきた。犬たちも一緒についてくる。カーンが後ろについていてくれてよかった。さもないと、ダニエルは前が見えなくなってしまう。

ダニエルはアレックスの隣まで来ると、彼女と並んで、なんの変哲もない夜の闇を一緒に眺めた。犬たちはふたりの脚のまわりに固まっている。ローラはロットワイラーに押しだされて、不満そうに鼻を鳴らした。ダニエルはポーチの手すりを両手でしっかりと握りしめていた。まるでこれから重力が反転すると言わんばかりに。

「ケヴがいなくなって、ほっとするのは間違ってるかな？」ダニエルが口を開いた。「ケヴは、とにかく……元気すぎるだろう？　しじゅうなにかしらしゃべっていて、ついていけない」

彼の右手が緩んで、本人の意思とは関係ないように、アレックスの背中のくぼみにすんなりとおさまった。

ダニエルに触れられるときまって、アレックスは何年も前にバーナビーと行なった感覚遮断実験を思い出した。それはなんの痕跡も残さずに対象者に口を割らせる効果的なやり方だったが、時間がかかりすぎるせいで最善の方法とは言えなかった。

感覚遮断室に入った被験者はだれだろうと、その人の抵抗力にかかわらず、出てきたときには同じ反応を示した。ドラッグ中毒者がそのドラッグを求めるように、肌の触れ合いを求めるのだ。なかでも、陸軍のある伍長——最初の試験段階でボランティアとして被験者になってくれた若者——のことはいまでもはっきりと憶えている。感覚遮断室から出てきた彼は、即座に彼女に抱きつき、きわめて長い時間、それも不適切なハグをつづけた。しまいにはセキュリティの担当者を呼んで、彼を引きはがしてもらわなくてはならなかったほどだ。

ダニエルがいま感じているのは、その兵士と同じような感覚に違いなかった。ダニエルはもう何日ものあいだ、彼自身が普通と考える生活から完全に切り離されてしまっている。血の通った人間がすぐそばにいるという安心感が、いまの彼には必要だった。

そして、その理屈はもちろん、アレックス自身にも当てはまった。彼女はダニエルよりもはるかに長いあいだ、普通の生活から遠ざかっている。おかげで、ぬくもりの欠けた生活に慣れてしまったが、それは裏を返せば、人間同士の触れ合いをそれだけ渇望しているということだ。だから、ダニエルに触れられるときはいつも、信じられないほど癒される気がした。

「間違ってないわよ」アレックスは答えた。「いろいろなことを消化するのに、そっとしておいてもらいたいと思うのは自然なことだわ」

ダニエルはちょっと笑った。あのヒステリックな笑いより元気がない。「もっとも、そう思うのはケヴに対してだけなんだ」彼はため息をついた。「ケヴはいつも、子どものころからああだった。指図せずにはいられない。スポットライトを浴びずにはいられなかった」

「工作員らしくない性格ね」

「たぶん、仕事をしているときはそういう気質を抑えられるようになったんだろう――そして、そうでないときはそれが一気に表に出る」

「そういうことがあるのね。わたしはひとりっ子だったから」

「うらやましいよ」ダニエルはまたため息をついた。

「きっと、ケヴィンはそんなに悪い人じゃない」どうしてあいつをかばうの？　ダニエルを元気づけたいから……たぶん。「こんな状況でなければ、ケヴィンだってもっと付き合いやすいはずよ」

「公平なんだな。ぼくもそうならないと。たぶん、いまは……腹が立ってるんだ。それもひどく。ケヴに悪気があったわけじゃないことはわかっている。でも、ケヴがあんな人生を選んだせいで、ぼくの人生はある日突然、徹底的にぶちこわされた。まさに……ケヴィンらしい」

「あなたに起きたことを受け入れるには時間がかかると思うわ」アレックスはゆっくり言った。「でも、怒りはしだいに薄れていく。わたし自身、どんなに怒りに駆られていたか、だんだん忘れているくらいだもの。もっとも、わたしの場合は少し違う。こんな状況に陥れた相手を、わたしはよく知らないの。家族でもない」

「しかし、その敵はきみを実際に殺そうとしたわけだから、もっとひどいじゃないか。ぼくと比べるまでもない。ケヴィンがぼくを傷つけようとしたことは一度もない。ただ、つらいだけだ。わかるだろう？　まるで死んでしまったような気分さ。それでも、どのみち生きていかなくてはならないんだ。どうしたらいいのかまだわからないが」

アレックスは手すりをつかんでいる彼の左手を軽く叩いて、車のなかでもそうやって気持ちが安らいだことを思い出した。ダニエルの手の甲が少しこわばった。

「わたしもそうだったけれど、あなたもいずれわかるわ。いまの生活が日常になる。以前の生活はだんだんぼやけて……しまいにあきらめがつくの。ほら、世の中では悲惨なことが毎日のように起きているでしょう。わたしたちの状況と、母国がゲリラ戦でめちゃくちゃにされることになんの違いがあるの？　住んでいる町が津波で破壊されることだってある。ずっと変わらないものなんてないし、安全な場所もない。どのみち安全といっても幻想に過ぎないのよ……。ごめんなさい、人を励ますのにこんなくだらない話をして」

ダニエルは笑った。「そんなにくだらなくないさ。おかげでほんの少しだけ気分がましになった」

「そう、それならここでのわたしの仕事は終わりね」

「……そもそもきみは、どうしてこんなことに関わるようになったんだ？」まるでごく単純なことを聞くように、彼はさらりとその質問を口にした。

アレックスは戸惑った。「どういう意味？」

「どうして選んだのかと思ってね。きみの……職業を。つまり、〈部署〉から殺されかけるまでしていた仕事さ。軍にいたのか？　志願して？」

ダニエルはまたもや、立てつづけに質問した。まるで、どうやってファイナンシャルプランナーやインテリアデコレーターになったのか尋ねるような口調だ。感情がまったくこもっていないのがかえって不自然だった。前を向いたまま、暗闇をじっと見つめている。

アレックスは今度は逃げなかった。もし逆の立場なら、同じことを知りたいと思ったはずだ。バーナビーと組んで仕事をするようになったころに彼に聞いたのは、まさにそういうことだった。そしてバーナビーの答えは、彼女の答えと大して変わらなかった。

「進んであの仕事を選んだんじゃないの」アレックスはゆっくり答えた。「それに、軍にいたこともない。〈部署〉が接触してきたのは、医科大学院に在籍していたころだった。大学で、最初わたしが興味を引かれたのは病理学だった。でもそのうち興味の対象が変わって、かぎられた特定の分野にのめりこむようになった――ひとことで言うなら、化学物質によるマインドコントロール。当時わたしがしていることと同じ研究をしている人は少なかったから、わたしの行く手には障害がたくさんあった――資金に、実験装置、被験者……まあ、結局は資金の問題ね。わたしがついていた教授は、わたしの研究をきちんと理解していなかったから、大した力添えは期待できなかった。

そんなとき、正体不明の政府の職員が訪ねてきて、わたしにチャンスをくれたの。わたしが抱えていた巨額の奨学金も肩代わりしてくれた。わたしは新しいセコンドの目的に合わせて研究を進めながら、大学の教育課程を終えることになった。そして卒業後は彼らのラボで働くようになったの。そこでは思いつくかぎりの夢のような技術を自由に使えたし、お金を目的になにかをすることも一度もなかった。

なにを作らされているのかは一目瞭然だったたし、〈部署〉も嘘をつかなかった。自分がどんな仕事に関わっているのかも気づいていたわ。〈部署〉の説明を聞くかぎり立派な仕事に思えたの。この国を救う仕事だと……」

ダニエルはなおも前を見つめてつづきを待った。

「でも、自分が作りだしたものを、自分で実際に人に対して使うことになるとは思わなかった。自分は必要な道具を提供するだけだと思っていたから」アレックスは頭をゆっくりと前後に揺らした。「でも、そういうわけにはいかなかった。わたしが作製した抗体はきわめて特殊で――それを使う医師が、その抗体がどんなふうに作用するか理解しておく必要があったの。つまり、わたしにしか使えない」

彼女の背中に添えられた手は動かなかった――ぴくりともしないで凍りついている。

「尋問の対象者以外で、尋問室にわたしと一緒に入ったことのある唯一の人間はバーナビーだけだった。はじめのうちはバーナビーが尋問担当だったの。最初は怖い人だと思ったけど、そのうちとても優しい人だとわかって……。わたしたちはたいていラボで、研究開発の仕事をしていたの。実際の尋問は、与えられた仕事の五パーセント程度だった」アレックスは深々と息を吸いこんだ。「でも、間近に危機が迫っているときは、いくつかの尋問を同時進行でこなすようなこともたびたびあった。そんなときは、とにかく早く結果を出すことが重要だった。だからわたしも、ひとりで尋問をこなさないわけにはいかなくなったの。そんなことはやりたくなかったけれど、そうすることが必要な理由もわかっていた。

尋問は、思ったほどむずかしくなかった。ただ、自分にその才能があるとわかったときはつらかったわ。それが怖くて……。いまに至るまでずっと、怖くてたまらない」その気持ちをこれまで打ち明けたのは、バーナビーひとりだった。彼は心配することはないと言ってくれた。きみはなんでも上手にできる人間のひとりに過ぎない。次元が違う人間なのだと。

アレックスは喉が不意にこわばるのを感じて咳払いした。「でも、わたしは結果を出して、何人もの命を救った。それに、だれひとり殺していない――政府のために働いていたときは」ダニエルと同じように、彼女もいまは暗闇を見ていた。ダニエルの反応を見たくない。「いつも自分の心に問いかけているの。だからわたしは、人殺しのモンスターとは言えないんじゃないかって」

その答えがノーに決まっていることは、自分でもわかっていた。

ダニエルは喉の奥から低い声を漏らした。

アレックスはなおも目の前の暗闇を見つめつづけた。過去の選択――いまの自分をつくりあげたドミノの列――について、ほかのだれかに説明したことは一度もなかった。ダニエルへのいまの説明もあまりうまくできたとは言えない。

そのとき、ダニエルがくっくっと低い声で笑いだした。

アレックスは唖然として彼を見あげた。

ダニエルは笑いをこらえようと唇をすぼめていた。「もっと衝撃的な事実を聞かされるんじゃないかと身構えていたんだ。しかし、思ったよりずっとまっとうじゃないか」

アレックスは眉をひそめた。わたしの過去がまっとうですって？

ダニエルのおなかがぐーっと鳴り、彼はまた笑った。その音で、張りつめた空気はどこかにいってしまった。

「ケヴィンはなにも食べさせてくれなかったの？　ここのルールは〝ご自由にお取りください〟なのね」

「なにか食べることにしよう」

アレックスはダニエルの態度が少しも変わっていないことにひそかに驚いた。なにもかも打ち明けてしまうのは危険な気がしたけれど、考えてみたら、ダニエルは最悪の部分をこれ以上ないほど残酷な方法で身をもって知ってしまっている。その後では、口で説明されてもなんとも思わないのかもしれない。

ダニエルは空腹だったはずだが、冷凍庫のなかを見ても大して喜ばなかった。結局気乗りしない様子でアレックスが食べたのと同じピザを選ぶと、キッチンにろくなものがないとぶつぶつこぼした。それを聞くかぎり、どうやらケヴィンはずっと前からそうらしい。その後も彼女が普通の人間であるかのように会話は弾んだ。

「こんなものばかり食べて、どこからあんなエネルギーが出てくるのかな」ダニエルは言った。

「アーニーも料理は大してできないようね。そういえば、どこに行ったのかしら？」

「アーニーならケヴが出かける前に寝室に引っこんだ。早起きなんだろう。部屋はあっちじゃないかな」ダニエルは階段とは反対方向に顎をしゃくった。

「ちょっと変わった人だと思わない？」

「ああ、無口なところかい？　だからケヴと合うんじゃないかな。ケヴと友達になるなら、だれかがしじゅうしゃべっていても耐えられる神経の持ち主でないといけない。自分が口を挟む暇なんてないんだから」

アレックスは鼻を鳴らした。

「冷凍庫のピザの下にアイスクリームがあった。食べるかい？」ダニエルが尋ねた。

アレックスはええと返事をして、スプーンと小鉢を探した。結局ダニエルがアイスクリームスクーパーとスープスプーンを見つけたが、小鉢はなくてコーヒーマグを使わなくてはならなかった。アレックスはダニエルがアイスを箱からマグによそうのを見て、あることに気づいた。

「左利きなの？」

「ああ」

「ケヴィンは右利きだったと思うんだけど、一卵性の双子なら――」

「普通はそうだが――」ダニエルはひとつ目のマグを彼女に渡した。アイスはバニラ味で、アレックスがいちばん好きな味ではなかったが、いまは甘いものならなんでも歓迎だった。

「ぼくたちは実は特殊なケースでね。いわゆる〝鏡型双生児《ミラーツイン》〟なんだ。一卵性双生児――受精後の分裂が遅れたせいでそうなったと言われている――の約二十パーセントが、鏡に映したように逆の特徴を発現する。だからぼくたちの顔は似ているといっても、たがいを鏡に映したような感じなんだ。それは、とくにケヴィンにとっては大した問題じゃない」ダニエルはそう言うと、ひと口目のアイスを口に運んでにっこりした。「だが、ぼくの場合は、万一臓器移植が必要になったときに問題に突き当たる。ぼくは体の中身がぜんぶ逆向きになっているから、別のミラーツインでたまたま遺伝的に適合するだれかの臓器でないかぎり移植できないんだ。つまり、新しい肝臓はまず望めないと思ったほうがいい」彼はまたひと口アイスを食べた。

「ケヴィンがなにもかも逆向きなら、いろいろと納得がいくのに」

ふたりは一緒になって笑った。同じ日に笑い合ったときより、もっとずっと穏やかな笑いだ。ヒステリーの虫は、もうふたりの体からいなくなったようだった。

「あの紙切れにはなんて書いてあったの？――ほら、アインスタインに言うコマンドが書いてある紙よ」

ダニエルはジーンズのポケットから紙切れを取りだすと、ちらりと見てアレックスに差しだした。

そこにはこう書いてあった。『脱出手続き《エスケープ・プロトコル》』。

「声に出して読んだら、なにかまずいことが起こると思う？」

「そうだな。あの秘密の隠し場所を見せられたら、なんだって信じるよ」

「ケヴィンはだれか人を雇ってコマンドの名前を考えてもらうべきよ。センスがないわ」

「それはぼくの仕事になりそうだな」ダニエルはため息をついた。「犬は大好きでね。楽しそうだ」

「それも子どもに教えるようなものじゃない？」

「ケヴがやらせてくれたらの話だ」ダニエルは顔をしかめた。「もしかして、ぼくは犬小屋の掃除係くらいにしか思われていないんじゃないかな。ケヴならあり得る」それから、またもやため息をついてつづけた。「少なくとも、生徒たちはみんな利口そうだ。バレーボールも教えられると思うかい？」

「そうね……できると思う。あの犬たちなら、いろいろなことができそう」

「ここでの生活も、そんなに悪くないと思うんだ。そうだろう？」

「ええ」アレックスは自信たっぷりに返事をして、後ろめたくなった。

14

アレックスが目を覚ましたとき、最初に感じたのはずきずき、ひりひりする痛みだった。意識を失っているうちは忘れられたが、安らかな時間を挟んだせいで――それはそれでありがたかったが――目覚めがよけいにつらくなってしまった。

部屋のなかは真っ暗だった。積みあげた箱の後ろのどこかに窓があるはずだが、きっと遮光スクリーンがおりているのだろう。ケヴィンなら、夜に明かりが見える窓は少なくしておきたいはずだ。人がいるのは家のなかのごく一部だと思わせておいたほうがいい。地元の人間は、アーニーのひとり住まいだと思っているのだから。

簡易ベッドをおりるときに、左の肩とお尻が角に当たった。アレックスはうめきながら明かりのスイッチを手探りした。暗闇のなかでこれ以上けがをしないように、ベッドからドアまでの通り道はなにも置かずに空けてある。電気をつけると、彼女はリード線を外してガスマスクを脱いだ。ここではだれも殺したくないから、仕掛けには殺人ガスでなく催眠ガスを使っている。

廊下に人影はなかったが、バスルームのドアが開いていた。濡れたタオルがラックに掛けてあるから、ダニエルはもう起きているのだろう。とくに意外なことではない。ゆうべは機密情報の覚え書きをパソコンで作るのにずいぶん遅くまでかかってしまった。暗号コードがなにを表すのか、一週間後に思い出せる可能性は果たしてどれくらいだろう。人が殺されてもおかしくないような機密情報を片端から書きだしてみたが、そのなかに自分とバーナビーだけが狙われるような特定の情報はひとつもなかった。そのうちどれかが大元の問題なら、ほかにも犠牲者が出ているはずだ。ニュースを調べたかぎりでは、彼女の死とバーナビーの死の後で、知っている人間が死んだという事実はひとつもなかった。少なくとも公には。

バスルームで髪を洗いながら、情報の日時を絞りこむことを考えた。いつもシャワーを浴びているときがいちばんアイディアが湧く。

バーナビーはいつもある妄想にとらわれていて、死ぬ二年前からその妄想を真実だと想定して行動していた。アレックスははじめてほんとうに危険にさらされていると感じたときに、彼と交わした最初の会話を憶えている。あれは秋が終わりに近づいたころ――感謝祭の前後だった。もしあれが偶然の変化でなければ――もしなんらかのきっかけがあったのなら、バーナビーはそのことに反応していたのかもしれない。明確なきっかけはわからないが、あの変化の後で行なった尋問については当てはまらないという自信があった――バーナビーも彼女も、新たなストレスを抱えて落ち着かなかった記憶がある。だから、あの変化の後で尋問したことではない。そして彼女が一年目のころ担当したケースについては――あらゆることがおぞましいほど新しくて気が進まなかった――すべて簡単に思い出せる。だから、これも除いていい。自分が働いた期間のうち、あとは核が関わっていた二回の危機を含む残りの三年間を洗いなおさなくてはならないが、いまは多少なりとも絞りこめただけでも満足だった。

バスルームにふわふわのタオルが置いてあったのは意外だった。ケヴィンは快適な生活というものがわかっているらしい。それとも、良質なものを好むのはアーニーなのだろうか。どちらかわからないけれど、バスルームにはホテルに備えつけてあるようなあらゆる備品がフルサイズのボトルで揃っていた。シャワーの横にはシャンプーとコンディショナー。洗面台には歯磨き粉とローション、マウスウォッシュ。気が利いている。

アレックスはタオルで鏡を拭いて、ざっと顔を確認した。まだ見られたものではない。目のまわりの痣はいまはほぼ緑色で、目の際が少し濃い紫色になっている。唇は腫れが引きかけていたが、おかげで縫う代わりに使った医療用接着剤がいっそう目立っていた。頬の痣は端のほうがかろうじて黄色くなりかけているだけだ。

ため息が出た。メイクしたとしても、人前に出られるようになるには、あと一週間はかかりそうだ。

彼女はいちばん汚れていない服を着ると、ランドリーバッグ代わりのTシャツにほかの汚れ物を丸めて入れて、洗濯機を探しにいった。一階は人気《ひとけ》がなくて静かだった。遠くで犬の吠え声が聞こえる。きっとダニエルとアーニーが相手をしているのだろう。

廊下のいちばん奥に広々とした洗濯室が隠れていた。裏庭に通じる勝手口があって――出口をよく知っておくに越したことはない――下半分に、プラスチック製の大きな部品がついている。それが犬用のドアだとわかるまでにしばらくかかった――グレートデーンのカーンでも出入りできるくらい大きなドアだ。これまでのところ、家のなかで犬を見かけたことは一度もないけれど、いつも立ち入り禁止というわけではなさそうだった。彼女は洗濯機のスイッチを入れると、朝食をとりにいった。

キッチンの戸棚は冷蔵庫と同じくらい用をなしていなかった。半分はドッグフードの缶で満杯だが、残り半分はほとんど空っぽだ。ありがたいことに、カウンターに置いてあったポットにコーヒーが少し残っている。さらにポップタルトがあったのでくすねることにした。どうやらケヴィンとアーニーはタオルには気を遣うが、食べるものについてはまったくこだわりがないらしい。一九八三年のボーイスカウトキャンプの文字が消えかけた欠けたマグカップは、年代的にあのふたりのどちらにも当てはまらない――ということは、中古で手に入れたのだろう。とにかく、使えればよし。食べ終わった彼女は、マグをステンレスの食洗機に入れて、今日の予定はどうなっているのか聞きにいくことにした。

犬たちの檻がある現代風の犬舎の北側には広々としたドッグランがあった。犬が数えきれないほど走りまわっている。その中心にはアーニーがいて、はしゃぐ犬たちに命令を発していた。聞く耳を持たない犬がほとんどだが、なかには〝先生のお気に入り〟を演じる犬も数匹いる。ダニエルの姿はどこにも見えなかった。アレックスは細長い犬舎に入ると、備品室のある建物の奥に向かった。ケヴィンとアーニーは自分たちの分より犬の備品をはるかに充実させている。ダニエルはここにもいない。

アレックスはほかにすることもなかったので、ドッグランの端までぶらぶら歩いた。奇妙な気分だった。ひとりぼっちの生活にとっくに慣れっこになっているはずなのに、ダニエルの姿が見当たらないと、にわかに手持ち無沙汰になってしまう。

フェンスに近づいて指を金網に掛けても、アーニーは彼女に目もくれなかった。アレックスは彼が若いジャーマンシェパード――といってもまだ子犬のように四肢の先が大きくて耳が垂れている――に、忍耐力の限界のさらに上を行くような訓練をするのを見守った。ローラの二匹の子犬が出てきて、母親に体を舐めてもらおうと金網に体を押しつけている。ローラは何度か舐めてやったが、それからちょっと変わった声で吠えた。夕食の後に勉強しなさいと母親から注意されたことを思い出すような声。すると案の定、二匹のだいぶ大きくなった子犬はおやつを持ったアーニーのところにとことこと戻っていった。

もしかしたらダニエルは、射撃場に出かけているのかもしれない。アレックスは見たことがなかったが、ケヴィンがこの辺りにトラックが置いてあると言っていた。どうせ行くなら、わたしが起きてくるまで待っててくれたらよかったのに。もう少しＳＩＧザウアーで遊びたい。それに、自分のワルサーＰＰＫでも少し練習したかった。これまで射撃の腕に運命を左右されたことはないけれど、これからはそうなってもおかしくない。練習する機会はなるべく逃したくなかった。

彼女はアーニーが若い犬たちを訓練するのをさらに三十分ほど見物したあげく、とうとう彼に声をかけた。

「あのー……」アレックスは犬の声にかき消されないように声を張りあげた。「アーニー？」

アーニーが顔をあげた。このうえなく素っ気ない顔。

「ダニエルはトラックで射撃場に行ったの？　何時ごろ出発したか知ってる？」

アーニーはうなずくと、それから肩をすくめた。アレックスはその意味を考えたが、結局あきらめた。もっと質問を単純にしないといけない。

「ダニエルはトラックに乗っていったの？」

アーニーはふたたび犬に目を向けていたが、彼の答えは聞こえた。「たぶん。最後におれが納屋に行ったときにはいなかったが」

「射撃場までの距離はどれくらい？」歩いていける距離ではなさそうだが、聞いておいて損はない。

「直線でだいたい五マイルだ」

思ったより遠くないと、アレックスは思った。ダニエルは定期的にランニングをしていた――トラックを置いて、走っていったのかしら？　これから走って見にいってもいいけれど、そうすると向こうに着く前にダニエルは帰ってしまうだろう。

「ダニエルが何時に出たか知らない？」

「けさは見かけていない。だが、九時より前だ」

となると、もう一時間以上たっているから、じきに帰ってくるのは間違いない。アレックスはダニエルを待つことにした。

ダニエルが射撃の練習に興味をもってくれてよかったと、彼女は思った。たぶん、自分とケヴィンが納得させようとしていることが、少しは伝わったのだろう。ほんとうは怯えて生きる生活なんかしてほしくない。でも、それがいちばんましな選択肢だ。恐怖は生きながらえる力になる。

アレックスはアーニーにお礼がわりに手を振ると、洗濯を終わらせようと、毛皮をまとった取り巻きを従えて家に戻った。

一時間後、彼女はここ数日間ではじめて清潔な服を身につけて、心底すっきりした。さらに今日着ていた服も洗濯機に放りこむ。着替えからまたいいにおいがするようになると思うと、気分が浮き浮きした。それから彼女は三十分だけ時間を区切って、記憶をたどる作業に取りかかった。少なくとも十二時間以内なら、記号の意味を思い出せる。彼女はできるかぎり時系列的に出来事を並べようとしていた。ただし番号はその出来事の重要度に応じて割り振ってある。おかげで必要以上にややこしくなっているのかもしれないけれど、いまは方針を変更したくない。

けさはテロリスト関連の出来事のうち、T15とT3——地下鉄爆破未遂事件と生物兵器盗難事件——について、思い出せる名前がないか記憶をたどっていた。T15のテロリストとロシアの戦争屋はもう片付いているから関係ないが、それでも記録は残す必要がある。NYという記号は簡単すぎるから、標的とされた地下鉄1系統が通る地区——マンハッタンとブロンクスの頭文字を合わせたMBを使った。テロを主導した組織はTT、カラーシャ谷にKV、彼らに武器を売りつけたロシア人がVR。テロを援助し教唆した外国人がRP、FD、

BB。

T3の事件には、いくつか未解決事項が残っていたはずだが、その処理はCIAに委ねられている。アレックスは入力した文字を見た。J、I-Pはインド・パキスタン国境近くの町ジャムー、TPはタコマ病（と呼ばれていた）——悪名高いテロリストグループが、シアトル近郊の研究所から盗みだしたアメリカ人科学者のノートから作りだしたものだ。そのテロリストグループの分派FAは、T10とT13の事件にも関わっている。彼女が〝首になった〟ころ——〈部署〉は、CIAがそのテロリストグループの残党について情報を集めるのをまだ手伝っていた。CIAがその後、捜査を打ち切ったかどうかはわからない。ケヴィンはそのころメキシコで忙しくしていたから、たぶんそのことは知らないはずだ。彼女はさらに関連する名前をいくつかそこに加えた。DHはタコマ病の毒素の作り方を書き残したアメリカ人科学者、OMはテロリストグループのひとりで、彼女が尋問した男だ。たしかアメリカ人がもうひとり、どこかで関わっていたような——当事者としてでなく。それとも、その名前はT4関連だったかしら？　いま思い出せるのは、短くて歯切れのいい響きだったということだけ……たしか、Pではじまる名前だった？

もちろん、ラボにいたころは記録を残すことが一切禁止されていたので、さかのぼって調べるものもなかった。歯がゆくてたまらない。彼女はしまいにあきらめて、ランチ代わりになるものを探すことにした。ポップタルトではおなかが膨れない。

居間に入ったところで、近づいてくる低いエンジン音が聞こえた。それから、重いタイヤが砂利の上で停まる音。ようやく帰ってきた。

　習慣で、アレックスはほんとうにダニエルが帰ってきたのかたしかめようとスクリーンドアに向かった。外をのぞくと、ちょうど車のエンジンが止まったところだった。土埃だらけの白いトヨタの古びたピックアップトラック——同じくらい古くて埃をかぶったキャンパーシェルが荷台にかぶせてある——が、ゆうべセダンを駐めたところに停まっている。ダニエルが運転席から降り、その後ろからアインスタインが飛びだしてきた。

　ありふれていて——これなら目立たない——文句なしにいい車だ。それなのにアレックスは背筋がぞくりと冷たくなって、全身に鳥肌が立つのを感じた。その場に凍りついて、危険がどこから迫ってくるのか見きわめようとしている怯えたウサギのように、周囲をきょろきょろと見まわした。見たところなんともないのに、どうしてこんなにいやな予感がするのかしら？

　アレックスはダニエルが左腕に抱えている紙袋に目を留めた。ダニエルは座席をぜんぶ前に動かして、別の紙袋を取りだそうとしている。アインスタインが彼の脚のまわりでうれしそうに跳ねまわり、カーンとロットワイラーがポーチから飛んできてそこに加わった。

　アレックスは顔から一気に血の気が引くのを感じた。めまいがする。

　二度目のショックがおさまったところで、彼女は犬の後を追いかけた。血が脈を打って痣だらけの頬に戻ってくるのがわかる。

「やあ、アレックス」ダニエルが楽しそうに声をあげた。「後ろに紙袋がまだいくつかあるんだ。よかったら——」アレックスの表情に気づいて、彼は立ち止まった。「どうした？ケヴィンになにか——」

「どこに行ってきたの？」アレックスは押し殺した声で言った。

ダニエルは目をしばたたいた。「ここに来る途中で通り過ぎた町——チルドレスに行ってきた」

アレックスは両のこぶしを握りしめた。

「犬を連れていったし——」ダニエルは言った。「なにも起こらなかった」

アレックスは片方のこぶしを口に押しつけて——痛い——気持ちを落ち着けようとした。ダニエルが悪いのではない。彼はただ、わかっていないだけなのだから。自分とケヴィンで、もっとちゃんと言い聞かせるべきだった。その手のことは車のなかで眠っているときにケヴィンが説明したとばかり……。新しい生活について説明するのでなければ、あんなに長いあいだなにを話していたの？

「だれかに見られ——いいえ、当然よね。買い物をしたんだもの。何人に見られたか憶えてる？」

ダニエルはまたきょとんとした。「なにかまずいことでも？」

「町に行ったのか？」後ろで野太い声が響いた。

ダニエルはアレックスの頭の向こうに目を向けた。「ああ——その、食料品がろくになかったから。冷凍食品じゃないものが食べたかったんだ。ほら、あなたは忙しそうだし

「……」

　アレックスはアーニーを振り返った。相変わらず無表情だが、細かい変化が――眉間のしわが深くなり、額に青筋が一本浮きあがっている。

「ケヴィンに連絡する手だてはある？」アーニーに尋ねた。

「それはジョーのことか？」

「たぶん。ダニエルの兄よ」

「いいや」

「ぼくがなにをしたんだ？」ダニエルが不安げに尋ねた。

　アレックスはため息をついて彼を振り向いた。「ケヴィンがこの辺りのだれにも顔を見られていないと言っていたのを憶えてる？　でも……いまは違う」

　その意味を理解するにつれて、ダニエルの顔から血の気が失せていった。「しかし……偽名を使った。ただの……ただの通りすがりだと」

「何人と話した？」

「食料品店のレジ係と、あともうひとり――」

「何カ所に立ち寄った？」

「三カ所……」

　アレックスとアーニーは視線を交わした――アレックスは恐怖をあらわにした。アーニーはもっと得体の知れない表情を浮かべている。

「ケヴィンはもしかして必要になるかもしれないからと、金を置いていった――ぼくはそれを、卵や牛乳のことだとばかり……」ダニエルが言った。

「ケヴィンが言いたかったのは、偽のＩＤよ」アレックスはぴしりと言った。

ダニエルは黙りこんだ。真っ青な顔をしている。

ふたりは彼をじっと見つめた。

ダニエルは気持ちを落ち着けようと、深々と息を吸いこんだ。

「わかった」彼は言った。「ぼくが悪かった。どれくらいまずいことなのか説明してもらう前に、食料品を運びこんでもかまわないか？　トラックのなかで腐ってしまったら、また叱られる種を増やすことになってしまう」

アレックスは唇を引き結んで――接着剤の不快な塊は無視した――こくりとうなずき、キャンパーシェルで覆われている荷台の後ろにまわりこんだ。そして紙袋が山ほど積みこんであるのを見て、ふたたび頰の痣のあたりがかっと熱くなるのを感じた。

ダニエルがいちばん近い町に行くなら、もちろん一個部隊を養えるくらい食料を買いこむだろう。そしてほかにも人目につくようなことをしているはずだ。

アレックスとアーニーは暗い顔で押し黙ったまま、すべての紙袋を家に運びこみ、キッチンのカウンターに置いた。ダニエルは戸棚と冷蔵庫のあいだを行き来し、商品を仕分けして適切な場所にしまいこんだ。彼の顔色がときどき変わらなかったら、この状況を少しも深刻に受けとっていないと思ったかもしれない。ダニエルは表情こそ落ち着いているものの、頰と首が途中でさっと赤くなり、それからまた白くなっていた。

途中で冷却期間をおいたのはいい考えだったかもしれない。その間アレックスはあらゆる可能性を考え、冷静になることができた。最初はアーニーのトラックを盗んで行方をくらまそうかと思った。でも、それはやりすぎだ。やりすぎて命が助かることもあるけれど、よけいに危険に陥ることもある。自分の顔を思い出して納得した。いま逃げれば、さらに困ったことになる。

ダニエルは最後の品物——なにかの葉物野菜——を冷蔵庫にしまうと、ドアを閉めた。そして振り返らずに、ステンレスの冷蔵庫のほうを向いたまま、少しうつむいた。

「どれくらいまずいんだ？」彼は静かに尋ねた。

アレックスはアーニーを見た。彼は話す気分ではないらしい。

「現金で払ったか教えて」アレックスは尋ねた。

「ああ」

「それじゃ、そこのところは大丈夫だわ」

「でも完全に大丈夫というわけじゃない」

「ええ。チルドレスはとても小さな町なの」

「人口は六千人少々だ」アーニーが低い声で言った。

思っていたよりまずい。それより学生数が多い高校だってあるくらいなのに。

「だから、よそ者が来ると目につくの」彼女は言った。「あなたも気づかれたはずよ」

ダニエルは彼女に向きなおった。一見落ち着いているが、不安そうな目をしている。

「ああ、たしかに」

「あなたはアーニーのトラックに乗って、アーニーの犬を連れていた」アレックスはつづけた。「それを見て、あなたとアーニーを結びつける人がいるかもしれない」

「アインスタインはトラックのなかにいた」ダニエルは言った。「車に乗り降りするところもだれにも見られていないと思う」

「あの町には同じようなトラックがごまんとある。色も年式も型もまったく同じトラックは五台。そのうち二台がキャンパーシェル付きだ」アーニーはダニエルでなくアレックスに言った。「町の住民の半分は犬を飼っている」

「助かるわ」アレックスはアーニーに言った。「あなたたちはうまくやってきたのね」

「どれくらい影響がある?」ダニエルはアーニーに尋ねた。

アーニーは肩をすくめた。「さあな。人間、どうでもいいことはさっさと忘れるもんだ。じっとおとなしくしていりゃ、無事ですむかもしれない」

「とにかく、やってしまったことは仕方ないわ」アレックスは独り言のように言った。「これからは、いままで以上に気をつけないと」

「ケヴィンが聞いたら怒るだろうな」ダニエルはため息をついた。

「怒ってないときなんてある?」アレックスの言葉に、アーニーは紛れもなく笑った。「そもそも、ケヴィンがあなたになにも説明しなかったのがいけないのよ。でも、わたしは違う。

同じ間違いは繰り返さない」彼女はそう言って、ソファに顎をしゃくった。

　アーニーはそれを見てうなずくと、重い足取りで入口を出て仕事に戻った。ケヴィンはいい相棒を見つけたものだと、アレックスは思った。ケヴィンでなく、アーニーがダニエルの兄だったらよかったのに。アーニーのほうが何倍も付き合いやすい。

「きみが講義しているあいだ、ぼくがランチを作ろうか？」ダニエルが言った。「腹が減ってもう限界だ。アーニーはいったい、なにを食べて生き延びているのかな」

「いいわよ」アレックスはアイランドカウンターのスツールに腰をおろした。

「正直なところ、みんなの役に立っているつもりだったんだ」ダニエルは冷蔵庫に戻りながらつぶやいた。

「そうよね、ダニエル。わかってる。ところで、わたしもおなかがぺこぺこなの」

「今度からはまず確認するようにするよ」

　アレックスはため息をついた。「まずはそこからね」


　アレックスは認めたくなかったが、ダニエルが作ってくれた大きなサンドイッチは、今日の出来事を思い返して重苦しく沈んでいた彼女の気持ちをかなり和らげてくれた。サンドイッチを食べながら、彼女は逃亡生活の基本について説明し――この先ことあるごとにもっと詳しく説明することになる――ダニエルは真剣に耳を傾けた。

「そんなふうに周囲に目を配るとは思わなかった」ダニエルは言った。「すごく神経質な感じじゃないか」

「そう！　理想は、まさにそういうことなの。神経質なのはいいことなのよ」

「現実の世界と少し違うようだが、ぼくも考え方が変わるように努力するよ。自信ならある。これからは、ことあるごとに——呼吸をするときもきみに確認するようにする」

「そのうちわかるようになるわ。しばらくすると、それが習慣になる。でも、あなたが知っていたのがほんとうの世界だと思わないで。この世界で起きていることのほうが現実で、いつまでもつづくものなの。その原動力になるのは、原始的な——生存本能なのよ。あなたにもそれはある——生まれながらに持っているの。あとはただ、その部分を目覚めさせるだけでいい」

「自分は狩られる側だと思っておいたほうがいいんだな」ダニエルは明るい表情を保とうとしたが、絶望に打ちのめされているのは手に取るようにわかった。

「そうよ、あなたは狩られるほうなの。わたしもそう。あなたの兄もそう。そしてたぶん、アーニーも。仲間がここに集まってきたのね」

「でも、きみは——」ダニエルはゆっくりと言った。「きみだけじゃなく兄も、そしてアーニーも、いまだに狩るほうにいる。ぼくはただ狩られるだけだが」

　アレックスはかぶりを振った。「わたしもはじめは狩られるほうだった。でも、それから学んだの。あなたには、わたしにはけっしてない強みがある。ケヴィンと同じで、あなたには食物連鎖の最上捕食者の遺伝子コードがある。射撃場であなたを見たけど、いったんその本能が目覚めたら、あなたは充分自分を守っていけるわ」

「気休めにそんなことを言ってるんだろう」

「わたしがこんなことを言うのは、嫉妬しているからよ。もしわたしが背が高くて、力も強くて、生まれながらに射撃の名手だったら、この状況を変えられるのに」

「もしぼくが利口で神経質だったら、みんなを危険にさらさずにすんだはずだ」

アレックスはにっこりした。「比べても意味ないわ。あなたには学ぶ余地があるけど、わたしはどうがんばってもこれ以上背が伸びないんだから」

ダニエルも笑顔になった。「でも、そのほうがずっと人目につかない」

「ああもう」アレックスはうめいた。「もっとためになることをしましょうよ。干し草の梱《こり》を撃つとか」

「いいとも。ただ、時間が――」ダニエルはガステーブルの上にある掛け時計を見た。「遅くとも六時までには戻らないと」

アレックスはきょとんとした。「見逃したくない番組でもあるの？」

「いいや。きみに夕食をご馳走したいのに、町に連れていけそうもないから」ダニエルは申し訳なさそうにほほえんだ。「食べるものがないというのもあるが、買い物に出かけた理由のひとつはそれなんだ」

「そうだったの……」

「夕食に誘っただろう。憶えているかい？」

「もちろん、憶えているわ。ただ、あんなことになる前にした約束は、なかったことになっていると思っていたものだから」

「約束したことはちゃんと守らないと寝覚めが悪いからな。とにかく、だれかが料理しなくちゃならない。その点、ぼくならそこそこのものが作れる。アーニーが当てにならないことはもう織りこみずみだ」

アレックスはため息をついた。「わたしもたぶん五十歩百歩だわ」

「決まりだな。それじゃ、射撃の腕を磨きにいこう」


ダニエルはほんとうに飲みこみが早かった。ケヴィンが工作員に採用されるのも不思議はない。銃を撃ちながら、ダニエルはアレックスに、ケヴィンがどれほど運動神経抜群で、射撃の腕前も天才肌だったか話して聞かせた。双子と父親は数多くの射撃大会に出場し、ケヴィンはそのほとんどで優勝トロフィーを獲得していたという。

「ぼくは九歳のときに一度だけ、ケヴィンに勝つというへまをやらかしたことがあるんだ。だからといっていいことはひとつもなかった。その後は父を喜ばせたくて参加はしたけど、本気で競り合ったことはない。そのうちぼくは、ケヴィンが興味をもちそうもないことをおもしろいと思うようになった。読書とか、地域社会への貢献とか、長距離ランニングとか、料理教室とか。ケヴィンからはちょくちょく女の子のことを教わった」

アレックスは新しい弾倉を装塡した。ケヴィンの弾薬をどんどん消費していたが、ふたりは大して気にしなかった。なにしろケヴィンには、新しい弾薬を買うだけの余裕がたっぷりある。

その日アレックスは納屋のなかを徹底的に調べて、現金の隠し場所をいくつか見つけた。ドラッグ取引がらみのお金の一部をくすねてアメリカに持ちこんだとしか思えない金額だ。彼女はふだん、切羽詰まっていないかぎり他人のお金には手を出さない主義だったが、今日は誘惑に抗えずに、持てるだけのお金を持ちだした。どのみち、先月より格段に貧乏になってしまったのはケヴィンのせいでもある。

「もしわたしにきょうだいがいて、高校時代にわたしより化学と生物が得意だったら、いまごろわたしはどうなっていたと思う？」アレックスは尋ねた。「その科目をあきらめていたかしら？　そして会計士になっていたかも……」

彼女は一発撃って、にっこりした。心臓に命中している。

「きみはぼくより負けず嫌いだ。一位を目指して、とことん競り合ったんじゃないかな」

ダニエルは無造作にライフルをかまえると、アレックスが撃ったものより百ヤードほど遠くにある人型を狙って発砲した。

アレックスはもう一度撃った。「たぶん、会計士のほうが幸せだったでしょうね」

ダニエルはため息をついた。「そのとおりかもしれない。ぼくは教師になってとても幸せだった。華やかな仕事ではないが、ありふれた日常もいいものさ。それなのに、世の中では、平凡であることがやたらと過小評価されている」

「わたしの知らない世界だけれど……素敵ね」

「きみは平凡じゃなかったんだな」それは質問ではなかった。

「ええ」アレックスはうなずいた。「あまり平凡とは言えなかった。運が悪かったのね」いつも賢すぎて損をしていた——それがわかるようになるまで、しばらくかかったけれど。彼女は標的の頭部を立てつづけに二回撃ち抜いた。

ダニエルは体を起こすと、長いライフルを肩に担いだ。アインスタインが足下に来て、背中を伸ばしている。「まあ、ぼくにも非凡なところが二、三あるわけだ」彼の口調から、その場の雰囲気を明るくしようとしているのがわかった。「きみはついてる。今夜、ぼくが得意分野で腕を振るうのを目の当たりにできるんだから」

アレックスもSIGザウアーを置いて、アインスタインのように背中を伸ばした。けがをしたところは、筋肉がすぐにこわばってしまう。ふだんと体の使い方が違うのは、痛むところをかばっているからだろう。これからは意識して、手足を平等に使ったほうがいい。

「楽しみだわ。それに、おなかもぺこぺこ。あなたの〝得意分野〟がキッチンだったらほんとうにうれしいんだけれど」

「そのとおりさ。行こうか?」

「このおもちゃを片付けてからね」

ダニエルはとてもくつろいだ様子で、ハミングしながら材料を刻み、調味料を振りかけ、残りの材料をソースパンに入れた。アレックスは、以前に戸棚のなかをのぞいたときはなかった新品の台所用品の数々に気づかないわけにはいかなかった。ただの通りすがりでこんなに台所用品を買いこむ人はめったにいない。お説教してやりたかったが、なんともいえないいいにおいが漂いはじめたところで雰囲気を壊したくなかった。

彼女はソファの上で横座りして、テレビのニュースを見ながらダニエルを見ていた。とくに気になるニュースはない――ほとんどが地元の事件で、あとは九カ月も先の予備選挙の話が取りあげられるだけだ。選挙のシステムにはほんとうにいらいらさせられる。この調子では、本選挙がはじまるころにはテレビを見るのをやめることになりそうだった。選挙活動の裏でどんな不正が行なわれ、選挙で選ばれた名ばかりの代弁者がどれほど重要な決定に関わっていないか、内情をたいていの人々より知っているので、左だろうと右だろうとさっぱり興味が湧かない。

アーニーはまたもやTVディナーを平らげ、そうするのが習慣なのか、七時半ごろ自分の部屋に引きあげてしまった。アレックスは手作りの料理にありつけるからとアーニーを引き留めようとしたが、彼は返事もしなかった。ダニエルが声をかけなかったのは意外だったが、きっと料理に集中していたからだろう。アレックスは手伝おうかと何度か声をかけたが、きみがしていいのは食べることだけだと、きっぱりことわられた。

ダニエルはぶつぶつ言いながら、不揃いの皿とばらばらのカトラリーとマグカップを戸棚から出した。今度はモノグラム入りの陶磁器を買いにいかないように釘を刺さなくてはならない。ダニエルが料理をぜんぶテーブルに並べたところで、アレックスは待ちかねたように立ちあがった。空腹を通り越して、部屋のなかを漂うさまざまな香りで頭がどうにかなりそうだ。ダニエルが椅子を引いて待っているのが、むかし見た古い映画の一場面のようだった。それが普通なのかしら？　よくわからないけど、違うと思う。少なくとも、自分が外食するようなところではそうだった。

それから彼は華麗な手つきでライターを取りだすと、ロールパンに差してある数字の1の形をした水玉模様のろうそくに火をつけた。

「食卓用のろうそくを探したんだが、これが精いっぱいだった」ダニエルはアレックスの表情を見て説明した。「それから、探したなかではこれがいちばんのワインだ」と言って、マグカップの隣に置いてあるボトルを指し示した。ラベルに書いてある言葉がさっぱり読めない。「アメリカのスーパーマーケットが扱うなかでいちばんいいヴィンテージだ」

彼がワインを注ごうとしたので、アレックスは反射的にマグを片手で覆った。

「お酒は飲まないの」

ダニエルは少しためらって、自分のマグに少しだけ注いだ。「アップルジュースも買ってあるんだ。それとも水を注いでこようか？」

「ジュースがいいわ」

ダニエルは立ちあがって冷蔵庫に向かった。「質問してもいいかな？　禁酒会《AA》？　それとも宗教上の理由かい？」

「安全のためよ。四年前から、感覚が鈍りそうなものは一切飲まないことにしているの」

ダニエルは戻ってくると、彼女のマグにアップルジュースを注いで、何食わぬ顔をして向かいの席に戻った。

「逃亡生活をはじめたのは三年前じゃなかったのかい？」

「そうよ。でも、いつ殺されるかわからないことに気づいたのはもっと前。そのことを受け入れると、今度はほかのことをなかなか考えられなくなったの。気を紛らわせる余裕なんてなかったし、なにか見落としてもおかしくなかった。たぶん、見落としたのよ。わたしが気を緩めなかったら、バーナビーはいまも生きていたかもしれない。じっと待っていたのが間違いだったんだわ」

「ここは安全だと思わないのかい？」

アレックスは驚いて顔をあげた。答えはわかりきっているのに。「ええ」

「ぼくがけさ、間抜けなことをしたから？」

アレックスはかぶりを振った。「いいえ、そんなことない。わたしはどこにいても、けっして安心できないの」

その返事にはまったく熱がこもっておらず、『もちろんそうよ』という言葉が見え隠れしていることはアレックス本人も自覚していた。ダニエルの表情が少し暗くなった。

「というより、ＰＴＳＤなのかも。普通はこんなふうにならないもの。ほかの人ならもっと上手に折り合いをつけたはずよ」

ダニエルは片眉をつりあげた。「そうだな。ケヴィンはこのうえなくまともに見える」
ふたりはまた笑った。この三年で、こんなに笑ったことがあっただろうか。
ダニエルがフォークを取りあげた。「それじゃ、食べようか」

15

「ううん、大げさに言ってるんじゃないの。こんな素晴らしい食事は生まれてはじめて。ふだんはファストフードばかり食べているからあまり通ぶったことは言えないけれど、本気でそう思うわ」

「そんなにほめてもらえてうれしいよ。ありがとう」

「もう一度聞くけど、これはなに？」アレックスは胃袋がもう少しだけ大きかったらよかったのにと思いながら、デザートをフォークでつついた。もう気分が悪くなるくらい満腹だけれど、せめてあとひと口食べておきたい。

「バターケーキのバナナフォスター添えだよ」

「わたしが言いたかったのは……」アレックスはどうにかひと口味わった。「どこでこんな料理を教わったの？」

「大学で、調理のコースを何コマか受講したんだ。週末にはフードネットワーク（料理番組専門のチャンネル）の番組をよく見ていたし、余裕があるときは自分で作ったりもした」

「有効に時間を使っていたのね。でもそれなら、職業の選択を誤ったんじゃないかしら」

「むかし、数軒のレストランで働いたことがあるんだが、そういう仕事をしていると、人付き合いが悪くなってしまうんだ。前の妻と付き合っていたときも……その、あまりいい顔はされなかった。だから、もっと一緒にいられるように昼間の仕事を見つけた」

「その仕事をしているだれもが自分を犠牲にするわけじゃないと思うけど」

「でも、〝自分を犠牲にする〟というのは違う。教職はなにより大切な仕事だと、いつも肌で感じていた。やりがいがあったよ。それに、家で料理ができないわけじゃない。だから、しばらくのあいだは両方こなしていた」

「それから、やめたの？」

ダニエルはため息をついた。「そう、レイニーが出ていったときに……。もめたくなかったから、彼女がほしいと言うものはなんでも持っていかせた」

その結果どうなったか、目に浮かぶようだった。アレックスは、ダニエルの離婚後の口座残高を思い出した。「身ぐるみ剝がされたのね」

「まさにそのとおり。以来、ラーメン生活だ」

「そんなの犯罪だわ」アレックスはバターケーキの残りを名残惜しそうに見た。

「人生いろいろさ」ダニエルは言った。「きみも仕事ではそれなりに傷ついている」

「少し怖くて悲しい結末を迎えることになってしまったけれど、正直言って、どのみちやめるつもりだった。これまでの人生で、自分のやりたいようにしたことが一度もないの。ただ、飛び抜けて得意なことをしてきただけ」アレックスは肩をすくめた。「つらい仕事だった」

「ぼくには想像もできない。だが、ぼくが言いたいのは……ロマンス的なことさ」

アレックスはわけがわからずに彼を見た。「ロマンス？」

「その……さっきの、悲しい結末を迎えたという話だが」

「ええ。それがどうかしたの？」

「思うに、きみの口ぶりからして、彼を……バーナビー博士を失うのは、身を切られるようにつらかっただろうと思ってね。博士のファーストネームは？　きみの口からまだ一度も聞いていない」

「ジョゼフよ。でも、いつもバーナビーと呼んでいたわ」

アレックスはジュースを飲んだ。

「それで、バーナビーはきみの恋人だったのかい？……最初から」

ぎょっとした拍子に気道にジュースが入って、アレックスはゲホゲホと咳きこんだ。ダニエルは飛びあがって彼女の背中を叩き、アレックスはしばらくしてようやく息ができるようになった。

「大丈夫」咳きこみながら言った。「……座って」

ダニエルはまだ心配そうにそばに立っていた。「ほんとうに？」

「ただ……びっくりしただけ。わたしが、バ、、、、ーナビーと？」

「たしか昨日、きみは……」

アレックスは深々と息を吸いこむと、もう一度咳払いした。「バーナビーが好きだったという話？」彼女は身震いした。「ごめんなさい、いま、生理的に絶対無理だと体が反応して……。わたしにとって、バーナビーは父のような存在だった。いい父だったわ――わたしが知っている、ただひとりの父。バーナビーがどうやって死んだか、わかったときはほんとうにつらかった。あの人がいなくなって、どんなに寂しかったか……。だから、たしかに身を切られるようにつらかった。でも、あなたが考えているようなことじゃないの」

ダニエルはゆっくりと席に戻った。しばらく考えて、彼は尋ねた。「きみが行方をくらましたときに、ほかに関係を断った人は？」

アレックスは彼を見て、頭のなかに次々といろいろな顔を思い浮かべているのだろうと思った。「その点では、あまりつらい思いはしなかったわ。こんなことを言うと相当かわいそうな人みたいだけれど、ほんとうの友人はバーナビーひとりだけだったから。あのころは仕事がわたしのすべてだった。そして仕事のことは、バーナビー以外のだれにも話してはならなかったの。とても孤立した毎日を送っていたわけ。もちろん、ラボにはほかの人もいたわ……たとえば、尋問対象者の準備をする下働きの人たちとか。その人たちはそこでなにが行なわれているのか大まかには知っていたけれど、わたしたちがどんな情報を引きだそうとしているのか、それについてはなにも知らなかった。それに、なんといっても、その人たちはわたしを怖がっていたの。わたしの仕事を知っていたのね。だから、あまり無駄話もしなかった。そのほか、尋問室の外でさまざまな作業をこなしてくれるラボの助手も何人かいたけれど、その人たちはわたしたちがなにをしているのか知らなかったから、うっかり口を滑らさないように気をつけなくてはならなかった。ときどきほかの政府機関から人が来て、特定の尋問を見学していくこともあったわ。でも、どういう視点で尋問するか、指示をもらう以外にその人たちと口をきくことはほとんどなかった。その人たちはたいてい、わたしの後ろからマジックミラーで見ていて、上司のカーストンが情報をくれるの。カーストンは友人のようなものだと思っていたわ。でも、あの人はわたしを殺そうとしているだけだった……。こんな感じだから、あなたとわたしでは比べものにならないの。見たところ、わたしのほうが明らかに失うものが少ないみたい。〈部署〉に雇われる前だって……たぶん、ほかの人みたいにだれかと親密になるということができないのよ。さっき自分で言ったけれど、〝かわいそうな人〟なんだと思うわ」

ダニエルはほほえんだ。「とくにかわいそうだとは思わないけどな」

「そう？　ありがとう。さあ、遅くなったわ。後片付けは手伝わせて」

「いいとも」ダニエルは立ちあがって伸びをすると、さっさと皿を重ねはじめた。アレックスは彼がぜんぶ片付けてしまう前に、慌てていくつか食器を集めなくてはならなかった。「でも、夜はまだこれからだ」ダニエルはつづけた。「きみとの約束のもう半分をこれから果たさないといけない」

「え？」

ダニエルは笑った。彼の両手がふさがっていたので、アレックスは食器洗浄機を開けた。彼女が食器を下の段に、ダニエルが上の段に食器を入れ、大きな皿をシンクに置く。息の合った共同作業はスムーズに進んだ。

「憶えてないのかい？　たった数日前の出来事なのに。まあたしかに、もっと前のようにも思えるな。数週間前とか」

「なんのことだか、さっぱり」

ダニエルは食器洗浄機を閉めると、カウンターにもたれて腕組みをした。アレックスは待った。

「思い出してごらん。その……妙なことになる前のことを。きみは約束した。『今夜ひと晩一緒に過ごしてもまだわたしのことが好きなら』……」

ダニエルは眉をつりあげて、彼女が思い出すのを待った。

――そうだった。ダニエルはバスで交わした会話のことを言っているのだ。あのときのことを彼がそんなに気安く持ちだしたことに、アレックスはたじろいだ。彼の人生が平凡だった最後のひととき――なにもかも奪われる前の最後の瞬間。彼女自身はその計画の立案者ではなかったが、当事者の手足として利用されていた。

「そういえば……あなたの家の近くにある大学で、外国の映画がどうとか……そのことかしら？」

「そのとおり――でも、そこまで具体的に出てくるとは思わなかったな。もう大学の映画館は近くて便利というわけじゃない。でも……」ダニエルは後ろの食器棚を開けると、いちばん上の棚からなにかを取りだした。そして満面の笑みで振り向くと、アレックスにＤＶＤのケースを見せた。カバーは色あせた写真――赤いドレスを着て、幅広の黒い帽子をかぶった美しい女性がこちらを見ている。

「どうかな?」

「いったい、どこでこんなものを見つけたの?」

彼の笑顔が少し控えめになった。「リサイクル屋に立ち寄ったときに見つけた。ついていたよ――ほんとうに素晴らしい映画なんだ」そして、アレックスの顔をうかがった。「きみはいま、こう考えている。『この間抜けな人が立ち寄らなかった店があるのかしら? 夜明けまでにみんな死んでしまう』」

「そこまではっきりとは思ってないわ。それに、もしそこまでまずいと思っていたら、いまごろアーニーのトラックに乗って、闇に紛れて逃げだしているわよ」

「軽はずみなことをして、ほんとうにすまなかった。それでも、こんな掘り出し物とめぐり会えてぼくはとても幸せなんだ。きみもきっと気に入る」

アレックスはかぶりを振った――同意できないのではなくて、ただただ不思議だった。どうして自分の人生はこんな妙なことになってしまったのだろう。一歩間違えたと思ったら、これまで出会っただれよりも優しくて……無垢な人と一緒に字幕入りの映画を観ることになるなんて。

ダニエルは彼女のほうに一歩踏みだした。「答えはイエスのはずだ。約束は守ってもらう」

「わかった、観るわよ。ただ、理由を説明してもらわないと――どうしてまだわたしのことが好きなのか……」最後の言葉は尻すぼみになった。

「説明ならできる」

ダニエルがさらに一歩踏みだしたので、アレックスはアイランドカウンターまであとずさった。彼が両脇のカウンターに手をついて前かがみになる。さわやかな柑橘系のシャンプーの香りがした。すぐ目の前に顔があって、ひげを剃ったばかりだとわかる――滑らかな顎。下のほうにカミソリ負けの痕がある。

目の前まで接近されてどぎまぎしたが、怖くはなかった。地球上のどの人がそばにいても怖いと思うはずなのに、ダニエルだとそうはならない。危険な人でないことはわかっていた。けれども、彼が顔を近づけ、目を閉じようとしても、その意図がわからなかった。開きかけた唇がもう少しで自分の唇に触れるというときになってようやく、キスしようとしているのだとわかった。

アレックスはパニックになった。そうなると、体に染みついた反応が無意識のうちに表れる。

さっと体をかがめて彼の腕の下をくぐり、足を滑らせて止まりながら振り返った。反射的に両手でベルトを探ったが、いまは身につけていない。

そしてダニエルのぎょっとした顔を見て、あたかも彼からナイフを喉に突きつけられたように反応してしまったことに気づいた。体を起こして両手をおろした。顔が燃えるように熱い。

「あ……ごめんなさい。ごめんなさい！　その……びっくりしたものだから」

ダニエルの表情は、恐怖から驚きに変わった。「いや……そんなに速く動いたつもりはなかったんだが……考えなおしたほうがよさそうだ」

「わたしは、ただ……ごめんなさい。いまのはなに？」

かすかな苛立ちが彼の表情をよぎった。「もちろん、きみにキスしようとしたんだ」

「そんなふうに見えたけれど、でも……なぜ？　なぜわたしにキスするの？……わからない」

ダニエルはかぶりを振って、ふたたびアイランドカウンターにもたれた。「そうか……きみとは同じことを考えていると思っていたんだが、いまは英語が第二外国語になった気分だ。きみはここで、なにが起きていると思った？　ディナーデートをして、あんなちっぽけなろうそくを灯して」彼はテーブルに顎をしゃくると、アレックスのほうに近づいてきた。

アレックスはあとずさりたいのを懸命にこらえた。頭が混乱しているけれど、さっきの突発的な行動が失礼だったのはわかる。ダニエルの気持ちを傷つけたくなかった。たとえ彼がどうかしていたとしても。

「きみだって、気づいていたはずだ」ダニエルはため息をついた。「――ぼくがどれだけひんぱんに……きみに触れていたか」彼はすぐ目の前で立ち止まると、片手の甲でアレックスの腕をさっと撫でた。「ぼくの星では、そういう行為は恋愛対象として心が惹かれていることを意味する」彼はまたアレックスに顔を近づけた。「教えてくれないか。そういう行為が、きみの星ではなにを意味するのか」

アレックスは息を吸いこんだ。「ダニエル、あなたがいま体験しているのは、ある種の感覚遮断反応なの。ラボで見たことがあるんだけど……」

　ダニエルは面食らって一歩あとずさった。

「これはあなたが経験したことに対する、まっとうな反応なの。それも、状況を考えると、とても穏やかな反応だわ」アレックスはつづけた。「あなたはとてもよくやっている。普通なら、いまごろすっかり神経をやられているはずよ。あなたのいまの気持ちは、以前に感じた感情と似ているかもしれない。でも、保証するわ——それは恋愛対象として関心があるということじゃないの」

　そのあいだにダニエルは落ち着きを取り戻したが、彼女の説明に納得も安心もしていないのは顔を見ればわかった。眉をひそめ、不満そうに口を曲げている。

「つまり、きみはぼくよりぼく自身の感情がわかっていると——」

「さっきも言ったけれど、ラボでそういう人を見たことがあるの」

「〝そういう人〟って？」ダニエルは言葉尻をとらえた。「きみはラボでさぞやいろいろなものを見てきたんだろう。でも、これだけはたしかだ。ぼくが恋愛対象として相手に興味をもっているかどうかは、ぼく自身がいちばんよくわかっている」怒った口ぶりなのに笑みを浮かべて、彼は近づいてきた。「だから、きみの唯一の根拠がラボでの例だけなら——」

「唯一じゃない」アレックスはしぶしぶ口を開いた。この手のことは、そうすんなりと話せることではない。「わたしは……仕事に没頭していたかもしれないけれど、それ以外のことにまったく無関心というわけじゃなかった。わたしがどういう人間か知っている男性——あなたもそうだけれど――にどんな目で見られているか、ちゃんと承知していたわ。その人たちがそう思う気持ちは理解できるし、否定するつもりもない。ケヴィンは敵意を剥きだしにしていたけれど、あれは正常で、理にかなった反応なの。これまで、何度もそういう人を見てきたわ――恐怖や、怒りをあらわにする人に、身体的な優位をやたらと強調してくる人。わたしはとても暗くて怖い世界にいる悪い人間なの。死をも恐れない猛者ですら震えあがらせて、そうした人たちが誇りにしていることをことごとく取り去ってしまう。彼らが守りとおしてきたものすべてを裏切るように仕向けることができる。わたしは彼らにとって、悪夢に出てくるモンスターなのよ」そんな自分を受け入れるまでには、いくらか痛みが必要だった。

彼女のことを知らない外部の人間なら、悪魔でなく女性として見てくれることはわかっていた。いざとなれば、セイウチそっくりのホテルの支配人相手にそうしたように、か弱い女性になりきることもできる。少年になりきるのと少しも変わらない、どちらもだましの手口として有効だ。けれども、たとえ女性と見なされていても、相手はそういう目で……欲望の対象としては見てくれない――そこまで女らしくないから。でも、それでかまわない。自分には持って生まれた頭脳があるのだから。なにもかも望むなんて贅沢だ。

ダニエルはなんの感情も見せずに、彼女が話し終わるのをひたすら待っていた。話していることがあまり伝わっていないような気がして、アレックスは言った。「わたしの言ってることがわかる？　わたしはもともと、恋愛対象になるような女ではないの」

「きみの話はわかる。ただ納得がいかないだけだ」

「どうしてよりによってあなたからそんなことを言われるのかしら」

「第一に――といっても、それほど肝心のことではないんだが――ぼくはきみを怖いと思わない」

アレックスは苛立たしげに息を吐いた。「どうして？」

「なぜなら、ぼくが何者かきみが知っている以上、もうきみになにかされる危険はないからさ。ぼくがなにかされる側の人間にならないかぎり、それは変わらない」

アレックスは納得がいかなかった。ダニエルが言っていることは正しい……でも、それはほんとうの問題ではない。

「第二に――これもまた肝心のことではないんだが――きみがこれまで知り合った男たちは、ことごとく悪い人間だった。きみの特殊な仕事のせいだと思うが」

「そうかもね。ところで、あなたはなかなか切りださないけれど、その〝肝心なこと〟ってなんなの？」

ダニエルがふたたびどぎまぎするほど近くに来た。「ぼくがどう感じるか。そして、きみがどう感じるかだ」

アレックスはひるまなかった。「自分がなにを感じているのか、どうやってわかるの？あなたはこれ以上ないほど精神を痛めつけられているのよ。これまでの生活をそっくり失って、あなたに残ったのは、完全には信頼できない兄と、あなたを拉致して拷問した女と、アーニーだけ。だから、あなたがわたしに惹かれるか、アーニーに惹かれるかは、たぶん五分五分だったんじゃないかしら。まさに典型的なストックホルム症候群だわ、ダニエル。わたしはあなたの人生に存在するただひとりの女性で、ほかに選択の余地はない。冷静に考えてみて――いまこんなふうになるのがどんなにまずいことか。肉体的かつ精神的に苦しいときに芽生えた感情なんて、当てにならないのよ」

「そうかもしれない。ただし、ひとつ言わせてくれないか」

「なにかしら？」

「きみがぼくの世界に存在するただひとりの女性になる前から、ぼくはきみがほしいと思っていた」

アレックスがたじろぐのを見て、ダニエルは彼女の肩に両手をそっと置いた。彼の手のぬくもりが伝わってきてはじめて、アレックスは寒くて震えていたことに気づいた。

「電車のなかできみに話しかけたときに、こんなことをしたのははじめてだと言ったのを憶えているかい？　あれはある意味、控えめな表現だったんだ。それまでのぼくは、当たり障りのないやりとりを三週間くらいつづけないと――それも女性のほうからさんざんせっつかれないかぎり――女性をコーヒーショップにも誘えないやつだった。それが、きみと会ったときは違った。きみにもう一度会うためなら、自分の安全地帯の外に何マイルでも飛びだすつもりだった」

アレックスはかぶりを振った。「ダニエル、あのときは、あなたにトリプタミンを注射していたの。あなたはハイになっていたのよ。エクスタシーと似たような効果をもたらす化合物のせいで」

「はじめはそうじゃなかった。ちゃんと憶えているんだ。きみにチクリとされてから、なにかが変わった。いろいろと混乱しはじめたのはそれからだ。でも、そのドラッグを打たれる前から、ぼくはもうぞっこんだった。ストーカーだと勘違いされずにきみと同じ駅で降りるにはどうしたらいいか、あれこれ考えていたくらいだ」

アレックスはひとことも言えなかった。なにしろ距離が近すぎる。ダニエルはなおも肩をそっと抱いたまま、少し頭をかがめて顔を近づけてきた。

彼の言葉をはじめて本気で考えるようになったのはそのときだった。ダニエルを拉致してからというもの、彼から言われたことやされたことは、トラウマの後遺症としてことごとく受け流すようにしてきた。自分のことを切り離して彼を尋問対象者さながらに分析してきたのは、ダニエルの言動のどれひとつとして自分に関わるものではないと思っていたからだ。それはすべて、彼が経験したことに対する通常の反応におさまっていた。

アレックスは、過去に男性からこんなふうに見つめられたことがなかったか記憶を遡《さかのぼ》ったが、逃亡後の三年間で彼女が関わりを持った人々は、男だろうと女だろうと、みな危険をもたらす可能性があった。その前にラボにいた六年間は、彼女がついさっきやりきれない思いで説明したように、仕事に関わりのあったすべての男性から恐れられていた。さらにさかのぼって医科大学院時代は、親しくなった男性が何人かいたが、いずれも恋愛にはほど遠い関係だった。その当時も彼女はなによりもまず科学者だったし、付き合った男性たちも同じだった。そもそも彼らが親しくなったのは、コンピュータに長時間一緒にログインしていた時間が膨大だったのと、一般人の九九・九九パーセントが理解不能なきわめて特殊なことに興味を抱いていたからだ。どの男性とも、たがいに妥協していただけで、たいして親密な関係にならないのは当然だった。

そしてどの男性も、こんな表情はしていなかった。傷だらけのこの顔を……打ちのめされて腫れあがったこの顔を、ひたむきな、びりびりするようなまなざしで見つめてくる。そこではじめて、純粋に見栄っ張りな理由から、見るに堪えない顔を恥ずかしく思った。彼女は両手を力なくおろしていたが、子どものように隠れたくなって、片方の手をあげてできるかぎり顔を覆った。

「ぼく自身、ちゃんと考えた上で言ってるんだ」ダニエルの声にはほほえみを思わせるような響きがあった。

アレックスはかぶりを振るしかなかった。

「もちろん、いくら言ったところで、きみが同じように感じていなかったら意味がない。今夜は少し自信過剰だった」彼はいっとき口をつぐんでつづけた。「ぼくたちはまったく違う言葉を話しているんだったな。きみの気持ちを読み違えていた」

ダニエルは彼女の答えを待つように間を置いたが、アレックスはすっかり困惑していた。

「ぼくを見て、なにを連想する?」ダニエルが尋ねた。

アレックスは片手を少しずらして彼を見あげた。はじめて出会ったときから理解しようとしてきた、こちらが戸惑ってしまうほど正直そうな顔。どういう意味かしら？　答えは無数にある。

「なんて答えたらいいのかわからないわ」

ダニエルは一瞬、眉をひそめた。あと一歩さがってくれたら、もっとまともに考えられるのに。それからダニエルは、覚悟を決めたように肩をそびやかした。

「なにもかもさらけだす必要がありそうだな。代わりにこの質問に答えてくれないか。ぼくを見たときに連想する、いちばんよくないことはなんだい？」

考える間もなく、正直な思いが口から飛びだした。「足手まとい」

その答えは相当こたえたようだった。望みどおりダニエルはあとずさったが、離れると今度は寂しくなった。どうしてここはこんなに寒いの？

ダニエルはうなずいた。「たしかにそうだ。まったくそのとおり。ぼくはまったく間抜けなやつだ。きみを危険に陥れたことを忘れるわけにはいかない。おまけに――」

「違うの！」アレックスは誤解を解こうと、おずおずと進みでた。「わたしが言いたいのはそういうことじゃない」

「優しくしなくていい。いまの状況で、自分が役立たずなことはわかっている」ダニエルは入口のほう――ふたりを殺そうとしている世界のほうに手を振った。

「あなたは役立たずじゃない。普通の人でいるのは悪いことじゃないの。あとはこれからわかってくるわ。わたしが言いたかったのは……切り札になってしまったということよ」彼の打ちひしがれた顔を見ると、そう言わずにはいられなかった。彼女はさらに一歩近づいて、彼の大きくて温かな手を氷のように冷たい手でつかんだ。彼の瞳に浮かんでいた苦しみが〝切り札〟という言葉で戸惑いに変わったのがわかる。彼女はほっとして、急いで説明した。「ケヴィンとわたしが〝切り札〟について話していたのを憶えてる？　ケヴィンを表に引っ張りだすために、当局には切り札としてあなたが必要だったという話を」

「ああ、ただの役立たずより、そのほうがずっと気が楽だ」

「この話にはまだつづきがあるの」アレックスは大きく息を吸いこんだ。「わたしはこれまで、〈部署〉に弱みを握られたことがなかった。家族も同然なのはバーナビーだけ。子どもが何人かいて、〈部署〉が爆破するぞと脅しそうな郊外の家に住んでいるきょうだいなんてひとりもいないし、大切にしている人もいなかった。ひとりぼっちだけれど、そのぶんしがらみがなかったの。命を守らなくてはならないのは自分ひとりだった」

ダニエルは彼女がなにを言おうとしているのか考えているようだった。アレックスはさらにつづけた。

「たとえば、もし……もしあなたが〈部署〉のものになったら――」彼女はゆっくりと話しだした。「なんらかの方法で〈部署〉に拉致されたら……わたしはあなたを捜さないといけなくなる」それは恐ろしいことにほんとうだった。どうしてほんとうなのかはわからないし、わかったところで答えは変わらない。

ダニエルは目を見開いた。そのまま固まってしまったように見える。

「そうなったら、〈部署〉が勝つでしょうね」アレックスは言った。「そして、わたしたちはふたりとも殺される。でも、だからといって、あなたを捜すのをあきらめるつもりはない。ね、わかるでしょう？」彼女は肩をすくめた。「あなたは〝足手まとい〟なの」

ダニエルはなにか言おうとして口をつぐんだ。それからそわそわとシンクまで行って、また彼女のところに来た。

「なぜぼくを捜すんだ？　気が咎めるから？」

「それもあるわ」アレックスは正直に言った。

「だが、この件にぼくを引っ張りこんだのはきみじゃない。きみがいたからぼくが選ばれたんじゃない」

「わかってる――だから『それもある』と言ったの。たぶん三分の一くらい」

ダニエルはかすかにほほえんだ。「それじゃ、残りの三分の二は？」

「残りの三分の一は……正義感？　しっくりこない言葉だけれど。でも、あなたのような人が……そんな目に遭うことはないと思うの。あなたはだれよりもいい人だもの。あなたのような人が日陰の世界にいるなんて間違ってる。とんでもない間違いだわ」

必要以上にむきになって説明するうちに、アレックスは彼をまたもや混乱させてしまったことに気づいた。ダニエルは、自分がどんなに特別な人間かわかっていないのだ。こんな汚れた場所にいるような人ではない。ダニエルにはとにかく……無垢ななにかがある。

「そして最後の三分の一は？」しばらく考えてから、ダニエルが尋ねた。

「それがわからないの」アレックスはうめいた。

どうしてダニエルを中心に人生がまわるようになってしまったのだろう。将来そばにいるはずがないのに、どうして勝手にそうなると思ってしまったのだろう。ダニエルから目を離すなとケヴィンから言われたときに、どうしてあんなにも真剣に――そしてあんなにも……そうしなくてはと思って返事をしたのだろう。

アレックスはダニエルを見て、困って両手を広げた。ほかに言葉が見つからない。

ダニエルは少しほほえんだ。「そうだな、〝足手まとい〟という言われようも、いまならそれほどひどくない気がする」

「わたしはそうは思わない」

「もし〈部署〉がきみを殺しにきたら、ぼくだって体を張って阻もうとするだろう。だから、きみもぼくの〝足手まとい〟になるわけだ」

「そんなことはしてほしくない」

「ふたりとも死んでしまうから？」

「ええ、そうよ！　〈部署〉がわたしを始末しにきたら、あなたは逃げて」

ダニエルは笑った。「見解の相違だな」

「ダニエル――」

「きみに目を向けたときになにが見えるか話そう」

アレックスは無意識のうちに肩をすぼめた。「いちばん悪いことを教えて」

ダニエルはため息をつくと、指先でそっと彼女の頬に触れた。「この痣だ。胸が痛む。しかし、ほんとうにひねくれて間違った考え方だが、この痣には感謝しているんだ。ひどいやつだろう？」

「感謝？」

「もし兄がきみをめった打ちにしなかったら、きみは姿を消してしまって、二度と見つけだせなかった。そのけがをしたせいで、ぼくたちに頼らなくてはならなくなって……ぼくのそばにとどまってくれた」

そう言いながら、ダニエルの表情はとても不安そうになった。それとも、不安げなのは彼の指先だったのだろうか。

「きみに目を向けたときに、ほかに見えるのは――」

アレックスはおずおずと彼を見あげた。

「ひとりの女性だ……ほかのどの女性よりもたしかに存在している女性が。きみを見ていると、ぼくの知っている人はことごとく中身がなくて、不完全な存在に思えてくる。ぼくは前の妻を愛していた――ぼくがハイになっているときにきみが鋭く指摘したように――自分でつくりあげた彼女のイメージを愛していた。それはほんとうだ。だが、彼女はけっしてそこにいなかった――きみと違って。これまで、きみほど心から惹かれた人はない。はじめて出会った瞬間からそうだった。まるで……重力を知らない人間がはじめて本で学ぶのと、実際に落下を体験するのと同じくらい違った」

　ふたりはじっと見つめ合った。何時間にも思えたが、数分か、数秒だったかもしれない。彼は、はじめは指先でアレックスの頬にそっと触れているだけだったが、しまいには手のひらで彼女の顎を包みこんでいた。親指でごく軽く下唇を撫でていたが、もしかしたら気のせいだったかもしれない。

「どう考えても無理があるわ……」アレックスはささやいた。

「ぼくをがっかりさせないでくれるね？」

　首を横に振ったかもしれない。

　ダニエルはもう片方の手で頬を包みこんだ——そっと触れたので痛くない。プラズマボール（透明なガラス球体の中心電極を放電させると放射状に色鮮やかな光のビームが伸びる）の内側に入ったようにびりびりする。

　彼の唇が優しく押しつけられると、アレックスは自分自身に言い聞かせた。わたしは十三歳の女の子じゃない、これはファーストキスでもない、だから——そこで彼が両手を髪に差し入れて、唇を開いてもっとしっかり重ねてきたので、それ以上考えられなくなった。言葉をどうやってつなげたらいいのかわからない。

　思わずたじろぐと——ほんの少しあえいだだけ——ダニエルは大きな手のひらで彼女の頭を挟んだまま、顔をわずかに離した。

「痛かったかい？」

　キスをつづけてほしいのに言葉が思い浮かばなくて、アレックスはつま先立ちになり、彼の首に両腕をまわして引き寄せた。彼は抵抗しなかった。

彼女の腕がドラッグのように効き目があったのか、それとも身長がかなり違うせいで背中が悲鳴をあげはじめたせいか、ダニエルは唇を重ねたまま、彼女の腰をつかんでアイランドのカウンターに引っぱりあげた。アレックスが反射的に彼の腰に両脚をからめると、彼も両腕で抱きしめ、ふたりの体は一体になった。アレックスは彼の髪に指を差し入れてようやく、その奔放な巻き毛にずっと惹かれていたことを認める気になった。彼が意識を失っていたときに、その髪にひそかに、まったくプロらしくないやり方で指を絡ませていたことも。

このキスには嘘偽りのない、いかにもダニエルらしいなにかがあった。まるで彼の人となりが――彼の香りや味と一緒に――ふたりのあいだをびりびり流れている電流のなかに混じっているような……。さっき彼が言ったこと――彼女がいかにたしかな存在か――が、いまならわかるような気がする。ダニエルは彼女にとって未知の存在であり、まったく新しい経験だった。まるで、はじめてキスしているよう――これまで経験したどんなキスよりも鮮やかで、理性を飛び越えたキス。考える必要なんてない。

考えないことが、こんなにも素晴らしいなんて。

いまはダニエルとのキスがすべてだった――息を吸って吐くことに目的がないのと同じだ。

ダニエルは彼女の喉に、こめかみに、頭のてっぺんにキスした。そして彼女の頭を顎の下におさめてため息をついた。

「まるで、こうするのを百年も待っていたような気分だ。時間の流れが止まったような気がする。きみといる一秒一秒が、これまでの人生より価値があるんだ」

「こんなふうに簡単にしてはだめよ」彼がキスをやめると、考える余裕ができてしまう。そんなふうにならなければいいのに。

ダニエルは彼女の顎を上向けた。「どういう意味だ？」

「もう少し……ぎこちないものじゃないの？　鼻がぶつかるとか、そんなことよ。その、キスをするのはしばらくぶりなんだけれど、そんな気がして」

ダニエルは彼女の鼻にキスした。「普通はそんな感じだ。でも、ぼくたちがこうなった経緯は、どこから見ても普通じゃない」

「どうしてこんなことになったのかしら。こうなる確率はあり得ないほど低かったのに。あなたはわたしを殺すために仕込まれたただの餌だった。そしてたまたま、あなたは……」最後の言葉が浮かばなかった。

「きみが望んだとおりの男だった」ダニエルはふたたび唇を重ねたが、今度はすぐに離した。「正直に言おう。きみのような人にめぐり会えるとは思わなかった」

「きっと宝くじに当たる確率があがるわよ」

「運命を信じるかい？」

「もちろん、信じない」

彼は鼻で笑った。「それじゃ、〝因縁〟も？」

「どちらも現実ではないもの」

「証明できる？」

「はっきりとは証明できないけれど、だれも現実とは証明できないわ」

「それなら、これ以上ないほどあり得ないめぐり合わせだということだ。ただ、ぼくは、この宇宙はバランスで成り立っていると思うんだ。ぼくたちはふたりとも、これまでひどい目に遭わされてきた。たぶん、これでバランスが取れるんじゃないかな」

「そんなの合理的じゃ――」

アレックスは唇をふさがれて、言おうとしていたことをすぐに忘れてしまった。彼は唇を頬から耳元へと滑らせた。

「頭でっかちに考えすぎだ」ダニエルはささやいた。

それから彼の口が唇に戻ってきたので、アレックスは応じずにはいられなかった。頭で考えるより、このほうがいい。

「『インドシナ』がまだだった」彼がつぶやいた。

「え？」

「映画だよ――ぼくがみんなの命を危険にさらして手に入れた。だから、せめて――」

今度は、アレックスが最後まで言わせなかった。

「明日観よう」キスの合間に、彼は言った。

「明日ね」アレックスは応じた。

16

翌朝目を覚ましたアレックスは期待に胸をときめかせると同時に、自分がとんでもない間抜けになった気がした。

正直な話、なにかまとまったことを考えようとするたびに、昨日のこと――ダニエルの顔や彼の手の感触、喉にかかる彼の息――が思い出されてうまくいかなかった。もちろん、期待に胸をときめかせているというのはそうしたことに対してだ。

考えなくてはならない問題は山ほどある。ゆうべ――どちらかというとけさだった――階段をのぼりきったところで何百回目かのおやすみのキスを交わしたころには、くたびれ果ててなにも考えられなくなっていた。かろうじてセキュリティ装置を取りつけ、ガスマスクをかぶったところで、意識を失ってしまった。

けれども、たぶんこれでいいのだろう――混乱して、正気で足を踏み入れたとは思えないこの状況をきちんと理解できないほうが。いまでさえ、ダニエルはたぶん目を覚ましてどこかにいると思うと、ほかのことがなにも考えられなくなる。彼にまた会いたくてたまらないけれど、会うのが少し怖い気もした。ゆうべ信じられないほど盛りあがった感情――あんなにも自然で、あらがえないように思えた感情が消えてしまっていたら？　ふたりが突然赤の他人に戻って、なにも言うべきことが見つからなかったら？

彼に対する気持ちがそのままつづくなら、このままのほうがやりやすいかもしれない。今日か明日、もしくはその次の日には、ケヴィンが電話してくるはず――。ああ、ケヴィン。あの人がこの成り行きを知ったらどんな反応をするか、目に浮かぶようだ。

アレックスはかぶりを振った。そんなことはどうでもいい。なぜなら、今日か明日、ケヴィンから電話が来たら、ネズミどもを慌てさせる電子メールを送ることになっているから。ケヴィンはネズミのリストをつくり、自分のネズミを追いかける。そのときは自分もネズミを取り逃がさないように、すぐ行動に出なければならない。ダニエルをここに残して、報復攻撃に出る――まず戻れないことは充分承知のうえで。それをどう説明したら？　あとどれくらい時間がある？　せいぜい二日？　よりによってこんなときに。

ダニエルとずっと一緒に過ごせることを期待して一日をはじめるのは間違っている気がした。そんなのは欺瞞《ぎまん》だ。ダニエルはケヴィンの話を聞いていたけれど、その意味に気づいているとは思えない。こんなにもすぐに彼をひとりで残していくことになるとは思わなかった。人目を忍んで生きる技術を手ほどきできたらよかったのに。射撃練習をもっとしてもよかった。

いろいろ考えるうちに、アレックスはすっかり意気消沈してしまった。ゆうべは無責任な行動を取ってしまった。ダニエルの思いに少しでも気づいていたら、歯止めがきかなくなる前にうまく受け流すことができたかもしれない。ダニエルとのあいだに、ある程度の距離を置くこともできたかもしれない。それが、ゆうべは完全に不意を衝かれてしまった。

まっとうな人を理解するのはもともと得意ではなかった。もっとも、ほんとうのわたしを魅力的だと思うような人がまともなはずはないのだけれど。

外から犬の吠え声が聞こえた——どうやら、犬たちが納屋から戻ってきたらしい。いまはまだ朝なのかしら？　それとも昼？

アレックスは着替えをつかむと、セキュリティ装置を取り外して、足音を忍ばせてバスルームに入った。歯を磨かないうちはダニエルに会いたくない——そんなことを考えるなんてどうかしている。ダニエルにまたキスしていいはずがない。そんなことをしたらおたがいのためにならないに決まっている。

廊下は暗くて、バスルームにはだれもいなかった。ダニエルの部屋に通じるドアが開いているが、そこにもだれもいない。アレックスは大急ぎで洗顔をすませると、少しは顔のけがましになっていることを祈りながら鏡をさっと見た。唇がまた腫れているのはゆうべキスしたせいで、自業自得だ。眠っているあいだに接着剤がはがれて、下唇の真ん中に少し色が濃いみみず腫れができている。どうやら唇の形が永久に変わってしまいそうだった。

階段をおりるとテレビの音が聞こえた。リビングに入ると、ダニエルが薄型テレビの下側にある操作パネルに顔を近づけていた。入口のドアが開いていて、スクリーンドアを通して入ってきた暖かなそよ風が、ダニエルの後頭部の巻き毛を揺らしている。

ダニエルはぶつぶつ独り言を言っていた。「なんで五つも入力オプションが必要なんだ？」目にかかる髪を掻きあげて、さらにつぶやいた。「ＤＶＤを見るだけで……なにもスペースシャトルを飛ばそうとしているわけじゃないんだ」

いかにも〝ダニエルらしい〟彼を見て、アレックスは不意に踵を返して二階に戻りたくなった。言うべきことを、どうやって伝えたらいいのかしら？　ダニエルを悲しませてしまうと思うと、よけいに心苦しくなってくる。

ローラが入口の外から吠えたのはそのときだった。スクリーンドア越しに、かまってほしそうな目で彼女を見ている。ダニエルはぱっと振り向いてアレックスを見つけると、満面の笑みを浮かべた。そして長い脚でさっと部屋を横切ると、喜びをあらわにして彼女を持ちあげ、ぎゅっと抱きしめた。

「おはよう」彼は言った。「なにか食べるかい？　オムレツの材料ならそろってる」

「いいえ」アレックスは気まずい状態から抜けだしたくてそう答えたが、それと同時におなかが鳴った。

ダニエルは彼女をおろすと、怪訝そうに眉をつりあげた。

「その……食べるつもりだったんだけれど、その前に少し話をしてもかまわないかしら？」

ダニエルはため息をついた。「目が覚めたら、きみはまた理詰めで考えたくなるんじゃないかと思ったんだ。その前に一度だけ……」

アレックスは頭をかがめて逃げだしたかった。後ろめたくてたまらない。けれどもその気持ちは、キスを返したいという衝動ほど強くなかった。いましなければ、今度いつキスできるかわからない。それはとても優しくて、柔らかくて、ゆっくりとしたキスだった。唇のけがを気づかってくれているのだ。

唇が離れると――離したのは、すっかり自制心をなくした彼女でなくダニエルだった――今度は彼女がため息をつく番だった。

ダニエルは彼女の手を取ると、ソファに連れていった。手をつないだほうの腕にびりびりと電流が走っている。こんなふうにされるがままになっている自分が苛立たしかった。はじめて彼と手をつないだからといって、それがどうしたというの？　しっかりして。

ローラがまた期待を込めて吠えたので、アレックスは申し訳なさそうに一瞥《いちべつ》した。カーンとアインスタインは二匹ともポーチで丸くなっている。カーンは毛皮で覆われた大きな岩と化していた。

ダニエルは途中でリモートコントローラをつかむと、テレビの音を消した。そしてアレックスの手を取ったまま、彼女を隣に座らせた。まだほほえんでいる。

「当ててみようか。きみはぼくたちが軽率だったと思っている」

「ええと……そうなの」

「なぜなら、なれそめからして、ぼくたちがほんとうにうまくやっていけるとは思えないから。たしかに、ハリウッド映画のようなときめく出会いじゃなかったことは認める」

「そうじゃなくて……」アレックスは彼の手に目を落とした。彼女の手をすっぽり包みこんでいる。

もしかしたら、それまでの考えが間違っていたのかもしれない。いま進行している報復計画が検討不足だったのかもしれない。ここでまた逃げても、まずいことはひとつもないのだ。失ったお金なら取り戻せる。シカゴに行って、ジョーイ・ジャンカルディと和解して、ふたたびマフィア専属の医者になってもいい。〈部署〉に追われていることを話したら、ファミリーは保護してくれるかもしれない。

それとも、どこか僻地のダイナーで働いて、よけいなもの——たとえばトリプタミンやオピオイドや罠の仕掛け——を持たずに暮らすこともできる。ずっとおとなしくしているなら、すでに持っているＩＤでやっていけるかもしれない。

「——アレックス？」ダニエルの声が聞こえた。

「……これからのことを考えていたの」

「ぼくたちが末永く仲良くやっていけるかということかい？」

「いいえ、末永くは無理。ゆうべあったことを——明日あることでもいいわ——考えたんだけれど……」アレックスはとうとう顔をあげて彼を見た。ダニエルの淡いはしばみ色の瞳は少し戸惑っているだけだ。いまのところは。

「もうすぐ、ケヴィンが電話してくる」

ダニエルは顔をしかめた。「ああ、そのことを忘れていた。ぼくとしては、電話でさりげなく言うほうがいいと思うんだ——ところでケヴ、ぼくはアレックスを愛してるんだ——面と向かって言うよりいいと思わないか？」

ダニエルはおどけてその言葉を口にしたが、アレックスは自分の神経系にまたもやびりびりと電流が走ったのがまったく気に入らなかった。そんな台詞を気軽に使わないでほしい。でもやはり、びりびりする。

「わたしが心配しているのはそんなことではないの。計画のことは憶えているわね」

「ケヴの準備ができたら、電子メールを送る。ケヴはだれが動くか監視する。それからぼくたちはケヴと落ち合って……」そこでダニエルは眉をひそめた。「それから、きみとケヴは――『連中を引っ張りだす』だったかな？　それはとても危険なことなんだろう？　ケヴひとりに任せるわけにはいかないのか？　ケヴはかまわないと思う。そういうことが好きみたいだから」

「そんな取り決めはしていないわ。それに、ダニエル……」

「なんだ？」ダニエルの口調が険しくなりかけていた。ようやくわかってきたらしい。

「ケヴィンもわたしも……その、敵がわたしたち用の〝切り札〟を手にしたら、全力を尽くせなくなってしまう」

その言葉はふたりの上にのしかかり、あたりを重苦しい沈黙で包んだ。

ダニエルは瞬きもせずに彼女をじっと見つめた。アレックスは待った。

「冗談だろう？」彼はようやく、ささやくように言った。「きみを行かせて、ぼくはここでのんびりしていろというのか？　きみが命の危険を冒しにいくのに」

「いいえ、違う。でも、あなたについてはそのとおりよ」

「アレックス……」

「自分の身は自分で守れる」

「そうかもしれないが、しかし……とにかく納得がいかない。どうやって耐えろと言うんだ？　なにも知らされずに、ここで指をくわえて待つのか？　アレックス、ぼくは真剣なんだぞ！」

ダニエルはしまいに苛立ちをあらわにした。アレックスは彼を見ずに、テレビを凝視している。

「アレックス？」

「ボリュームを元に戻して。いま、いますぐ」

ダニエルはテレビを見て一瞬凍りついたが、すぐに飛びあがって床に落ちているリモートコントローラを手探りした。彼がボタンを何度か押し間違えてようやく、ニュースキャスターの声がサラウンドスピーカーから大音量で流れだした。

「――先週の木曜から行方不明ですが、警察の見解によれば、彼は在籍している高校から拉致された模様です。発見につながる情報には相当額の懸賞金が支払われます。この男性を見かけた方は、以下の番号までお電話ください」

大画面のテレビに、ダニエルの顔が実際の四倍の大きさで映しだされた。学校の卒業アルバムの写真でなく、天気のいい屋外で撮られたスナップ写真だ。ダニエルはにっこり笑っている。巻き毛が乱れ、汗で濡れていて、左右のもっと小柄な友人たちの肩を抱き寄せているが、そのふたりの顔は消されていた。とてもいい写真だ。だれもがダニエルに好感をもつだろう。そして、なんとかしてやりたいと思う。画面の下には、八〇〇ではじまる電話番号が鮮やかな赤字で映しだされている。

写真が消え、初老のハンサムなキャスターと、彼よりずっと若い、いかにもやり手そうなブロンドの女性アナウンサーが映った。

「心配ですね、ブライアン。彼が家族の元に帰れることを祈りましょう。さあ、今度はマーセリーンの天気概況です」

スクリーンが切り替わり、アメリカ全土のデジタル地図の前に立っているお色気たっぷりのブルネットの女性が映しだされた。

「全国ネットのニュースだわ」どんなシナリオがあり得るか、アレックスの頭はすでに回転しはじめていた。

ダニエルはテレビの音を消した。

「高校から警察に連絡が行ったんだ」彼は言った。

アレックスは彼をまじまじと見た。

「なにかおかしいかい?」

「ダニエル、毎日どれだけの人が行方知れずになっていると思う?」

「そうか……全員の写真がテレビに出るわけじゃないんだな?」

「とくに、まだ行方不明になってから数日しかたっていない大人の場合はそのはずよ」アレックスは立ちあがって、いらいらと歩きまわりはじめた。「彼らはあなたを見つけだそうとしている。それはどういう意味なの？　なにをしようとしているのかしら？　ケヴィンがわたしを殺したと思っている？　それとも、わたしが真実を突きとめて、あなたと一緒に逃げていると思っているのかしら？　なぜわたしがあなたを連れていると思うの？　あなたを連れているのはケヴィンのはずだわ。どのみち、あなたの顔はケヴィンの顔でもあるんだから。彼らはわたしが負けたと思っているのよ。そうでしょう？　そして〈部署〉よりＣＩＡのほうが、ニュース速報を簡単にねじこめる。もちろん、ふたつの組織が協力しているなら――」

「ケヴィンもこのニュースを見るかな？」ダニエルは気づかわしげだった。「いまはワシントンＤＣにいるんだろう」

「いずれにしろ、人前で顔は出さないはずよ」

アレックスはそれからしばらく歩きまわっていたが、しまいにダニエルの隣にまた腰をおろした。そしてソファの上で横座りして、彼の手を取った。

「ダニエル、昨日だれと話したか教えてもらえるかしら」

「昨日も言ったとおり、店のレジ係以外とは話していない」

「わかってる。でも、どんな人だった？　男性？　女性？　お年寄り？　若い人？」

「ええと……食料品店のレジ係は年配の男だった。五十がらみのヒスパニック系だ」

「お店は混んでいた？」

「少しだけ。レジ係はひとりだけで、ぼくの後ろに三人並んでいた」

「よかった」

「一ドルショップは小さい店で、客はぼくひとりだった。カウンターの女性はテレビをつけていて——クイズ番組を見ていた。ぼくのほうをろくに見もしなかったよ」

「いくつぐらいの人？」

「食料品店のレジ係より年配だな。白髪だった。なぜだ？　年配の人はテレビを見るものだろう？」

アレックスは肩をすくめた。「そうかもね。三番目のお店は？」

「高校を卒業したてという感じだった。彼女がそこで働いているとわかるまで、学校が休みなのかと思ったくらいだ」

アレックスは不意に胸が苦しくなった。「若い女の子？　その子は人なつこかったでしょう？——とても」それは質問ではなかった。

「ああ。どうしてわかるんだ？」

アレックスはため息をついた。「ダニエル、あなたは魅力的なのよ」

「せいぜい人並みといったところさ。それにぼくはあの子からしたら十歳くらい年上だ」

「興味をもつには充分よ。でも、もういいわ。多少なりともできることをしましょう。あなたはこれからひげを剃るのをやめてちょうだい。ただおとなしくするだけじゃなくて、地面に這いつくばるくらいの心構えでいないと……。あとはその女の子がニュースを見ないことを祈るだけね。それと、その子がいま使っているソーシャルメディアに行方不明者関連の広告が出ないことも」

「そんなこともするのか？」

「思いついたらするでしょうね。最後の手段で」

ダニエルは空いているほうの手に顔を埋めた。「ほんとうにすまない」

「気にしないで。今回のことでは、わたしたちみんなが間違いを犯しているの」

「きみは違う。ぼくを慰めようとしてそんなことを言うんだ」

「ここ数週間で、いくつか大きなミスをしたわ」

ダニエルは訝しげに彼女を見た。

「一つ、まずカーストンからの電子メールを無視しなかった。二つ、その罠に引っかかった。三つ、あなたに埋めこまれていた発信装置を見落とした。四つ、ウエストバージニアの納屋の屋根にセキュリティ装置を設置していなかった。そしてケヴィンは、自分のガスマスクを外すというミスを犯した……ケヴィンの犯したミスでわたしが思いつくのは、あのとき彼が遠くに逃げるための移動手段をもたなかったことを除けばそれくらいね。残念だけれど、あのラウンドではケヴィンの勝ちだわ」

「だが、ケヴは最初のほうでなにかミスをしていると思う。さもなければ、ＣＩＡはケヴが死んだと信じているはずだ」

「それもそうね。ありがとう」

「だが、アーニーは違う」ダニエルは悲しそうに言った。「アーニーはいまのところ、非の打ちどころがない」

「鼻持ちならない人ね」

ダニエルは笑った。「まったくだ」それから、彼は真顔に戻った。「それでも、きみがたくさんミスをしたとは思わない。きみにとってはそうかもしれないが、ぼくにとっては……罠に引っかかってくれてよかった」

アレックスは皮肉を込めて彼を見た。「少し風変わりなロマンスだったと思わない？」できることなら、ふたりで過ごした最初の夜の記憶をすっぱり切り取ってしまいたかった――なんなら手術用のメスで。あのときの記憶が――彼の首筋が浮きあがるさまや、彼のくぐもった叫び声を――こんなにもくっきりと刻みつけられてなければいいのに。アレックスはぶるっと身震いした。この記憶が消えるまでに、どれくらい時間がかかるだろう。

「ぼくは本気だ。きみがいなければ、当局はだれかほかの人間を差し向けていた。その人間がケヴィンを出し抜いていたら、その場でぼくを殺していたんだろう？」

アレックスは彼の真剣な瞳を見て、また身震いした。「そのとおりよ」

ダニエルはじっと彼女を見つめていたが、しまいにため息をついた。「それじゃ、これからどうする？」

アレックスは険しい顔になった。「そうね……選択肢はかぎられてる。わたしの顔はまだ見られたものじゃないけれど、あなたはもっと人に見られるわけにはいかない。だから、ここでおとなしくしていたほうがいいと思うの。それとも北に行ってもいい。隠れられる場所があるのよ。ここほどしゃれていないし、人里離れてもいない。バットマンの秘密基地もないけれど」最後は嫉妬をにじませて言った。

「ここより安全だと思うんだね？」

「状況によるわ。決める前に、アーニーが町のことをどう思っているか聞いてみないと……。ケヴィンに聞いてもいいわ。じきに電話がかかってくるはずだから。計画は少し変わったけれど、ケヴィンのもくろみどおりになると思う。最後に勝つのはあの人よ」

その日はだらだらと過ぎていった。アレックスはテレビから離れたくなかった。ダニエルの情報を求める告知が何度流れるか、その情報をいくつのテレビ局が取りあげるか、数えたところでどうなるものでもないが、それでも見ないわけにはいかなかった。アーニーは予想どおり、新しい状況を冷静に受け入れたが、目つきは険しかった。

アレックスはアーニーに、バットケイヴに必要なものを取りにいってもらいたかった。SIGやそのほか数丁の銃を自分で使いたいし、ダニエルにはバットケイヴにあった先端を切り詰めたショットガンを持っていてもらいたい。接近戦になると、狙撃用ライフルはあまり役に立たないけれど、ショットガンならバックショット（大型動物用の大粒の散弾）のシェルひとつで複数の動きを封じることができる。

彼女はまた、ガスマスクを手に入れたいと思っていた——アーニー用の三つ目のガスマスククがないかぎり、家全体にリード線を張りめぐらせるわけにはいかない。その当然の安全装備をケヴィンが忘れているとは思えないけれど、もしかしたら当然だと思っているのは自分だけかもしれない。ケヴィンが生きてきた世界では、たぶん銃弾と爆弾の心配だけしていればよかったのだから。

とにかく、武器や装備はぜひとも手に入れたかったが、その一方で、もう手遅れになっている可能性もあった。おしゃべりなレジ係が最初のテレビ放送——さっき見たものより前かもしれない——を見て、電話をしたとする。敵が捜査を開始するまでにある程度の時間がかかるだろう。だれかがこの町に来て、住民に話を聞いてまわって、それからようやく手がかりをたどりはじめるはずだ。でも、もしそれが当たりの手がかりだったら、すでに監視ははじまっているかもしれない。どうなっているのか、こちらには知りようがないだけで。

自分とダニエルが窓を覆って家に引きこもったとしても、アーニーを見張ることならできる。アーニーがバットケイヴに出かけたら、監視者は跡をつけるだろう。つまり、あの場所にのぼりを立てるようなものだ——『おめでとう！　大当たり！　ロケットランチャーを何本かどうぞ！』。

バットケイヴの存在を知られてはならない。

彼女の最低限の装備は——ジップロックできっちり分類した上で——リュックに詰めて、すぐ手が届くところに置いてあった。アーニーに頼んで、家の裏手にトラックも移動してある。トラックはアーニーの窓のすぐ外に駐めてあって、そこに隠してある台を使って運転席に乗りこめるようになっていた。

あとはケヴィンが早く電話してくれることを祈るしかなかった。緊急の場合に備えて、ダニエルに自分の携帯の番号を教えるくらいはしてくれてもよかったのに。もしかしたら、アーニーの知らない避難所が農場のどこかにつくってあるのかもしれない。

ダニエルは三人のために夕食を作った。前の日の夕食ほど気合いは入っていなかったが、それでも充分おいしい。アレックスは彼に、材料をあまりどんどん消費しないように言った。買い物の予定を組むのは、アーニーに行ってもらうにしても、もっと先になるかもしれない。

アレックスが驚いたのは、ダニエルがアーニーの存在をまったく忘れていることだった——正確には忘れているのではない、無頓着なのだ。アーニーに失礼なことはしないし、無視しているわけでもないが、彼女と親密な関係になったことを隠そうともしない。アーニーの前で二回手を取ったし、一度は料理の皿を運んでいるときに頭のてっぺんにキスをした。アーニーはいつものようになんの反応も示さないが、頭のなかではどう思っているかわかったものではない。

アーニーはまだ明るいうちに、犬たちを交替で金網沿いに——全長六マイルある——走らせたと言った。監視者がいるとしたら、双眼鏡で見ている時間帯だ。もし近くで監視していたら、犬たちが知らせてくれる。その後は、アーニーは日課どおりに早々に寝室に引きあげた。アレックスとダニエルは一階にとどまって、引きつづき夜のニュースを見た。

ダニエルはソファの上で彼女を包みこむように抱いていた。当たり前のようにそうするので、少しもおかしなことに思えない。アレックスはだれかの腕のなかでこれほど安らかな気分になったのははじめてだと思った。なにしろ実の母親でさえ、おざなりにしか抱きしめてくれなかったくらいだ。母は言葉でも仕草でも、めったに愛情を示さなかった。バーナビーと親密になったというのも言葉のうえだけで、身体的な意味ではない。だから他人の膝に両脚を乗せ、肩を抱かれながらその人の肩に頭を預けるなんて気詰まりで恥ずかしいはずだったが、これが奇妙なほど心地よかった。彼が近くにいることで、追い詰められた気分がいくらか楽になるような気がする。

テレビではダニエルについての告知がまた流れていたが、その放送時間は前より遅くなっていた。ニュースキャスターも見るからにこの話題に飽きている。CIAは、しばらくのあいだならこの告知をニュースに割りこませることができるかもしれないが、取るに足りない話題をいつまでも無理強いすることはできないだろう。もちろん、第二幕があるはずだ。

「あなたに前もって言っておくべきだと思うんだけど……」アレックスは言った。

ダニエルは気安く応じようとしたが、不安は隠せなかった。「なんだい?」

「もしこの告知を流してもすぐに成果があがらない場合、CIAはマスコミを引きつけておくために、もっとおいしい情報を出してくるはずよ」

「どういう意味だ?」

アレックスは背中を反らせて彼に向きなおると、鼻に皺を寄せて気の進まない説明をつづけた。「彼らは、あなたのことをもっとわいせつな人間に仕立ててくる。たとえば、あなたはある犯罪の容疑者。ある生徒を拉致するか、暴行した――たぶん、そんな話をでっちあげるわ。もっと刺激的な話だって作れる」

ダニエルはアレックスからテレビに目を移した。キャスターはすでに予備選挙の予想についてしゃべっている。ダニエルの顔が赤くなり、それから蒼白になった。アレックスは彼にしばらく考えさせた。善良な人なのに、自分が濡れ衣を着せられようとしていることを知ったら、どんなにつらいだろう。

「ぼくにはどうしようもないことなんだろう」ダニエルは静かに言った。それは質問ではなかった。

「ええ」

「少なくとも、両親はそのニュースを見ないですむ。たぶん……知り合いも、全員が信じるわけじゃない」

「わたしは信じない」

ダニエルはほほえんで彼女を見た。「そう遠くない過去に、きみはぼくが数百万の人々を殺すつもりだと思っていた」

「そのときはあなたという人を知らなかった」

「たしかに」

深夜のニュースが終わると、ふたりは声をひそめておやすみの挨拶を交わした。それからアレックスは、自分の部屋の後片付けに取りかかった。場合によっては、急いで家を出ることになるかもしれない。彼女はラボの器具を分解して片付けると、黒いTシャツとレギンスに着替えた——逃亡するのが今夜だとしたら、楽に動けるのはこの服装だ。

疲れているのはわかっていたが、頭は休めそうもなかった。なにも見落としたくない。ダニエルの言うことは正しい——最初に大きな間違いを犯したおかげで、彼の命を救うことができた。でも、これ以上ミスをする余裕はない。危険にさらされているのは、いまや自分の命だけではないのだ。アレックスはため息をついた。〝足手まとい〟があってよかったこともあるけれど、負担は間違いなく大きくなっている。

そのとき、遠慮がちにドアをノックする音がした。

「開けないで」アレックスは即座に言って起きあがった。

いっとき間を置いて、ダニエルの声がした。「ガスマスクをつけているのかい？」

「ええ」

「そう思った。声がくぐもって聞こえる」

また間があった。

「きみのセキュリティ装置は、取り外すのにすごく手間がかかるのかい？」

「ちょっと待って」

リード線を張る作業より、外す作業のほうが時間はかからなかった。アレックスがガスマスクを頭の上に押しあげてドアを開けると、ダニエルがドアの枠にもたれていた。暗がりでよく見えないけれど、それでも疲れて……悲しそうにしているのはわかる。

「ずいぶん心配症なんだな」ダニエルはマスクにそっと触れた。

「実は、いつもマスクをつけて寝ているの。つけないと落ち着かないのよ。なにかあったの？」

「これ以上？　いいや。ただ……寂しくてね。眠れないんだ。きみと一緒にいたい」ダニエルはためらった。「なかに入っても？」

「あ……ええ」アレックスは一歩さがって、ライトのスイッチを入れた。

ダニエルはあたりを見まわして、表情を変えた。「ケヴィンがこの部屋にしろと言ったのか？　どうしてなにも言ってくれなかったんだ？　ぼくの部屋を使えばよかったのに！」

「ここで充分よ」アレックスは彼をなだめた。「どのみちベッドはあまり好きじゃないの。質素なほうが安全だから」

「そうは言っても……。きみが物置の隙間に収まっているときに、キングサイズのベッドでなんか寝られない」

「ほんとうに、ここが気に入ってるの」

ダニエルは疑わしそうにしていたが、やがてきまり悪そうに言った。「きみの部屋に押しかけようと思ったんだが、これじゃきみが寝起きする場所さえおぼつかない」

「箱をいくつかどければ……」

「もっといい考えがある。一緒に来てくれないか」ダニエルは手を差しだした。

アレックスは深く考えずにその手を取った。ダニエルは彼女を連れて暗い廊下を進み、バスルームを通り抜け、自分の部屋に入った。明かりはサイドテーブルに置いてある小さなスタンドだけだ。

そこはとても素敵な部屋だった。アレックスにあてがわれた物置部屋はからきしだったが、ケヴィンのふだんの美的センスが表れている。部屋のなかほどに置かれた巨大なベッドは詰め物入りの白いシーツで覆われていた。ベッドは四柱式で、田舎風の味わいを出すために、あえて塗装を施していない丸木が柱に使われている。ベッドの半分には、柱の色によく合う金色の毛布が掛けられていた。

「わかるだろう?」ダニエルが言った。「きみの気の毒な状況を見たら、こんなところで寝られるはずがない。まるで人でなしになった気分だ」

「でも、取り替えっこはしないわよ。あの部屋にはもうリード線が張りめぐらしてあるの」

ふたりはいっとき、戸口で黙りこんだ。

「とくに話したいことがあったわけじゃないんだ。ただ、きみのそばにいたくて」

「いいのよ。わたしも寝てなかったから」

「くっついて寝るのはやめよう」そう言って、ダニエルは照れくさそうに笑った。「おかしな言い方だな」彼はアレックスの手をベッドのほうに引っ張った。「完璧な紳士になると約束する。見えるところにきみがいてくれるほうが、安心できるんだ」

ふたりは彼のぎこちない言葉に笑いながら、並んでふかふかの白いシーツの上におさまった。アレックスは、彼にほんとうに完璧な紳士でいてもらいたいのかわからなかった。でも、いまはそんなことを考えるときではない。いつか将来、ふたりの命が危険にさらされなくなったら――もしそんな日が来たら、そのときに考えよう。

ダニエルは彼女の手を握っていたが、それ以外は距離を保っていた。重ねた羽根枕にふたりでもたれ、ダニエルは空いているほうの手を頭の下に入れて彼女を見た。

「うん、やっぱりこうするほうがいい」

たしかにそのとおりだった。そんなはずはないのに――安全な自分の部屋から離れ、武器も手元にないのに――なぜかここにいるほうが安全な気がする。

「そうね」アレックスはガスマスクを頭から外して脇に置いた。

「冷たい手だ」

アレックスが返事をする間もなく、ダニエルは足下の毛布をつかんでふたりの上に広げた。ふたたび枕にもたれた彼は、さっきより距離が近くなっていた。肩と肩が触れ合い、手をつなぐと腕と腕が重なる。

生き残りを賭けた計画を進めているときに、なぜこんなどうでもいいことを、こんなにもはっきりと意識するのだろう。

「ありがとう」アレックスは言った。

「誤解しないでもらいたいんだが――さっきのは最高のほめ言葉であって、一緒にいるきみを軽んじていたわけじゃないんだ――きみと一緒ならほんとうに眠れそうな気がする」

「言いたいことはわかるわ。長い一日だったものね」

「ああ」ダニエルはしみじみと言った。「きみは落ち着いたかい？」

「ええ。誤解しないでほしいんだけど——あとでガスマスクをつけなおすかもしれない。眠るときの、おかしな習慣なの」

ダニエルはほほえんだ。「テディベアを抱きしめて寝るようなものだな」

「まさにそんな感じよ。かわいくないだけ」

ダニエルは横向きになって、額を彼女のこめかみにつけた。まつげが頬を撫でて、目を閉じたのがわかった。彼の右腕が腰に巻きついている。

「ぼくが思うにきみは素敵な人だ」ダニエルは半分眠っているような声でつぶやいた。「そして言うまでもなく、とんでもなく危険だ」彼はあくびした。

「そう言ってもらえると、とてもうれしいわ」その返事は彼に届いたかよくわからなかった。規則正しい息づかいが聞こえてきたので、もう寝てしまったのかもしれない。

アレックスはしばらく待つと、空いたほうの手をそろそろと伸ばして、彼の巻き毛に触れた。なんて柔らかい。それから指先を滑らせて、ぴくりとも動かない顔の輪郭をなぞった。これまで自分の世界に存在したことのない、いつもの無垢で静かな顔。こんなに美しいものは見たことがなかった。

そのままアレックスは眠りに落ちた。空いているほうの手を彼の首に掛けて、背中の後ろに置いたガスマスクを忘れて。

17

ケヴィンは電話をかけてこなかった。

ダニエルはとくにおかしいと思っていないようだったが、アレックスはアーニーの肩が緊張でいくぶん張りつめていることに気づいていた。

遅すぎる。

彼女が理解しているかぎり、ケヴィンがすることは、この件に関わっていることがはっきりしているただひとりの人物――カーストン――を監視できる場所に行くことだけだ。ワシントンDCまでは、急がずに車を走らせても二日で着く。到着後、どこで本人を見つけたらいいかは正確に話してあるから、その後の所要時間はせいぜい数時間。カーストンがいるべきところにいなかったら、電話をかけてくるはずだ。いったい、なにをしているのだろう？　それとも、なにかあったのかしら？　ダニエルにその可能性をほのめかすまで、どれくらい待てばいいの？

新たな気がかりのせいで、アレックスはますます神経質になった。自分の部屋のドアの外に新たにリード線を引き、部屋の外からもセキュリティ装置を作動できるようにした。一階全体に電線を張りめぐらせることができないのは歯がゆくてたまらなかった。たったひとつガスマスクが足りないだけで。

ひとつよかったのは、顔のけがが日ごとになおってきていることだった。しっかり化粧して、照明が暗めのライトだけなら、三秒——運がよければ四秒はごまかせる。

待たされるあいだ、アレックスは退屈と、緊張と、まったく場違いな幸福感のようなものがない交ぜになった奇妙な気分にとらわれていた。そのうちなくなる運命にある、期限付きの幸福。だからといって、その……すべてを包みこむような空気が損なわれることはない。いまはとても暗い場所にいて、狩りの緊張で耳のなかがどくどくと脈打っているはずなのに、ほほえむのが普通になっている。おかげで、ダニエルも同じくらいうきうきしていた。次の夜、ふたりはテレビのニュースを見ながらその話をした。

アーニーが若い犬たちの訓練に出ているあいだ、アレックスがローラをこっそりなかに入れると——犬たちをいつまでも締めだしておくのは申し訳ない気がしていた。失礼な気もする——アインスタインとカーンもついてきた。おかげで居間は犬たちでいっぱいだ。アレックスは、アーニーが気を悪くしないといいのだけれどと思った。洗濯室に犬用のドアがあるから、犬たちはときどき家のなかに入ってきているはずだ。ふだん犬たちが外で過ごしているのが訓練の一環なのか、番犬にするためなのか、それともアーニーがアレルギーをもっているせいなのかはわからない——もしアレルギーもちなら、アーニーは間違った生き方を選んだことになる。

ローラは床に座ると、垂れた顎の肉と耳をアレックスの太腿に乗せた。遠からずそこはよだれだらけになるだろう。アインスタインはソファに飛び乗ってダニエルの隣に来た。ルールを破るのがうれしくて、尻尾をぶんぶん振っている。カーンはソファの前に伸びて、長い足載せ台《オットマン》になった。テレビ番組の冒頭のつまらない政治の話題――具体的な動きがあるまでにあと一年近くあるにもかかわらず、当たり前のように取りあげられる――が終わると、ダニエルは長い脚をカーンの背に乗せた。カーンは気にならないらしい。アレックスがローラの耳をかいてやると、ローラはうれしそうに尻尾をばさばさと床に打ちつけた。

これまで生きてきてこんな状況になったことは一度もないのに、以前からこうして過ごしてきたように心が安らいでいた。こんなにすぐ近くで――体が触れて、息づかいも聞こえるくらいに――生きているものに囲まれたことは一度もない。ましてや、わたしのことを素敵だと……そして危険だと思っている男性と手をつないでいるなんて。わたしのすべてを知ることができるのに、それでもそんな目で見つめてくる人と……。

そんなことを考えながら無意識のうちに彼の顔を見あげると、ダニエルも彼女を見ていた。まぶしいばかりの笑顔でにっこりと笑いかけられて――無精ひげが二日分伸びたせいで、意外なほど荒っぽい感じになった――なにも考えずにほほえみ返すと、胸をときめかせるあらゆる感情がふつふつと湧きあがった。こんな気持ちは、たぶんはじめて……。

アレックスはため息をついて、それからうめいた。

ダニエルはなにを見たのかとテレビに目をやったが、いまはコマーシャルが流れているだけだった。「どうした?」

「すっかり腑抜けになってしまったわ」アレックスは正直に言った。「これじゃばかみたい。

浮かれすぎよ。どうしてなにもかもうまくいくような気がするの？　まともに考えることもできない。心配しようとしても、いつのまにかにやにやしていて……。どうかしてしまったのかしら。だって、ちゃんと考えなきゃと思っている一方で、どうでもいいと思っているのよ。自分の顔を一発殴ってやりたいけど、ようやくけががなおりはじめたところだし……」

ダニエルは笑った。「恋に落ちると、いろいろと困ったことがもちあがるんだ」

アレックスはまた胸がどきどきした。「そういうことになっていると思う？」

「ぼくにはそう思える」

アレックスは顔をしかめた。「わたしにはそういう経験がないから、比べようがないわ。そうではなくて、頭がおかしくなってしまったのだとしたら？」

「きみはこのうえなくまともだ」

「でも、こんなにあっという間に恋に落ちることがあるなんて、信じられない」ほんとうのことを言うと、ロマンティックな恋愛そのものがまったく信じられなかった。化学的な反応ならわかる。性的に惹かれるのもわかる。相性があるのもわかる。友情も、義理も、責任感もわかる。でも、愛なんて、おとぎ話としか思えない。

「ぼく自身……こんなふうになったことは一度もないんだ。もっとも、ひと目見たときからその人に惹かれることならあると思っていた。そういう経験ならある」彼はまたにやりとした。「でも、〝ひと目ぼれ〟だって？　そんなのは絵空事だと思っていた」

「そのとおり」

「ただし――」

「例外はないわ、ダニエル」

「ただし、あの地下鉄のなかでぼくの身に起こったことは別だ――あれはぼくの経験や説明能力をはるかに超えていた」

アレックスはなんと言っていいのかわからなかった。テレビに目をやると、ちょうどニュース番組のエンディングテーマが流れはじめたところだった。

ダニエルもそのことに気づいた。「告知を見逃したかな？」

「いいえ、放送されなかった」

「それはいいことじゃないんだろうな」ダニエルの声には苛立ちが混じっていた。

「いまのところ、考えられる可能性はふたつあるわ。一つ、当局はあなたの情報をさんざん流したけれど、成果があがらなかったのであきらめた。二つ、告知する内容が変わろうとしている」

ダニエルは肩をこわばらせた。「つぎの告知はいつごろ流れると思う？」

「もし二番目の筋書きなら、間もなく」

ほんとうは三つ目の可能性もあったが、アレックスはまだそれを口にする気になれなかった。もし当局が必要なものを手に入れたら――ケヴィンをとらえたら、告知はなくなるはず。

アレックスはケヴィンの人となりをそれなりにわかっているつもりだった――彼なら、ここにいるふたりのことを簡単には白状しない。当局につかまったら、いちばん信憑性のありそうな話をでっちあげるくらいの頭はあるはず――たとえば、手遅れでダニエルは救えなかったが、オリアンダーは殺して、復讐するためにワシントンDCに来たとか。ケヴィンなら、しばらくはそのストーリーを押しとおす……できればそうしてほしかった。いま、〈部署〉で尋問を担当しているのはだれなのだろう。その担当者が多少とも有能なら――いずれケヴィンは真実を白状することになる。アレックスはケヴィンが大好きというわけではなかったが、それでもいまは彼のことを思うと気分が悪くなった。

ただし、彼女がそうしているように、ケヴィンもつかまったときのことを考えて準備しているかもしれない。もう死んでいる可能性もある。

とにかく、バットケイヴの武器があろうとなかろうと、今日の真夜中までにケヴィンが電話してこなければ、ここを離れなくてはならない。幸運に頼りすぎるのは危険だ。

おかげで、幸せな気分はすっかり消え去っていた。つまり、少なくとも頭はおかしくなっていないということだ。いまのところはまだ。

アーニーが戻ってくる前にふたりは犬たちをポーチに追い出したが、犬たちがいたことはどのみちにおいでわかってしまいそうだった。ダニエルはスパゲッティ・ミートソース作りに取りかかり、アレックスは簡単な手伝いをした――トマト缶を開けたり、調味料を計ったりするくらいだ。彼と並んで作業するのは、まるで何年もそうしてきたように気楽で安らげるひとときだった。これがダニエルが話していたことかしら？　一緒にいると不思議とくつろげる？　そんなことはまだ信じられないけれど、この気持ちに説明がつかないことを認めないわけにはいかない。

　ダニエルは料理しながらハミングしていた。聞きおぼえのあるメロディーだけれど、思い出せない。アレックスは一緒にしばらくハミングして、ようやく思い出した。するとダニエルがうわの空で歌いだした。

「――『後ろめたい足じゃリズムに乗れない』」

「それって、あなたが生まれる前の歌じゃない？」しばらくして、アレックスは尋ねた。

　ダニエルは驚いたようだった。「声に出して歌っていたかい？　すまない、料理をしていて調子が乗ってくると歌ってしまうんだ」

「どうしてそんな歌を知っているの？」

「いいかい、『ケアレス・ウィスパー』（一九八四年のワム！のヒット曲）はカラオケ・コンテストでいまだにとても人気があるんだ。ぼくも〝エイティーズ・ナイト〟で歌っていた」

「あなたがカラオケを？」

「おいおい、教師がわいわい楽しまないなんて、だれが言ったんだ？」ダニエルはソースのついたスプーンを右手に持ったままコンロから離れると、左手でアレックスを抱き寄せた。そしてちくちくする頰を押しつけて、小さくくるりと踊りながら『きみが見つけるのは苦しみだけ』と歌った。

　ばかなことをしないで――そんな声が頭のなかから聞こえたが、アレックスの顔にはまたもや間抜けな笑みが広がっていた。

うるさいだまれと、体が言い返している。

ダニエルの歌声は放送できるほどではないが、伸びのある明るいテノールで、熱っぽい歌い方が欠点を補っていた。犬たちがワンワンと吠えてアーニーを迎えるころには、ふたりは声を揃えて『トータル・エクリプス・オブ・ザ・ハート』を熱唱している最中だった。アレックスはたちまち顔を赤くして口を閉じたが、ダニエルは彼女が恥ずかしがっていることにも、アーニーが入ってきたことにも気づいていないようだった。

「『今夜はあなたがほんとうに必要なの！』」彼が思いきり声を張りあげたとき、アーニーがかぶりを振りながらリビングに入ってきた。アレックスはそれを見て、彼がケヴィンとふたりきりのときに、楽しい仲間だったことがあるのかしらと思った。それとも、ただの仕事上の相棒？

アーニーはなにも言わずにスクリーンドアを後ろ手で閉めた。新鮮な暖かい風が入ってきて、ニンニクとタマネギ、トマトのにおいと混ざり合う。もう外は暗くなっていて室内の明かりがついているので、リビングが外から見えないようにアーニーが外側のドアを閉めたかどうか、あとで確認しなくてはならない。

「犬たちはとくに吠えなかった？」アレックスはアーニーに尋ねた。

「ああ。なにか気づいたら吠えたはずだ」

アレックスは眉をひそめた。「ダニエルの告知が流れないの」

アーニーは彼女をじっと見ると、ダニエルをちらりと見て、また彼女に目を戻した。アレックスはその意味を悟って、かぶりを振った。いいえ、ケヴィンからまだ音沙汰がないことがなにを意味するのか、ダニエルには話していない。アーニーのまなざしがわずかに険しくなったのが、彼の危惧を表す唯一の証拠だった。

アーニーのためを思えば、できるかぎりすみやかにここを離れるべきだった。自分とダニエルがこの家にいることを知られたら、アーニーまで危険にさらすことになってしまう。トラックのことは、アーニーならわかってくれるはずだ。

夕食の席は静かだった。ダニエルでさえ張りつめた雰囲気を感じとったらしい。アレックスは、ダニエルとふたりきりになったらケヴィンについて心配していることを話すことにした。できることならもうひと晩ぐっすり寝かせてあげたいけれど、おそらく夜明け前にここを出たほうがいい。

食事が終わると――一本のパスタも残らなかった。ふたりがいなくなったら、アーニーは少なくとも食事については残念に思ってくれるだろう――アレックスは後片付けを手伝い、アーニーはリビングでテレビをつけた。ニュースのラインナップはおなじみの話題ばかりだ。女性キャスターと一緒に、ニュースをそらで読みあげられそうなくらいだった。アーニーはまだ、今日のニュースを三回も見ていない。彼はソファに腰をおろした。

アレックスは皿をすすいでダニエルに手渡した。犬が一匹、スクリーンドア越しにクンクン鳴いている。たぶんローラだ。今日の午後、家に入れたせいで犬たちを甘やかしすぎていないといいのだけれど。自分を犬好きと思ったことはないが、温かくて人なつっこい犬たちと一緒に過ごしたことはこの先も懐かしく思い出すだろう。いつの日か――ケヴィンがなんとか生きていて、当初の計画を実行できたなら――犬を一匹飼ってもいい。もしかしたら、ケヴィンはローラを売ってくれるかもしれない。ローラは番犬としては役に立たないかもしれないけれど――。

そのとき、ドスッと低い音がした――聞き慣れない音だ。ダニエルがキッチン用品を落としたか、食器棚の扉を乱暴に閉めたのかしら？　彼のほうに目をやりながら、頭はすばやく回転していた。だが体が頭に追いつく前に、激しい吠え声と獰猛なうなり声がポーチから聞こえた。その騒音の合間にまたドスッと低い音がして、吠え声はキャンキャンと痛々しい鳴き声に変わった。

アレックスはドアのほうを向いて立ち尽くしているダニエルに体当たりした。ダニエルのほうが体重はかなりあるはずだが、彼はバランスを崩して簡単に倒れた。

「しーっ」アレックスは彼の耳元で声を押し殺して言うと、彼の体の上を這って進んで、アイランドカウンターの角から周囲を観察した。アーニーの姿が見えない。スクリーンドアを見ると――上半分のスクリーンのなかほどに小さな丸い穴が空いているのが見えた。犬の声かテレビの音がしないかと耳を澄ませたが、なにも聞こえない。

遠くから狙撃されたのだ。さもなければ、犬たちが気づくはず。

「アーニー！」押し殺した声で呼びかけた。

返事はない。

彼女は這ってダイニングのテーブルまで行った。椅子の脚にもたせかけてあるリュックサックを開けて、ジップロックの袋からワルサーPPKを取りだし、ダニエルのいるほうに向かって床を滑らせた。自分は両手を空けておかなくてはならない。

ダニエルは手前で止まった銃をさっと手を伸ばしてつかむと、アイランドの角にもたれた。彼はハンドガンで練習していないが、これだけ離れているとそんなことは大した問題ではない。

アレックスは両手に指輪をはめ、ベルトを腰に巻きつけた。

ダニエルはカウンターに両肘を突いて一瞬頭を出した。自分の射撃の腕を少しも疑っていないらしい。アレックスはダイニングの角まで小走りに移動しながら、スクリーンドアの取っ手が押しさげられるのを見た——人間の手ではない。黒い動物の手。

ケヴィンが標準的な丸いドアノブを選ばなかったのには、見た目以外にも理由があったのだ。

まずアインスタインが居間に飛びこんできた。そのすぐ後にカーンとロットワイラーがつづいて入ってきたのを見て、アレックスは止めていた息を吐きだした。外でローラが苦しそうにクンクン鳴いているのが聞こえる。なにもしてやれないのがもどかしかった。

三匹の犬たちがダニエルのまわりに集まって毛皮の盾をつくるあいだ。アレックスは戦闘用の靴を履き、絞殺用のワイヤを片方のポケットに、バッグの木の取っ手をもう片方のポケットに押しこんだ。

「あのコマンドを言って」小声でダニエルに言った。

狙撃者はいまごろ走っているはずだ——犬を警戒しながら。もしその男がほかにも武器を持っているなら、狙撃用のライフルでなく、もっと大きな穴を空けられる銃に持ちかえているだろう。番犬は、激痛に苦しんでいても襲いかかってくるから。

「〝脱出手続き《エスケープ・プロトコル》〟？」ダニエルは自信なさそうにささやいた。

アインスタインが耳をぶるっと震わせた。そしてひと声静かに吠えると、キッチンのいちばん奥に行ってクンクン鳴きはじめた。廊下に出るドアがある。

「犬の後についていって」アレックスはダニエルに言った。彼女は姿勢を低くすると、壁からアイランドカウンターの陰に走りこんだ。

ダニエルは立ちあがろうとしたが、アレックスがなにか言う前にアインスタインが飛びかかり、彼の手を口でくわえてぐいと引っ張りおろした。

「姿勢を低くして」アレックスは小声で翻訳した。

彼女の予想どおり、アインスタインは洗濯室のある家の奥にふたりを誘導した。カーンとロットワイラーが後ろを固めている。台所の出口から廊下に出たとき、居間のほうを見てアーニーを捜したが、最初に見えたのはぴくりとも動かない片方の手だった。それから、壁に飛び散っているなにか——おそらく脳と血が混ざったものだ。もう、アーニーを引きずって連れていっても仕方がない。そして狙撃者は明らかに射撃の名手だ。いいことずくめでいやになる。

どういうわけか、アインスタインは洗濯室の手前で止まって廊下のクローゼットを前足で引っかいた。ダニエルがドアを開けると、アインスタインは飛びこんでなかにあるものを引っ張りだそうとした。アレックスが四つん這いのまま近づいたちょうどそのとき、積みあげてあった重たいなにかが頭の上にどさりと落ちてきた。

「なんだこれは？」ダニエルが耳元でささやいた。

アレックスは落ちてきたものをかき分けて出た。「毛皮のコートみたいだけど、重すぎるわ……」彼女は袖の部分を撫でた。毛皮の下に四角くて硬いものがある。袖の内側を手で探ってようやくわかった。しばらく前にケヴィンのバットスーツを切り裂いていなければわからなかったかもしれない。

アインスタインは重たい毛皮をもうひとつ引っ張りおろした。

「ケブラーで裏打ちされているわ」アレックスはささやいた。

「これを着ろと言うんだな」

アレックスは苦労して毛皮を着こみながら考えた。ケヴラーを着るのはわかる。でも、どうして扱いづらい毛皮なの？　ケヴィンは寒い時季に犬たちを訓練したのかしら？　ただ自然環境に備えるために？　そもそも、ここはそんなに寒くなる土地なの？　けれども、両手を出そうと袖を引っぱりあげたとき――言うまでもなく長すぎだった――そのコートがアインスタインの毛皮と見分けがつかないことに気づいた。カモフラージュだ。

コートにはケブラーで裏打ちされたフードまでついていた。暗がりのなかでそのフードをかぶると、彼女とダニエルは犬たちと見分けがつかなくなった。

アインスタインは洗濯室のいちばん奥にある犬用ドアにまっすぐ向かい、ダニエルがその後につづいた。アレックスはカーンの体温をすぐ後ろに感じた。ドアをくぐり抜けると、またもや頭を起こそうとしているダニエルをアインスタインが引っ張りおろした。

「手をついて這うのよ」アレックスが横から言った。

ふたりの進み方はいらいらするほど遅かった。毛皮のコートがどんどん重たく、熱くなってくる。おまけに、手のひらと膝にめりこむ砂利がナイフの刃先のようだ。砂利がなくなって刈り株だらけの草むらに入ったが、アレックスは苛立ちのあまりそのことにほとんど気づかなかった。それに、アインスタインが離れの犬舎に向かっているのも気がかりだ。きっとトラックのところに連れていこうとしているのだろうが、そのトラックはアーニーに頼んですでに母屋の裏に移動してある。けれども、どのみちトラックは大して助けにならない。狙撃者は移動せずに、一本しかない道を通って獲物が車で逃げだすのを待ちかまえているかもしれないのだから。それとも、仲間に家のなかを捜索させて、外に出てきた獲物を狙うつもりかもしれない。

行く手の犬舎から、檻に入れられた犬たちが落ち着きなく騒ぐ声が聞こえた。どの犬もいまの状況をよく思っていないのがわかる。犬舎まで四分の三の距離を進んだとき、ふたたび鋭いドスッという音がして、アレックスの顔にぱっと土がかかった。アインスタインが鋭く吠え、彼女の後ろにいた犬のうち一匹が低くうなりながらぱっと離れた。重たい足跡と小刻みなステップから、ロットワイラーだろう。またドスッという音。今度は離れたところから聞こえたが、うなり声のテンポは変わらない。だれかが悪態をついたような声を聞いたと思った瞬間、今度は明らかに狙撃ライフルではない銃からタタタタと弾丸が飛んできた。ダニエルの後ろについて必死で這って進みながら、アレックスは体をこわばらせた。ロットワイラーがキャンキャン鳴く声が聞こえるはずだ。その声が聞こえない……うなり声もやんでいる。アレックスは涙をこらえた。

カーンが彼女の横についた――狙撃手がいる側だ――見ると、アインスタインもダニエルを同じようにして守っている。ケヴィンは、犬たちが命を賭けてダニエルを守ると言っていた――二匹はそうしているのだ。犬たちがわたしのことも守っていると知ったら、ケヴィンは腹を立てるかもしれないけれど。

ケヴィン。これで、彼が生きている確率は高まった。ニュースでダニエルの情報が流れなくなったのは、ＣＩＡがケヴィンを見つけたからではない。ダニエルを首尾よく見つけたからだった。

ようやく、離れの犬舎にたどり着いた。アレックスはほっとして暗がりに滑りこんだ。なかにいる犬たちが不安そうにクンクン、ワンワンと吠えている。重たいコートを着たまま、どうにか中腰の姿勢で立ちあがった。これで少し速く動ける。ダニエルはアインスタインにまた引き戻されないかとびくびくしながら、彼女のまねをして中腰になったが、そのとき犬たちはもう別の行動に移っていた。アインスタインとカーンは檻に向かって走りだすと、ドアの前でいったん止まり、次のドアに飛びつくことを繰り返した。アレックスは自分も後についていて走ったほうがいいのかと一瞬迷ったが、すぐに犬たちがなにをしているか悟った。いちばん手前の檻の扉が勢いよく開き、それから次々と扉が開いていく。ケヴィンは優等生のアインスタインたちに、外側から檻の扉を開けるやり方を教えたのだ。

犬たちは、自由になったとたんに吠えるのをやめた。最初の檻から出てきたのは、並毛の、よく似たジャーマンシェパードのペアだ。二匹は建物の入口から外に飛びだすと、北に向かった。その二匹が見えなくなる前に、今度は三匹のロットワイラーがアレックスのそばを駆け抜けて南に向かった。それからドーベルマンが一匹、さらにジャーマンシェパードの四分の一くらいが、それぞれ違う方向に散っていく。犬たちがあっという間に犬舎からあふれだしたので、アレックスは何匹いたのかすっかりわからなくなってしまった。とても若い犬も含めて、少なくとも三十匹は超えているだろう。彼女は歓声をあげたかった――あいつらをずたずたにして！――が、その一方で犬たちに言ってやりたかった――気をつけて！ローラの子どもたちが傍らを駆け抜けていくのを見て、アレックスの目頭はふたたび熱くなった。

夜の帳《とばり》のなかで、だれかがパニックになってわめいていた。銃声――そしてまた悲鳴。アレックスはこわばった暗い笑みを浮かべた。

だが、いいことばかりではなかった。別の方向から銃声が聞こえる。襲撃者は間違いなく複数だ。

「銃は？」ダニエルにささやくと彼はうなずき、ジーンズに差してあった拳銃を抜いたが、アレックスはかぶりを振った。落としていないことをたしかめたかっただけだ。厚い毛皮を着ているせいで、びっしょりと汗をかいていた。彼女はフードを押しやり、額の汗を袖で拭った。

「どうする？」ダニエルがつぶやいた。「ここで待つんだろうか？」

この状態は正確には〝脱出〟ではないと言おうとしたとき、アインスタインが戻ってきて、ダニエルの姿勢をまたもや低くさせた。アレックスもふたたび手をつき、アインスタインの後につづいて、ふたりで入ってきたドアから外に出た。そこにいたカーンが、また後ろにつく。アインスタインが向かったのは、今度は北の方角だった。その方向に建物はひとつもないから、かなり長いあいだ這って進むことになるはずだが、彼女の手は乾いた草の刈り株ですでに傷だらけになっていた。毛皮の袖で覆っても、その部分は裏打ちされていないから、少ししか助けにならない。けれども、闇のなかでは何匹もの影が動きまわっているから、攻撃してこない動物に襲撃者がかまう余裕はなさそうだ。遠くの母屋を振り返った。明かりはひとつもついていないから、まだ家捜しははじまっていない。犬たちの声はまだつづいている――遠くでうなる声、ローラの子どもたちの声、時折混じるスタッカートのように短い吠え声。

アレックスは時間の感覚がわからなくなった。わかるのは大量に汗をかいていることと、息づかいが荒くなっていること、ずっとなだらかな斜面をのぼっていてダニエルの進み方が少し遅くなってきたこと、そしてコートの袖で覆っているのに何度も何度も手のひらになにかが刺さることだけだ。でも、そんなに遠くまで来たとは思えない——そう思ったとき、ダニエルが小さく声をあげて止まった。アレックスは彼の隣まで行った。

そこにあるのは金網だった。飼育場の北の境界に来たのだ。アレックスはこれからどうするのだろうと首をかしげて、すでにアインスタインが金網の向こう側にいることに気づいた。アインスタインは彼女を見て、金網の下を鼻で指し示した。その場所を手探りすると、たしかにくぼみがあって地面が金網から離れている。影のように見えたのは、黒っぽい岩と岩に挟まれた溝のような空間だった。アレックスなら簡単に通り抜けられる。ダニエルは彼女の足首をつかんで、後につづいて通り抜けた。振り向くと、カーンが四苦八苦して通り抜けようとしている。金網の下側のとがった部分が犬の体を傷つけているのがわかったので、アレックスは顔をしかめた。カーンは情けない声をひとつも漏らさなかった。

彼らが出たのは、岩だらけの浅い渓谷の上だった。母屋からは緩やかな高台に隠れて見えない。アレックスはグレートプレーンズのはるか北にあるオクラホマ州まで、平坦な地面が途切れているところがあるとは考えたこともなかった。アインスタインはすでにごつごつした斜面を這いおりはじめている。その様子は、狭い小道をたどっているように見えなくもない。そんなことを考えていると、カーンに鼻で押されて先を促された。

「行きましょう」アレックスはささやいた。

中腰になってもアインスタインが止めに来なかったので、そのままそろそろと斜面をおりはじめた。ダニエルがすぐ後ろにいるのがわかる。けもの道かもしれないが、たしかに道らしい。暗闇のなかから、いままで聞こえなかった音が聞こえた。ゆるやかに水が流れる音――その正体はすぐにわかった。あの川がこんな近くに流れていたなんて。

渓谷のいちばん下まで、十五フィートくらいしかなかった。もう立ちあがって大丈夫だ。暗いなかを水が静かに流れていた。向こう岸にも行こうと思えば行けそうだ。納屋のそばで見るよりずっと幅が狭い。見ると、アインスタインが岩棚の下からなにかを引っ張りだそうとしていた。水が岩壁を削って、オーバーハングの岩棚を作っている。犬を手伝おうとしたアレックスは、小さなボートを見つけてうれしくなった。〝脱出手続き〟とはこういうことだったのだ。

「これからは二度と、あなたのお兄さんの悪口は言わないことにする」隠し場所からボートを引っ張りだしながら、アレックスは思わずつぶやいた。もしケヴィンがまだ生きているなら――そして自分とダニエルが今夜生き延びたら――きっとその約束を破ることになるだろうけれど、いまは感謝の気持ちでいっぱいだった。

ダニエルがボートの反対側に手をかけて押しはじめると、ものの数秒でボートは水の上に浮かんだ。ふたりのふくらはぎのまわりで水が渦巻いている。アレックスはコートの裾を引きずっていたので、裾はすでに川のなかに浸かっていた。毛皮が水を吸って、一歩踏みだすたびに重くなっていく。滑らかな水面のわりに流れが速いので、犬たちが飛びこむときはふたりでしっかりとボートを支えなくてはならなかった。カーンの体重でボートの艫《とも》のへりが危うく沈みそうになっているので、乗りこむならアインスタインが乗っている舳先《へさき》のほうだ。ダニエルがボートを支えているあいだにアレックスが乗りこみ、その隣にダニエルが飛びこむ。勢いで、ボートは矢のように岸を離れた。

アレックスは熱くて重たいコートを脱ぎ捨てた。こんなものを着ていたら、もしものときに泳げない。ダニエルも手早くコートを脱いだが、同じ危険を予想してそうしたのか、それともアレックスが正しいことをしていると思ってまねをしたのかはわからなかった。

ボートは流れに乗ってどんどん西のほうに進んだ。これも計画のうちだったのだろう――ケヴィンはオールを一本も置いていない。十分ほどたったころ、カーブに差しかかったところで川幅は広くなり、流れも遅くなった。アレックスは目が慣れて、川岸を見分けられるようになった。いまは南側の川岸に近づいている――出発したときと同じ側だ。アインスタインは舳先で耳をぴんと立てて前に向け、筋肉をこわばらせている。なにを見ているのかアレックスにはわからなかったが、見えない境界をいくつか通り過ぎたところで、アインスタインは突然ボートを飛びだしてザブンと水に入った。泳いでいるから足が届かないくらい深いのだろう。川底までどれくらいあるのかしらとアレックスが思ったとき、アインスタインが振り向いてワンと吠えた。

カーンが飛びおりる前に舟を離れたほうがいい――そのことに気づいたアレックスは、即座に水に飛びこんだ。一瞬冷たい水のなかに頭が沈んだが、すぐに水面に顔を出した。後ろで飛びこむ音が二回聞こえる――最初は小さい音。その次は大きな音で、打ち寄せてきた波が頭を越えていった。カーンが白い泡を作りながらバシャバシャと泳いで追い抜いていく。そして立ちあがったと思ったら、アレックスのつま先も川底の砂をとらえていた。振り返ると、ダニエルが流れに逆らってボートを川岸に引っ張ろうと悪戦苦闘していた。足がつかないところでは手伝えないとわかっていたので、下流まで泳いで、彼が浅瀬に来たところで手を貸した。アレックスが舳先をつかみ、ダニエルが座席の板をつかんで真ん中を引っ張る。犬たちが体をぶるぶるっと震わせている川岸にたどり着くのに、それほど時間はかからなかった。ボートを川岸から十フィートのところまでどうにか運んで、ダニエルとアレックスはボートをおろして両手を見た。ささくれだった板のせいで手のひらがさらに傷だらけになり、指先から血がぽたぽたと滴っている。

ダニエルは右手をジーンズで拭うと、ボートに戻って銃とそれより小さいなにかを取ってきた。携帯電話――ケヴィンから持たされたものだ。恐怖と緊張のなかでそのふたつを濡らさないだけの判断力がダニエルにあったことに、アレックスはひそかに驚いた。幸い、彼女のリュックに入れてあったものはすべてきっちりとジップロックで密封してある。

ダニエルの顔をさっとたしかめた。精神的におかしくなりそうな様子はないけれど、前兆が表に出ないだけかもしれない。

ダニエルはコートを拾いあげると、手早く丸めて両腕で抱えた。アレックスはボートに置いてくるように言おうとしたが、遠からず殺人事件の捜査がはじまることを思い出して口をつぐんだ。証拠になりそうなものは隠しておいたほうがいい。

「川に捨ててちょうだい――ボートも」彼女はささやいた。「だれにも見つからないようにしたいの」

ダニエルは水辺に駆け戻ると、迷うことなくコートを流れに放った。もともと重かったので、コートはたちまち沈んでいった。それからアレックスがボートを押し、つづいてダニエルが反対側を引っ張ると、ボートは水のなかに勢いよく滑り落ちた。ふたりの血の跡と指紋がついているが、運が良ければ明日の朝には、ボートがケヴィンの飼育場から流れてきたとはだれも思いつかないほど遠くまで流されているだろう。ボートは古びていて、とても価値があるものに見えない。見つけた人は廃棄物だと思って、処分するかもしれない。

ケヴィンとアインスタインが日中、練習として脱出ルートを走り、赤い川をボートで流れくだっているところを思い浮かべた。きっと何度も練習したのだろう。あのボート――価値のあるなしはこの際関係ない――を失ったと知ったら、ケヴィンは怒るだろうか。

彼女とダニエルは振り向いて平原に目を向けた。あの納屋はすぐにわかった――平坦な影のなかに、ひとつだけ建物がある。ふたりでその方向に走りだすと、四角いなにかがいきなり目の前に現れたので、アレックスはぎょっとした――射撃訓練で使う干し草の梱《こり》だ。深々と息を吸いこんで、ふたたび走りつづけた。

ふたりは納屋にたどり着くと、入口にまわりこんだ。脚の長いダニエルが先に着き、アレックスが追いつくころには鍵を開けていた。彼はドアをぐいと引いてアレックスと犬たちを先に通すと、後ろでドアを閉めた。

真っ暗だ。

「ちょっと待って」ダニエルがささやいた。

自分の心臓がどくどくいう音と犬たちの荒い息づかいで、ダニエルが動く音はほとんど聞こえなかった。小さくキーッときしむ音と、ギシギシと金属がこすれる音。右のほうで、かすかな緑のライトがともった。ダニエルのシルエットがかろうじてわかる——キーパッドに触れる彼の手がぼうっと明るく浮かびあがった。不意に彼の向こう側にまばゆい白い線が現れ、ダニエルがその隙間をぐいと開くと、さらに明かりが納屋のなかに広がって、ようやく彼がなにをしているのかわかった。例の古い車のなかにある偽物のバッテリーの蓋を取って、誕生日を打ちこんでいる。すると偽物のエンジンが開き、黒光りするライフルが何丁も現れた。

「何丁かハンヴィーに積みこんで」アレックスはダニエルにささやいた。小声で話さなくても大丈夫なのだろうが、そうせずにはいられない。

車の明かりはおおよそ半径十五フィートをこうこうと照らしていた。二匹の犬は侵入者が来ることを待ち受けているように外を向いて、入口の両脇で待機している。

アレックスは自分のダッフルバッグを隠した場所に駆け寄って、その山に掛けてあった古いタープを剝ぎとった。そして下側のバッグのサイドファスナーを開き、ラテックスの手袋を取りだして血まみれの手にはめると、手袋をもうひと組つかんでジーンズの前ポケットに押しこんだ。

振り向くと、ダニエルはすでにトラクターの偽物のタイヤに移動していた。すでに背中にライフルを二丁掛け、グロック（セミオートマチックの拳銃）を二丁とショットガン――アレックスがあれほどダニエルに持っていてほしいと願っていた銃――を片手に抱えている。彼はさらに、アレックスが練習していたSIGザウアーに手を伸ばした。ダニエルはこの世界に足を踏み入れたばかりだが、なすべきことがわかっているようだった。

干し草の梱《こり》のなかに隠されたハンヴィーにバッグを積みこむのに、アレックスは二往復しなくてはならなかった。一度目で彼女はすれ違いざまにダニエルにラテックスの手袋を渡し、ダニエルはなにも言わずにそれを手にはめた。アレックスはハンヴィーの室内灯が取り外してあるのを見て満足した。荷物を積みこむと、今度は手榴弾を運びこんだが、ロケットランチャーは置いていくことにした――使い方の見当をつける前に自分が吹き飛ばされてしまう。

「現金は？」ふたたびすれ違ったとき、ダニエルが尋ねた。

「ええ、ぜんぶ積みこんだわ」

答える代わりにすばやく動く彼を見て、アレックスはなぜか既視感を覚えた。この息の合った共同作業――まるで、皿洗いをしているみたいだ。

隠し場所にはケブラーの防弾装備もあった。アレックスはベストを身につけて肩や腰のストラップをいっぱいまで締めたが、それでもまだ少し緩かった。がまんできないほど重くないところを見ると、セラミックのプレートが入っているのだろう。ダニエル用に、もう一着引っ張りだした。さらにバットスーツもどきのウェットスーツも何着かあったが、彼女には大きすぎるし、ダニエルにしても着るのに時間がかかりすぎる。そのほか防弾仕様の厚手の野球帽を見つけて、彼女は思わずにやりとした。話には聞いたことがあるが、そんなものを使っているのはシークレットサービスだけだと思っていた。彼女はその帽子をかぶると、もうひとつ取って、ベストと一緒にダニエルに渡した。

ダニエルはそのふたつを無言で身につけた。なにかを思い詰めたような、青ざめた顔をしている。アレックスは、彼があとどれくらい自分を保っていられるだろうと気を揉んだ。この危機を抜けだすまで、アドレナリンの効果がつづいてくれたらいいのだけれど……。

彼女はホルスターに入れた刃渡りの長いナイフを太腿に縛りつけたうえで、いつもの革のベルトを身につけ、さらにもう一本のナイフを肩にさげた。ハンヴィーに積んであったグロックを一丁取って右の腰にさげ、ＳＩＧザウアーを片方の腕の下に、ワルサーＰＰＫをもう片方の腕の下にさげる。最後に、銃身を切り詰めたショットガンを左の腰にさげた。

「弾は？」

ダニエルはうなずいた。彼がいちばん気に入っているライフルをまだ肩にさげているのを見て、アレックスはそちらに顎をしゃくった。

「それは持ってて。拳銃も」

ダニエルは手袋をした手でほかのグロックを取りあげた。

「それから、これまで触ったところはぜんぶ拭かないと――」

アレックスが最後まで言い終わる前に、彼は行動に移っていた。まずアレックスのバッグに掛けてあったタープをふたつに長細く裂き、ひとつを彼女に放ると、自分は入口の鍵を拭くために外に出た——アインスタインがついていった。アレックスは彼が最初に開けた車から取りかかった。ぜんぶ拭き終わるまで大して時間はかからなかった。タープに血がついてしまったので、アレックスはそれもハンヴィーの後部に押しこんだ。

ダニエルが戻ってくると、いっとき立ち止まって耳を澄ませた。ふたりと二匹の張りつめた息づかいが聞こえるだけだ。

「これからどこに行く？」ダニエルの声はいつもよりこわばっていたが、それでも落ち着いていた。「北にあるきみの隠れ家か？」

アレックスは、自分が険しい顔をしていること——そしておそらく、怯えていることを承知していた。「いいえ、まだよ」

（下巻に続く）

ケミスト 上

2018年2月17日　初版第一刷発行

著 ……………………………… ステファニー・メイヤー
訳 ……………………………………… 細田利江子
カバーデザイン ……………………… 小関加奈子
編集協力 ……………………… アトリエ・ロマンス

発行人 ……………………………… 後藤明信
発行所 ……………………… 株式会社竹書房
〒102-0072 東京都千代田区飯田橋2-7-3
電話：03-3264-1576（代表）
03-3234-6383（編集）
http://www.takeshobo.co.jp
印刷所 …………………… 凸版印刷株式会社

定価はカバーに表示してあります。
乱丁・落丁の場合には当社までお問い合わせ下さい。

ISBN978-4-8019-1395-0 C0197
Printed in Japan